1
뇌신혈

뇌신혈 1

초판 인쇄 2025년 12월 15일
초판 발행 2025년 12월 20일

지은이   내가위
펴낸이   김태헌
펴낸곳   스타파이브

주소   경기도 고양시 일산서구 덕이로 186 2층
출판등록 2021년 3월 11일 제2021-000062호
전화   031-911-3416
팩스   031-911-3417

뇌진펼
1

Contents

뇌신혈 1

제1장

암울했던 무림의 이야기

┆ **1** ┆

✱✱ 태행산(太行山).

길이 구백 리에 걸쳐 용(龍)의 몸부림인 듯 산줄기마다 무서운 기세(氣勢)가 서려 있다. 게다가 솟아오른 삼백삼십 연봉(連峰)들은 모두가 봉황의 수직 상승인 듯이 기운차게 솟아올라 있다. 이 연봉들 중에 오만하리만큼 우뚝 솟은 제천봉(帝天峯)은 태행산 최고의 봉우리였다.

제천봉의 그 깎아지른 듯한 정상에 환상의 성채(城砦)인 듯 수라제천보전(修羅帝天寶殿)이 자리하고 있었다. 이곳은 바로 천하무림에 군림한 절대자 수라제천의 보금자리였다. 동시에 세인들에게는 중원을 지배하는 악(惡)의 상징이었고, 피와 죽음의 본산으로 인식된 곳이다.

수라제천으로 인해 중원무림계는 완전히 몰락하여 그 자취조차 없어졌다. 게다가 무림을 구성하는 기본적인 무리인 구파일방은 영원히 무림사에서 사라지는 듯싶었다.

태양조차 빛을 잃은 듯한 암흑의 혼돈 속에서 무심한 세월만이 흘러 어느덧 삼십 년이 지났다.

말로 하면 짧게 삼십 년이지만, 실제로 그 기간은 아비규환(阿鼻叫喚)과 목불인견(目不忍見)의 사건들로 범벅이 된 세월이었다.

그러나 변함없이 삼십 년 동안 중원을 지배해 온 수라제천은 아직까지도 진체가 밝혀지지 않았다.

비단 그가 지닌 가공할 천의무봉의 절학의 출처와 출신 내력뿐만이 아니었다. 심지어 그의 진실한 이름조차 세상에 알려진 바가 없었다.

하지만 장막에 싸인 그의 정체는 이것뿐만이 아니었다.

많은 세월을 지배해 온 수라제천은 그 누구에게도 자신의 얼굴을 공개하지 않았다. 그는 언제나 핏빛이 은은히 감도는 금삼(錦衫)으로 전신을 휘덮었다. 실로 철저하게 자신을 가리고 또 가렸다.

그러나 단 하나 감출 수 없는 것이 있었다면, 그것은 냉혹무비할만큼 차가우면서도 강렬한 두 줄기 안광(眼光)뿐이었다.

이러한 수라제천이 중원을 지배한 본바탕은 당연히 그 누구도 도달치 못한 지고무상(至高無上) 절세마공(絕世魔功) 때문이었다.

그의 마공은 단순히 마(魔)의 속성만을 지닌 것이 아니었다. 놀랍게도 사도(邪道)의 무공과 정도지학(正道之學)의 모든 정수가 녹아들어 있는 엄청난 것이었다.

지금까지 수라제천은 신(神)이라 해도 넘침이 없을 만큼 무서운 자였다.

그러나 하늘은 진노하여 무림의 절대적 존재인 수라제천이 저지른 악행에 보응(報應)하려는 계획을 암암리에 진척시키는 듯했다.

이는 실로 오행상극(五行相剋)의 이치처럼 불[火]이 승하면 물[水]로써 멸하며, 금(金)빛이 비록 찬란하여도 한 움큼 흙[土]에 묻히면 그 광휘를 잃는 것과 다름없는 일이었다.

그 계획의 발판은 삼십 년 동안 무적의 제왕이었던 수라제천에게 감히 도전한 절세 고인의 출현이었다.

만일 이 다섯 명의 절세 고인들이 시대를 달리하여 현신하였다면, 저마다 능히 일대(一代)의 무림종사(武林宗師)로서 천하제일인이 되기에 충분했다.

이러한 절세 고인들이 삼십 년의 침묵 끝에 홀연히 한날한시에 수라제천 앞에 출현한 것은 치밀한 하늘의 안배가 아니었다면 정녕 불가능한 일이다.

만절벽을 이룬 태행산 제천봉 정상에 우뚝 솟은 수라제천보전(修羅帝天寶殿)은 바로 수라제천의 소굴이었다.

그곳은 화려한 성채였건만 주인의 악업 때문인지 그 주위에는 언제나 짙은 운무와 더불어 요악(妖惡)한 사기(邪氣)가 뒤덮여 있었다.

그런데 이 날만은 운무도 요악한 사기도 감히 그 둘레에 흐르지 못했다.

그것은 다름 아닌 천지개벽의 순간인 양 작렬하는 뇌성벽력 때문이었다. 칠흑 같은 어둠 속에서 이따금 작렬하는 섬전이 실로 종말의 순간인 듯 공포스러웠다.

마치 분노한 하늘이 수라제천보를 향해 경고의 암시를 보내는 것 같았다. 보이지 않는 미물들마저 놀라 도망쳐 버릴 전율이 연이어졌다.

그러던 순간, 다시 한 차례 푸르디푸른 섬전이 천지를 온통 그 휘황한 광휘 속으로 함몰시켰다. 이어서 동, 서, 남, 북의 각 방향으로부터 홀연히 한 줄기씩의 인영이 번뜩였다.

이윽고 그들은 순식간에 산정 위에 괴물처럼 서 있는 신비의 보전 앞에 안착했다.

뇌성벽력과 더불어 사납게 포효하는 광풍 속을 뚫고 거의 동시에 각 방위(方位)로부터 다섯 줄기의 인영이 수라제천보 전 앞에 섰다.

그들의 옷자락이 미친 듯 바람에 휘날렸다.

그들은 비록 거의 같은 시각에 출현하였으나, 결코 사전에 약속한 바는 없었다.

단지 그들이 이곳이 나타난 이유는 각자의 가슴속에 저마다 피에 젖어 사무친 혈한(血恨)이 있기 때문이었다.

그들이 동시에 출현한 것은 우연이었고, 다른 관점으로 해석하자면 진노한 하늘의 안배였다.

한 순간 뇌전이 또 한 번 작렬하고 나자, 다섯 고인들은 각자 자신 외에 또 다른 방문자가 있음을 비로소 깨달았다. 그리고 어떻게 된 영문인지 몰라 잠시 망연하게 하늘을 바라다보았다.

계속하여 뇌성벽력이 온 천지간을 뒤집어엎을 듯이 세차게 수라제천보전을 향해 내리꽂혔다.

우연히도 동시에 출현한 다섯 명의 방문자는 잠시 말을 잃고 악의 상징인 수라제천보전 앞에 영원의 석상인 듯 우뚝 서 있었다.

광풍에 휘날리는 그들의 옷자락이 찢겨진 기폭(旗幅)인 양 너무도 스산했다.

그들 다섯 고인은 일찍이 뼛속까지 절절이 사무쳤던 원한이 쌓여 금세라도 폭발할 것 같은 복수의 깃발처럼 우뚝 서 있는 것 같았다.

수라제천의 가려진 진체는 그렇다 치고, 홀연히 나타난 이들 다섯 고인의 정체는 또한 무엇인가?

이들은 다름 아닌 훗날 무림천하가 천외오존(天外五尊)이라고 칭하며 떠받드는 장본인들이었다.

그들의 탄생의 직접적 계기는 바로 수라제천이 저지른 악행에 있었다. 그로 인하여 복수의 원념(怨念)에 불탄 나머지 각고 끝에 비공(秘功)을 성취하였다. 그리하여 종국에는 그들의 손에 의해 수라제천의 시대는 종말을 고하게 된 것이다. 그들의 출현은 실로 너무도 철저한 수라제천에 대한 하늘의 응징이었으며, 전율할 만큼 무서운 섭리라 아니할 수 없었다.

천외오존(天外五尊)이라 불리는 다섯 명의 기인 중에 두 명은 공문(空門)의 출신이었다.

❋ 망아(忘我)!

그의 명호(名號)가 말해 주듯이 그는 소림 출신이었다.

삼십 년 전, 천 년 내의 대참화가 소림을 휩쓸었을 때 천행으로 살아남은 소림 유일의 후예였다.

당시 그는 십여 세에 불과한 소사미승(少沙彌僧)이었다.

그는 어린 나이임에도 불구하고 당황하지 않았다. 오히려 사문을 휩쓴 대참화에 직면하여 하늘을 우러러 절규하며 복수에 대한 한(恨)을 불태웠던 것이다.

'비록 내 한 목숨을 바치는 한이 있을지언정 기필코 수라제천을 타도하고 사문의 천 년 영화를 되찾겠노라!'

그는 피어린 원념을 가슴에 품고 복수의 길을 찾았다. 그러던 도중 우연히 천 년의 긴 세월 동안 장경각에 소장되어 있던 절세 비급을 얻게 되었다.

소사미승 망아는 숭산 소림사에서 비역으로 보리달마존자가 면벽 구 년을 수행했던 장소인 선사동(先師洞)에 비급과 혈한을 품은 채 입동(入洞)하였다.

삼십 년의 세월은 수라제천이 천하에 군림한 세월이기도 했지만, 망아에게는 각고의 세월이었다.

뼈와 살을 에는 입동 삼십 년의 세월은 정녕 죽음보다 더 고통스러운 나날들이었다. 하지만 그는 혈루를 삼키며 불철주야 오직 소림의 권토중래(捲土重來)만을 꿈꾸었다.

그리하여 필사적으로 조사의 유학(遺學)을 익힌 지 어언 삼십 년이 지나게 되었다.

드디어 그는 절학의 오묘한 이치를 깨닫고 몸에 익혀 출동(出洞)의 날을 맞게 되었다.

이때, 그는 이미 달마존자 이래 일찍이 유래 없던 소림의 절세 기승으로 화(化)해 있었다.

**** 현천자(玄天子).**

그는 무당파(武當派)의 장문인 현광자(玄光子)의 가장 나이 어린 사제였다.

무당파는 수라제천의 일차 침입으로 인해 막대한 손실을 입었다. 무당파 개파 이래 가장 수치스러운 일을 당했던 것이다. 그것은 바로 무당파 최대의 성역인 상천관(上天觀)이 고스란히 잿더미로 변한 사건이었다.

그로 인해 현천자 또한 무당파 유일의 생존자가 되었다. 그는 당시 장문인이었던 현광자의 유지에 따라 조사금탕지에 뛰어들었다.

그리하여 현천자는 끝내 조사금탕지에 남은 무당파 유학을 얻게 되었다. 본시 하늘의 안배는 삼라만상의 구석구석에까지 미치는 법이라, 조사의 유학은 기이하게도 현천비록(玄天秘錄)이라는 이름이었다.

현천자 또한 피맺힌 수련을 거듭한 지 삼십 년이었다.

이들 망아와 현천자.

공문(公門) 두 기인의 탄생은 이렇게 이루어졌다.

그 두 공문의 기인(奇人) 외에 나머지 세 명의 전륜고인, 그들 또한 평범한 내력의 인물들은 아니었다.

천산신검 상관청봉(天山神劍 上官靑峯).

그는 서역(西域) 천산(天山)의 천의무봉한 검학(劍學) 외에도 일찍이 어린 시절에 이미 광세기연마저 얻은 바 있었다.

그 기연은 다름 아닌 상고(上古) 전국시대를 풍미했던 절세기협 검령자(劍靈子)의 유학을 얻은 것이었다.

검령자가 남긴 검도지학(劍道之學)은 실로 절세 무적이었다. 그리하여 마침내 이를 깨우친 상관청봉은 스스로 천하제일의 검도제일고수(劍道第一高手)를 자부하였다. 그러나 누구 하나 상관청봉이 붙인 자칭에 불만을 가진 자는 없었다.

그런데 누구나 일신에 절예를 익히면 새로운 야망에 불타는 것은 인지상정(人之常情)이었고, 천산신검 상관청봉 역시 예외는 아니었다.

때마침 천하에 독패적 존재로 군림하는 수라제천이 있으니, 상관청봉은 자신의 지닌바 절예로써 패도마두와 일대 자웅(雌雄)을 결하고자 중원으로 왔던 것이다.

** 백타령주 독고진(白駝令主 獨孤鎭).

그는 대막(大漠)을 호령하는 패주(覇主)였다. 그러나 그는 사막의 모래 돌풍과 같은 신비의 인물이었다.

그의 무공은 기이하게도 강호에서조차 실전된 지 오래인 상고시대의 사도기학(邪道奇學)들이었다.

그리하여 그는 명실상부한 천하제일의 사도제일 고수라고 말할 수 있었다.

그가 비바람이 몰아치는 오늘 이곳 수라제천보전을 찾은 것은 다름 아닌 수라제천을 꺾어 천하 제패의 야욕을 달성하려는 웅심(雄心)에서 였다.

** 독중지성 만천기(毒中之聖 萬天機).

만천기 또한 중원의 인물이 아니었다. 그는 남만(南蠻) 일대를 석권한 독보패주(獨步覇主)였다.

그는 무공보다는 독에 조예가 깊었다. 그 때문에 사람들은 그를 무림 역사상 두 번 다시없을 용독대가(用毒大家)라고 여겼다.

많은 무림인들은 그의 일신 전체가 독으로 뭉쳐 있다고 생각하고 있었다.

그러나 그것은 어떻게 보면 사실이었다. 그는 천하제일의 극독일지라도 다시없는 진미(珍味)인 양 식음할 정도였기 때문이다.

그의 용독술이 이러한 경지에 달해 있었기에, 그가 밟고 지나가는 백 장 이내에는 감히 목숨을 부지할 자가 없었다.

정녕 그가 마음만 먹는다면 대강(大江)의 도도한 탁류마저 순식간에 피로 물들일 수 있을 것이다. 이러한 그가 일개 남만의 패주에 머무는 것은 스스로 용납할 수 없었다.

그 또한 백타령주 독고진과 마찬가지로 천하제패의 야욕을 품고 이렇듯 중원에 출현하였다.

$$|\ 2\ |$$

이토록 일대 종사를 자처할 만한 인물들이 한날한시에 똑같이 수라제천보전에 출현한 사실은 너무도 기이하여 하늘의 안배라고 말할 수밖에 없었다.

광란하는 뇌성벽력 속에 그들 오 인(五人)은 순식간에 이심전심으로 저마다의 의중(意中)을 간파했다.

그리고 일순간에 포효하는 뇌성마저 짓누르며 다섯 줄기의 광소가 작렬하는 번개처럼 터져 나왔다.

"으하하하."

그 순간, 굳게 침묵하던 마(魔)의 보전으로부터 홀연히 한 인영이 솟구쳐 나왔다. 비록 칠흑 같은 암야(暗夜)였으나, 쉴 새 없이 작렬하는 섬전이 있었기에 다섯 명의 절세 고인은 상대를 똑똑히 알아보았다.

홀연히 나타난 인영은 미친 듯 휘날리는 핏빛 옷자락을 일신에 걸쳤고, 염천(炎天)의 태양이라도 녹일 만한 냉혹무비의 안광을 뿜어내고 있었다.

꽈르르!

형언할 수 없는 긴장과 함께 뇌성벽력만이 여전히 광란할 뿐 침묵이 감돌았다.

때로는 침묵이 웅변보다 더한 위력을 지니는 법이다. 게다가 천하의 운명을 좌우할 이 한 판의 결전에 임박해서 구차한 언행 따위는 필요치 않았다.

돌연, 광야에 메아리치는 사자후인 듯 저 광노(狂怒)의 하늘마저 침묵시키는 대소(大笑)가 터져 나왔다.

"으하하하하."

수라제천은 지금의 상황을 첫눈에 간파하고 있었다. 그리고 저 다섯 명의 불청객이 심야에 내방한 목적까지도 익히 짐작하고 있었다.

수라제천의 입에서 흘러나오던 대소가 이윽고 멈춰졌다.

그러나 수라제천의 두 눈에는 거대한 불기둥보다 더욱 공포스러운 눈빛이 서려 있었다.

수라제천은 계속하여 타오르는 불길 같은 안광을 폭사하였다. 그리고 다섯 명의 고인을 향해 음산한 괴소를 흘리는 동시에 낮은 음성으로 말하였다.

"흐흐흐, 네놈들이 오늘 이곳을 내방한 목적이 진정 본좌에게 도전하기 위한 것임에 틀림없는가?"

그의 낮은 음성은 너무도 싸늘하여 마치 지옥의 귀음(鬼音)

인 것처럼 들려왔다.

그 살기 어린 질문에 응답하는 자는 아무도 없었다. 그러나 비바람 속에 우뚝 선 다섯 인물의 자태는 그 어느 때보다 결연하였다.

그 순간, 수라제천의 눈가에 한 가닥 싸늘한 조소의 빛이 섬광처럼 스쳐 지나갔다. 수라제천은 이미 앞에 선 다섯 명의 무공 경지를 간파하고 있었다.

수라제천은 첫눈에 그들이 자신의 이제까지의 모든 적수 중 가장 뛰어난 인물들임에 틀림없으리라고 생각한 것이다.

그러나 수라제천 본신은 결코 그저 뛰어난 인물이라고는 치부할 수 없는 자였다. 그는 무림 천 년의 기업을 송두리째 뒤흔들고 삼십 년 동안 절대무적으로 존재해 온 무림 천 년 역사상 유래 없이 뛰어난 인물이었다.

비록 그들 다섯 명이 한결같이 천상(天上)의 사자(使者)라고 할지언정 수라제천과 비교해 볼 때, 고양이 앞에 다섯 마리 쥐일 뿐이었다.

이미 극고에 이른 수라제천의 자존심은 그들 다섯 명 따위를 추호도 적수로 생각하지 않았다.

그러나 긴 세월 동안 단 한 명의 적수조차 대해 보지 못해 사무쳤던 고의 고독지감(孤獨之感)은 결국 그들 다섯 명의 도전을 받아들였다.

수라제천은 다시금 태산경동의 앙천대소를 터트렸다.

"으하하하하."

그리고 그에 이어 분연히 광언(狂言)을 했다.

"네놈들 다섯 중의 그 누구라도 본좌의 십 초를 견뎌낸다면 본좌 스스로 패배를 자인하리라. 만약 본좌가 패한다면 본좌는 즉시 강호에서 사라져 두 번 다시 나타나지 않겠다고 다짐하겠다. 또한 그대들 다섯이 연합하여 도전할지라도 능히 백 초만 받아낸다면 이 역시 본좌의 패배로 자인하겠다."

비록 절대의 패주로 군림하던 수라제천일지라도 이러한 조건은 그들 다섯 명의 고인을 너무 무시한 처사라고 할 수 있었다.

그러나 다섯 고인들은 결국 자존심을 굽힌 채 수라제천의 이 조건을 인정하고 대결하기로 했다.

뇌성벽력이 길기리 날뛰는 암야의 산정 위에서는 마침내 만세유일(萬世唯一)의 대결전이 벌어졌다.

꽈릉!

온 하늘이 산산이 갈라지는 듯 뇌전의 푸른 섬광이 암야를 거북의 등처럼 수놓았다. 그 푸른 섬광과 함께 일찍이 누구도 보지 못했던 희대의 결전이 벌어졌다.

그러나 그것은 짧은 시간에 허망한 결과만을 초래하고 말았다.

비록 저마다 능히 일대의 종사를 자처할 만한 다섯 명의 절세 고수이나, 수라제천의 적수로는 역부족이었다.

천산신검 상관청봉이 겨우 팔 초를 받아냈고, 기승 망아가 가까스로 구 초를 받아냈다. 또한 현천자, 백타령주 독고진, 독중지성 만천기 등은 겨우 사 초, 오 초만에 패배의 분루를 삼켜야 했다.

너무도 참담하게 끝난 결전의 결과로 다섯 명의 절세 기인은 오직 망연자실할 뿐이었다.

그들이 지닌 자존망대하던 자부심이 지금 이 순간 와르르 무너지고 말았다.

그러나 그렇다고 해서 결코 이대로 물러설 수는 없는 일이었다. 그들 다섯 명의 어깨에는 각자의 자존심보다 앞선 무림의 구제라는 대의가 걸려 있었다.

그 때문에 눈앞의 수라제천을 꺾어야 함은 다섯 명 모두에게 생명을 바칠 만한 지상 과제였다.

다섯 고인들은 잃었던 정신을 가까스로 수습하고는 수라제천이 제시한 또 하나의 조건을 떠올렸다.

"수라제천, 아직 그대가 제시한 나머지 조건을 잊지는 않았겠지? 그렇다면 우리들 다섯 명이 합심하여 그대에게 재차 도전하겠소."

수라제천의 웅심은 이미 하늘마저 두려워하지 않을 정도였다. 그러한 그가 지금 이 다섯 고인을 안중에 둘 리가 없었다.

"본좌가 너희들에게 한 약속을 지키지 않을 리가 없지 않느냐? 정히 그렇다면 덤벼라! 모조리 황천으로 보내주도록 하지!"

수라제천의 음산한 일성(一聲) 호언이 끝나기 무섭게 다섯 명의 절세 고인은 일제히 몸을 날렸다.

┊ 3 ┊

꽈르르!

그들의 기세는 마치 화산의 폭발과도 같았다.

수라제천에게 날아간 다섯 고인은 전심전력을 다해 공격을 퍼부었다. 일생의 절기를 아낌없이 쏟아낸 끝에 마침내 십 초도 지나지 않아 수라제천의 입에서 뜻밖의 신음 소리가 흘러나왔다.

"으음……."

수라제천이 흘린 곤혹스러운 비명에 다섯 고인은 더욱더 힘을 내었다.

'이럴 줄이야!'

지금 이 순간 수라제천의 예상은 여지없이 빗나가고 말았다. 이들 다섯 명의 절제 고인이 펼치는 합공지세는 정녕 불가사의한 위력을 지니고 있었다.

그들 다섯 명의 절학은 비록 각기 장단점은 있었으나 일단 서로 배합되니, 수라제천의 마공(魔功)으로도 일시에 격파하기가 불가능한 형편이었다.

'아아!'

수라제천은 자신의 우세를 너무도 당연하게 생각하고 있었기에 지금 벌이진 뜻밖의 형세에 놀라고 당황하였다.

여하튼 수라제천이 놀랄 만한 다섯 고인의 합공지세는 무서운 위력을 지니고 있었다.

망아와 현천자는 도불(道佛) 양 가의 무공을 배합하여 공격했다. 그러자 무서운 기세의 두 줄기 경력의 대해(大海)가 송두리째 뒤집혀 덮쳐오는 듯한 기세로 수라제천을 위협했다.

그 무상의 선공과 도가 강기와 배합되니 제아무리 수라제천이 절세 신공을 지녔다 해도 그들을 당해내기는 쉽지 않았다.

다섯 고인이 펼친 합공의 위력은 이것만이 아니었다.

천산신검 상관청봉의 검도지학도 또한 태산을 가르는 듯한 기세여서 그 역시 수라제천의 절학을 봉쇄하는 일익에 추호의 손색도 없었다.

더구나, 백타령주 독고진은 그 독보적 사도기학으로써 괴이독랄한 살초를 번득여 수라제천의 유령처럼 번득이던 신형을 무디게 하였다.

독중지성 만천기마저도 그 천하에 자랑하는 영독술을 유감없이 떨쳐내니 수라제천이 비록 만독불침(萬毒不侵)의 금강지체(金剛之體)일지라도 감히 경시할 수는 없었다.

이토록 무서운 공세를 쉴 새 없이 퍼붓던 다섯 고인들에게 승리의 순간이 다가왔다.

불꽃이 타오르고, 우주 운행의 배열마저 흐트러지는 듯 경천동지의 백여 초가 마침내 지나갔다.

그리고 산정(山頂)에는 어느덧 진노하던 뇌성벽력마저 멈추어지고 심연과 같은 침묵이 흐르기 시작했다.

수라제천은 지금의 이 상황에 너무도 어이가 없었다. 보통 이러한 경우에 처하게 되면 분노가 하늘 끝에 닿아도 모자람이 없을 그였다. 그러나 이번만은 황당함 그 자체였다.

'허헉! 이…… 이것은 무림에 출현한 이래 일찍이 없던 일이다. 도무지 믿을 수가 없다. 내…… 내가 저런 자들에게 패배하다니!'

수라제천의 입장에서는 백 초의 시간이 무심히 흘렀고, 그동안 다섯 고인을 격파하지 못했다.

확실히 그는 패배하였고, 다섯 명의 절세 고인은 실로 승리를 쟁취하였다.

그러나 그들 다섯 명에게 승리의 희열은 없었다.

다섯 고인들은 비록 자신들이 승리하였을망정 이는 결코 진정한 승리가 아니라는 것을 이미 깨닫고 있었다.

사실 지금은 수라제천이 자신의 패배를 인정한 상황이다. 하지만 만일 수라제천이 지금 당장 약속을 무시한 채 자신들과 계속 대결한다면, 그들로서는 오백 초를 지탱하기가 불가능할 것이다.

지금쯤 수라제천의 가려진 얼굴도 찡그려져 있겠지만, 다섯 고인의 얼굴 또한 그리 유쾌한 것만은 아니었다.

다섯 고인들은 수라제천이라는 일대의 마두가 과연 진정으로 패배를 인정하고 중원무림에서 떠날 것인가를 의심하지 않을 수 없었다.

다섯 고인들은 수라제천의 공세가 다시 시작될지 모른다고 생각하여 승리하긴 했지만 잔뜩 경계하고 있었다.

실로 무거운 침묵이 흘렀다.

그토록 광란하던 뇌성벽력마저 어느 사이 잠잠해졌으며, 무서운 적막이 온누리를 뒤덮었다.

그런데 갑자기 터져 나온 처절무비의 광소가 강산의 적막을 깨뜨렸다.

"으하하하!"

그것은 다름 아닌 수라제천의 입에서 흘러나온 것이었다. 그의 광소는 너무도 처절하여 실로 상처 입은 야수의 포효인 양 소름이 끼쳤다. 개세적 절학을 지닌 다섯 명의 절세 고수들마저 아연 전율할 수밖에 없었다.

수라제천은 이윽고 광소를 그치고 처절히 부르짖었다.

"오냐! 나 수라제천은 약속대로 패배를 자인하고 즉시 강호에서 사라져 이후 두 번 다시는 나타나지 않으리라! 그러나 긴 세월이 흐르고, 그 언제인가 나의 후인(後人)이 이 땅을 밟을 것이다. 그때가 되면 천하무림은 다시 나의 제자에 의해 지배될 것이다. 그날이 오면 그 누구도 오늘과 같은 요행을 얻지 못할 것이다. 그대들은 나의 제자의 출현을 가슴속에 반드시 기억해야만 한다.”

그의 말은 너무도 처절하여 다섯 고인의 심중을 너무도 날카롭게 후벼 팠다. 그들은 앞날의 일을 이미 목전의 현실인 양 뼈저리게 실감하며 전율하였다.

그러나 다섯 고인의 생각이 그렇게 흐르는 사이에 수라제천은 이미 신형을 번득여 까마득한 암야의 허공 어디론가 사라져 버렸다.

“그날이 오면 과연 그 누가 막으랴!”

그 마지막 말의 여운만이 악몽처럼 다섯 절세 기인의 혼백까지 뒤흔들 뿐, 이제 천지는 온통 어둠에 파묻혀 고요하기만 했다.

승리자에게는 수많은 찬사와 존경이 뒤따르는 것이 관례였다. 게다가 홀연히 나타난 다섯 기인들은 암야와 혼돈의 세월에 종지부를 찍었다.

그리하여 세인(世人)들은 수라제천의 피에 굶주렸던 마수로부터 천하무림의 운명을 구한 이들 다섯 기인을 가리켜 천외오존(天外五尊)이라고 불렀다.

삼십 년만에 초목은 다시 녹음과 함께 생기를 되찾았고, 창생(蒼生)은 안도를 누리게 되었다.

천외오존이 이룩한 대업은 다름 아닌 모든 강호인의 목숨을 건져낸 엄청난 것이었다. 그러하니 강호인들이 천외오존을 무림 구성으로서 받들고 존경함은 너무도 당연했다.

천외오존!

비록 그들 개개인의 일신 절학은 수라제천에 감히 비교조차 될 수 없을 경지였으나, 강호인들은 그들을 무림 역사상 유래 없이 천하무림오대종사(天下武林五大宗師)로서 거리낌 없이 칭하였다.

소림사의 유일한 생존자인 망아와 무당파의 유일무이한 계승자 현천자는 각각 도불의 절세 무공으로 수라제천과의 일전에서 공을 세워 공문이성(空門二聖)이라고 불렸다.

자칭 검도 천하제일 고수인 천산신검 상관청봉은 이제 천하가 인정하는 검도 제일 고수였다. 또한 백타령주 독고진은 대막의 패주이며, 절정 무공을 지녀 모든 무림인들이 추앙하게 되었다. 게다가 천하제일의 용독술을 지닌 독중지성 만천기는 비록 남만인이나 오랑캐라는 인식을 철저히 깨뜨리고, 모든 사람의 존경을 받았다.

천하의 모든 사람들은 이들 삼 인을 일러 천산삼정(天山三

鼎)이라고 존칭하였다.

그리하여 천외오존을 다르게 가리켜 이성삼정(二聖三鼎)이라고 하였다.

그런데 여기서 한 가지 주목할 것은 그들 다섯 명이 수라제천을 향해 검을 겨눈 목적이다.

공문이성은 사문의 한을 풀려는 목적이었으나, 천산삼정은 각기 자신들의 무림 독패라는 뚜렷한 개인적인 목표가 있었다.

그들 오 인이 천하를 거머쥔 상황이라면, 각각의 욕심이 다시 치솟는 것이 어쩌면 당연했다.

하지만 그들을 서로 논한다면 확실한 대소의 우열이 있었다. 게다가 그들 중 어느 한 사람이 그들 중의 두 사람을 당해 내지는 못했으니, 어느 누구도 감히 천하 독패의 웅심을 이룰 수는 없었다.

따라서 이러한 견제 균형으로 인해 강호는 어느덧 미묘한 평화가 지속되었다.

그리고 세월은 다시 유수(流水)처럼 흐르고 흘렀다.

갈등과 견제의 미묘한 암투 속에서 지속된 평화가 사십 년이 되던 어느 날이었다.

천외오존이 홀연히 무림에서 동시에 종적을 감추고 두 번 다시 나타나지 않았다.

무림인들은 그것이 어찌된 일인지 도무지 알 길이 없었다.

그리고 다시 세월의 수레바퀴만이 무심히 돌았다.

그리하여 천외오존이 홀연히 사라지고 나서도 다시 육십 년의 세월이 흘렀다.

그동안 강호에는 평화가 완전히 정착되었고, 삼십여 년 전 그 옛날에 사라졌던 강호 대소문파도 다수 부활하였다.

구파일방 역시 어느덧 다시금 중흥의 성세를 눈앞에 두고 있었다.

그러나 천외오존으로 인해 지켜져 온 무림의 평화가 지속될지는 두고 봐야 할 것이다.

제 2 장

단장(斷腸)의 사미인곡(思美人曲)

⁞ *1* ⁞

수라제천이 일으킨 겁난은 죽음과 폐허만이 남았다. 비록 천외오존에 의해 그의 통치가 종지부를 찍었지만, 수술 자국과도 같은 상흔(傷痕)은 지워지지 않았다.

수라제천이 일으킨 겁난은 천 년 무림사에 일대 악몽이었으나, 그것은 이미 아득히 오랜 세월 전의 일이었다.

그 겁난의 아픈 기억도 백 년이라는 세월에 묻혀 이제는 기억조차 희미해졌다.

그리고 암흑과 혼돈을 깨고 사십 년 동안 강호에 풍미하였던 천외오존의 일도 이미 까마득한 백여 년 전의 한낱 전설로만 세인(世人)의 뇌리에 기억되고 있을 뿐이다.

인생에 있어서도 그리고 세태에 있어서도 망각이라는 것은 항상 무서운 것이었다.

과거의 쓰라린 기억은 망각해서는 안 될 것 중의 하나이다. 역사는 현재를 비추는 거울이며, 그것을 통해 당세의 사람들로 하여금 반성의 기회를 부여한다.

당금 무림인들은 그 옛날의 겁난을 잊어버린 것만 같았다. 그런데 백 년 전의 공포가 한 세기를 지난 당금 무림에 망령처럼 되살아나는 일대의 사건이 터졌다.

수라제천 이래 백 년 만의 혈겁은 서역의 제일고수 천뢰존자(天雷尊者)가 휘하의 밀교(密教) 십대 천왕과 더불어 홀연히 중원무림에 나타남으로써 비롯되었다.

그는 광풍(狂風)처럼 천지를 휩쓸며 선언하였다.

"백 년 전에 초토화된 이래 이미 쇠락의 잔영이 짙은 중원무림이 천하무학(天下武學)의 정종(正宗)을 자처함은 너무도 이치에 맞지 않는다. 나 천뢰존자가 선언하건데 밀종무학(密宗武學)만이 천상천하 유아독존, 오직 유일무이의 정종(正宗)임을 자부하노라."

이 오만방자한 선언의 진의(眞意)는 너무도 명백했다. 당금 무림의 각 문파는 수라제천으로 인하여 전대(前代)에 이미 조사(祖師) 이래의 절학을 실전하였다. 천뢰존자는 이 틈을 타고 천하무림을 송두리째 서역 휘하에 넣으려는 대야욕을 표출한 것이었다.

과연 그는 질풍과 같이 천하무림을 휩쓸었다.

백 년 만에 또다시 하늘마저 핏빛으로 물들어지는 죽음의 아비규환이 벌어졌다.

패도난마와 같은 천뢰존자의 손길은 최후로 마침내 소림사에까지 미쳤다.

백삼십여 년 전 수라제천의 혈겁으로 인해 소림사는 치욕의 순간을 감수해야 했다. 그런데 그 순간이 악몽처럼 다시 되살 아날 줄은 아무도 모르고 있었다.

소림사의 운명은 천뢰존자 앞에서 바람 앞의 등불이었다.

천하무림의 오대 종사인 천외오존 중 기승(奇僧) 망아가 분연히 외쳤다.

"중원과 서역 사이에 본시 원한이 없는데 어찌하여 그대들이 이토록 천의(天意)를 거역하는가? 만일 머나먼 이곳 중원 땅에 그대들의 혼백을 묻고 싶지 않다면 돌아가거라! 또한 만세 천추의 회한을 남기지 않으려면, 어리석은 자여! 그대는 즉시 서역으로 돌아가거라!"

그러나 천뢰존자는 그의 말을 추호도 귀담아 듣지 않았다. 수하인 밀교 십대 천왕과 자신의 개세적 무공을 믿은 탓이다.

"미암에 젖은 자는 오히려 그대들 중원무림인이다. 중원무학은 이미 쇠락했는데, 그따위 것으로 어찌 밀종의 심오한 무학을 대적할 것인가? 참으로 불쌍하도다."

중원과 서역의 자존심을 대표하는 중원무림의 오대 종사와 서역의 제일고수의 주장이 이리로 엇갈리니 충돌은 불가피했다.

피할 수 없는 중원과 서역의 숙명적인 결전은 이로써 그 막이 올랐다.

그러나 결과는 서역의 참담한 패배였다.

밀교 십대 천왕은 고사하고 천뢰존자마저 이성삼정 중의 그 누구에게도 결코 승리하지 못했다.

서역의 제일고수로 칭송받던 천뢰존자는 설마 이토록 허무하게 중원의 다섯 기인 천외오존에 격패될 줄은 예상하지 못했다. 그러나 승부의 기로는 너무도 명백하여 천뢰존자는 패배를 감히 부정할 수 없었다.

패한 자는 말이 없는 법이었으나, 홀연히 천뢰존자가 광소와 함께 부르짖었다.

"나 천뢰존자가 한낱 중원의 하류배들에게 패배하다니! 그러나 좋다! 나는 솔직히 패배를 인정한다. 다만 경고하노니, 이를 두고 결코 중원무학이 서역 밀종무학보다 월등한 종자라고 오해하지 말라. 나의 말을 믿지 않으면 후회하리라! 하하하!"

이 말에 천외오존은 치솟는 분노를 금치 못했다. 그리하여 기승 망아가 이를 두고 힐책하였다.

"천뢰존자, 그대가 서역의 일대 종사를 자처하는 신분이라면 패배를 승복함이 도리 아닌가? 패배를 자인하고도 다시 왈가왈부함은 결코 일대의 종사로서 취할 바가 아니라고 생각한다."

그러나 천뢰존자의 자존심은 과거 수라제천에 비해 손색이 없을 정도였다. 그는 기승 망아의 힐책에 대해서 눈꼽만큼도 생각하지 않았다.

오히려 그는 더욱 힘 있는 어조로 말했다.

"흥! 속단하지 말라. 만일 노납이 사문(師門)인 서역 보수사(菩修寺)의 범천륜화마황경(梵天輪化魔皇經)을 익혔다면 오늘의 이런 낭패를 결코 없었을 것이다."

범천륜화마황경이라는 말을 듣고 천외오존은 갑자기 흠칫했다. 그 이유는 미궁이었다.

천뢰존자가 다시 말하였다.

"비록 본좌는 한 가지 사정이 있어 사문의 이 무상절학을 익히지 않았다. 그러나 십 년 후, 본좌는 후인에게 이를 전수시키겠다. 그리고 그대들 천외오존에게 도전하기 위해 다시 중원 땅을 밟을 것이다. 그대들은 명심하고 학수고대하거라!"

천뢰존자는 중원무림에게 충분히 위협이 될 만한 일언을 던져 놓은 채, 휘하의 십대 천왕을 거느리고 홀연히 사라졌다.

** 운소산

강서지방 호남의 양성(兩省) 사이의 경계를 이루며, 수백

리에 걸친 꿈틀대는 한 마리의 용이 자태를 자랑하는 험산 준령이었다. 그 웅혼한 자태에 손색없이 산세의 험준하기는 실로 천하제일이었다.

수백 리의 준령이 거침없이 내뻗고 있었으나, 그 중 언제나 짙은 운무에 싸여 신비로움 속에 우뚝 솟은 한 절봉이 있었다.

그 봉우리의 정상에는 그 누군가가 언제부터인지 미동도 않은 채 좌정하고 있었다. 표표히 흐르는 운무 사이로 언뜻 비치는 그는 바로 백의의 한 미서생(美書生)이었다.

태고 이래로 단 한 번도 인적 없던 절봉의 산정에 앉아 있는 그는 누구이며, 무엇을 하는 것인지, 또한 언제부터 이곳에 앉아 있었는지 그 무엇도 알 수 없었다.

계절은 쓸쓸함이 가득 찬 만추(晩秋)에 들어서 북풍한설의 엄동도 그리 멀지 않은 듯 간간이 싸늘한 바람이 불어왔다. 그 바람에 주위 대산악의 모든 연봉에 타는 듯 새빨간 홍엽들이 하나, 하나씩 떨어지기 시작했다.

가을의 풍취는 멋있기도 했지만, 그로부터 풍겨 나오는 고독지감은 떨쳐버릴 수 없었다.

천 년 바위인 듯 움직일 줄 모르는 백의서생이 앉은 산정 위에도 아침에 하얗게 내린 서리가 녹지 않고 남아, 실로 춥고 황량한 풍경이었다. 산풍이 살을 에이었다. 바람이 스치고 갈 때마다 칼날 같은 바람소리가 귓가에 맴돌았다.

시간이 지났고, 산중에는 유난히 빠르게 황혼이 찾아왔다. 그리고 밤이 옴에 삭풍은 더욱 날카롭게 몰아쳤다.

그럼에도 불구하고 백의 미서생은 미동도 하지 않았다. 그는 오직 뚫어지게 한 곳을 바라볼 뿐이었다.

그가 바라다보는 곳은 바다 위 출렁이는 물결처럼 흐르는 운해(雲海) 사이로 문득 한 점 섬인 양 떠 있는 맞은편 또 하나의 절봉이었다. 백의 미서생의 눈길은 그 곳 어딘가에 못박혀 추호도 움직일 기미를 보이지 않았다.

하얗게 내린 서리가 늦은 가을의 쌀쌀한 밤을 더욱 재촉하고 있었다.

이때, 홀연히 어디선가 한 마리 청초한 눈망울을 가진 사슴의 신음인 양 한 줄기 금음(琴音)이 들려왔다.

음률은 지극히 애절하면서도 그윽하게 들려왔다. 듣는 사람의 감정이 그 음률에 따라 수시로 변하기에 충분했다. 그렇기 때문인가? 아니면 또 다른 이유 때문인가? 움직일 줄 모르던 백의 미서생의 눈이 문득 광채를 발했다.

그리고 백의 미서생은 이내 사무치는 감회에 젖어갔다.

금음 소리는 점차 더욱 높고 낭랑하게 허공에 메아리 쳤다. 모진 바람소리마저 운무 속 야색을 뚫고 들려오는 금음에 감히 범접하지 못하였다.

천상(天上)의 선율인 양 들려오는 신비의 금음은 듣는 이의
심금을 한없이 울리고도 남음이 있었다.

"아아……!"

백의 미서생은 돌연 찬탄의 신음을 발했다. 동시에 은색 투
명한 눈물이 그의 뺨을 타고 뜨겁게 흘러내렸다.

신비 금음은 맞은편 절봉으로부터 이때에도 여전히 심금을
울리며 들려오고 있었다. 그리고 홀연히 또 한줄기 음성이 산
곡에 메아리치기 시작했다.

"주근분강지저습(住近分江地低濕)

황노고죽요택생(黃蘆苦竹繞宅生),

기간단모문하물(其間旦暮聞何物).

분강을 끼고 낮고 습한 곳에 자리한 집 둘레에는

누런 갈대와 억센 왕대가 우거졌으니,

자나 깨나 조석으로 아무 소리조차 듣지 못하였다."

그 음성은 바로 한 수의 고시(古詩)였다. 그런데 그것은 영
원히 벌어질 줄 모르는 듯하던 백의 미서생의 입술 사이로부
터 나왔던 것이다.

"피 토하는 두견새와 애절한 원숭이 울음뿐이요,

봄 맞은 강물, 꽃 핀 아침, 달 밝은 가을밤에 왕왕히

술 받아 홀로 앉아 잔을 기울였노라.”

이것은 만인의 심금을 울리던 백락천의 고시(古詩)이다. 그런데 이를 낭송하는 백의 미서생은 흡사 무엇에 홀린 듯 넋 잃은 표정이었다. 그리고 산정에 울리는 음성이기에 그것은 더욱 외롭고 청량한 느낌이었다.

“금야문군비파어(今夜聞君琵琶語),
여청선악이장명(女聽仙樂耳暫明).
탄일곡(彈一曲),
위군번작비파행(爲君飜作琵琶行).
오늘밤 그대의 비파 소리 들으니,
마치 신선의 음악소리 들은 듯 귀가 번쩍 트였노라.
(사양 않고 다시 앉아) 한 곡 더 타 준다면,
그대를 위해 내가 비파행의 시를 지으리.”

그런데 이때였다. 아름답게 들려오던 금율이 갑자기 멈추어 버렸다.

그리고 야속하게도 맞은편 절봉에서의 금음은 두 번 다시 들려올 줄 몰랐다.

2

　백의 미서생의 감회에 빛나던 두 눈이 굳게 감겼다. 하지만 그 망막에는 여전히 한 여인의 영상이 어리어 지워질 줄 몰랐다.

　그런데 그의 눈동자에 맺힌 영상 속의 여인은 마치 천상의 선녀를 방불케 했다.

　여인의 새까맣고 윤기 흐르는 머리카락은 물결인 듯 출렁이고 있었으며, 백옥의 얼굴 위에는 그린 듯 솟은 눈썹이 자리 잡고 있었다. 게다가 그 아래 혼백을 빼앗을 것 같은 순결의 표상인 듯한 눈동자가 고고한 빛을 발하고 있었다.

　더할 나위 없이 단아하고 고고하게 솟은 콧날이 있었고, 그 아래 타는 듯 붉은 입술에는 뜨거운 열정이 감추어져 있었다.

　고쳐서 비교하자면, 천상의 선녀인들 그 아름다움을 따를 수는 없었다.

　삭풍 에이는 산정에 앉은 백의 미서생은 또 다시 천 년 깊은 침묵에 잠겼다.

만추의 짙은 야색 또한 침묵에 고요함을 더해 주위는 너무
도 쓸쓸했다.

그러다 홀연히 백의 미서생의 굳게 감았던 눈이 번쩍 뜨였
다. 그리고 마치 검은 밤을 질타라도 하듯 형형한 안광을 발
하기 시작했다.

그의 자태는 조금 전과는 전혀 다르게 살기가 어려 공포감
까지 밀려들게 만들었다.

그러나 발작하듯 광란의 살기를 띠었던 그의 모습은 이내
사라졌다.

그는 또다시 담담한 눈길이 되어 본래대로 운해 속의 맞은
편 절봉을 뚫어지게 바라보았다.

한 점 표정도 없이 석상인 듯 굳게 변하여 오직 눈만을 크
게 뜨고 요지부동으로 앉은 백의 미서생은 왜, 그리고 무엇을
그렇게 혼신의 힘을 다해 주시하는 것일까?

그런데 언뜻 보기에 백의 미서생은 중원인의 풍모와는 어딘
가 달랐다.

그의 눈빛은 벽안의 푸른빛이었다. 중원인이라면 새까만 눈
동자가 보통이었다.

게다가 그의 눈빛은 마치 깊고 깊은 호수의 수면 같았다.

이로 보아 그는 중원인이 아님에 틀림없었다.

또한 이 벽안이국(碧眼異國)풍의 미서생의 등 뒤로 한 자루

장검이 메어져 있음으로 보아 그 역시 무림인이 틀림없었다.

당금 천하에 벽안 이국풍의 외모를 가진 무림인이 존재한다면, 그것은 다름 아닌 벽안마영(碧眼魔影)뿐이었다.

그는 바로 당금 무림에서 벽안마영이라 불리는 자였다.

그가 강호무림에 모습을 나타낸 것은 불과 일 년 전이었으나, 그 사이 벽안마영의 위명은 천지사해(天地四海)에 떨쳐 울렸다.

신출귀몰한 행적과 함께 그의 발길이 머무는 그 어느 곳에도 그의 삼 초를 벗어날 수 있는 적수는 없었다.

그는 결투에 임해서 항상 그 이국풍의 푸른 눈을 굳게 감고 있었다. 오직 손을 써서 상대를 제압할 때 외에는 언제나 눈을 굳게 감고 있었다.

그런 행동에 대해 누구도 그 까닭을 몰랐다.

여하튼 그가 눈을 뜨는 순간 상대는 그의 푸르디푸른 벽안에서 뿜어져 나오는 차갑고 강렬한 눈빛에 전신이 얼어붙는 듯한 한기를 느낀다.

그것은 마치 자신의 몸이 만년빙궁 속에 떨어지기나 한듯한 느낌과 비교하면 알맞을 것이다.

벽안마영에게는 그 신비한 눈빛과 신인(神人)의 경지에 오른 절예가 있었다.

그의 일신 절예가 가공하리 만큼 고강하나, 그 누구도 그의 손에 의해 목숨을 잃은 사람은 없다.

그것은 그가 상대를 제압한 후에 더 이상의 어떠한 행동도 행하지 않은 채 소리 없이 사라지기 때문이다.

다만 그가 사라질 때는 이유를 알 수 없는 장탄식과 함께 그 푸른 눈망울에서 깊은 우수의 빛을 흘리고 있었다.

신비의 눈빛과 함께 신출귀몰한 행적이야말로 나타난 지 불과 일 년도 안 되어 그 위명을 천하에 떨치게 하는 요인이 되었다.

더구나 그는 이를 데 없이 잘 생긴 미남자였다. 그 때문에 흔치는 않으나 이따금 그가 미소를 한 번 흘리면 천하의 그 어떤 여인이라도 혼비백산할 수밖에 없었다.

강호를 종횡무진 하던 일 년간, 그에게는 수많은 여인들이 유혹의 손길을 뻗쳐왔다. 그러나 그의 마음은 마치 영원히 녹을 줄 모르는 대설산(大雪山)의 만년빙(萬年氷)과도 같았다. 그는 숱한 유혹에도 단 한 번일망정 조금의 관심조차 보이지 않았다.

그는 강렬한 태양빛에도 녹지 않을 영원한 냉심(冷心)의 소유자였다.

그는 실로 신비의 인물이었다. 절세의 준미한 용모와 한기가 감도는 체취, 그리고 신화경에 이른 일신 절학의 삼박자에 대해서는 이미 강호에 널리 알려졌다.

그러나 그가 어디에서 왔는지 아무도 몰랐다. 그리고 왜 천하를 정처 없이 떠도는지, 어느 사문의 출신인지를 아는 사람은 전무했다. 가장 중요한 그의 출신 내력 또한 베일에 쌓여 있었다.

다만 그는 가는 곳마다 의혹과 신비만을 남긴 채 신출귀몰하게 강호 전역을 정처 없이 유랑하는 것이었다.

흡사 그 누군가를 찾듯 그의 발길은 대강남북(大江南北)의 구석구석까지 닿지 않는 곳이 없었다.

그동안 그의 삼 초 아래 무수한 강호 고수들이 패배의 쓰라림을 겪어야 했다.

정녕 천하의 그 누구도 벽안마영의 삼 초에서 벗어나지 못했다. 그랬기에 자연 그의 등 뒤에 멘 한 자루 괴이한 형상의 기형고검(奇形古劍)이 펼쳐짐 또한 아무도 볼 수 없었다.

벽안마영에 관하여 알려진 바는 이렇듯 일신 절학이 개세적이라는 것과 그의 외모, 그리고 그의 전투 방식 등 단 세 가지뿐이다.

그러나 그의 절학 또한 그것이 중원의 무학인지 아니면 다른 지역의 무공인지 알 수 없었다. 심지어 그의 무학은 정사(正邪)조차 가릴 수 없었다. 왜냐하면 그가 펼치는 초식은 언제나 삼 초식밖에 없었기 때문이다.

백의 미서생 벽안마영은 묘연한 행적 속에 발길 머무는 곳마다 화제를 꽃피워 무수한 소동이 일어났다.

그의 결투 방법은 너무도 특이했다. 앞서 말했던 것처럼 그의 손에 죽은 자 하나 없었고, 결투 후에는 표연히 사라지니 아무도 원한을 품지 않았다.

원한이 아니라 오히려 그와 단 한 번이라도 겨루었던 자는 한결같이 스스로 진정한 패배를 자인하였다.

벽안마영은 비록 약관의 청년이나 그는 실로 천외오존 이래 가장 뛰어난 존재였다. 혹자는 그가 천외오존마저 능가할 정도라고 호언할 지경이었다.

이처럼 온갖 화제를 강호에 꽃피웠던 신비와 의문에 둘러싸인 그가 지금은 대체 어떤 연유로 이곳 인적조차 없는 운소산 절봉 위에 요지부동인 채 앉아 있는 것일까?

그것도 벌써 사흘 밤낮이 지났다. 하지만 벽안마영의 행동은 여전히 이어졌다.

황혼도 저물고 어둠이 온 천지에 내리 덮었다. 산정의 한밤은 삭풍이 거세게 몰아치고 무서리가 내려 지옥처럼 싸늘했다.

그럼에도 벽안마영은 미동도 하지 않았다.

여전히 뚫어져라 오직 한 곳에 시선을 던지고 있을 뿐이었다.

허공은 마치 구름의 바다 같기도 했고, 암흑의 바다이기도 했다. 그 아무것도 보이지 않는 무망의 허공에서 도대체 그는 무엇을 찾고 있는지 알 수 없었다.

맞은편 절봉의 한 곳에 날마다 하루 두 번 어김없이 똑같은 시각에 절세 용모의 한 여인이 잠깐 동안 모습을 드러낸다.

그때마다 그녀는 고색창연한 혈금(血琴)을 탄주하였다. 벽안마영은 천상의 음률인 듯 심금을 울리는 신비 금음은 물론이요, 그녀의 섬섬옥수의 가녀린 손길마저 운해 사이로 똑똑히 볼 수 있었다.

그는 바로 이곳에 오직 그녀의 금음을 듣기 위하여 존재하는 것이었다.

그러니 움직임이란 불필요한 것이었다. 단지 그에게 필요한 것은 사지오관(四肢五官) 중에 오직 하루 두 번 그녀를 볼 수 있는 눈과 한 가닥 금음을 듣기 위한 청각뿐이었다.

그러나 벽안마영 동방휘(東方輝)는 스스로 자신의 한몸에 지닌 사문의 막중한 임무마저 저버리는 것이 아닌가 불안해했다.

하루 중 두 번 그녀가 나타나는 시간을 제외하고 공손한 눈길만을 던지고 있을 때면, 그의 생각은 이렇듯 스스로를 자책하는 것이었다.

"맹세코 나는 사문의 사명을 저버리지 않았다. 비록 목숨을 바쳐서라도 기어이 임무를 완수할 것이다."

　그렇게 다짐을 할 때마다 그는 감연히 박차고 일어서 이곳을 떠나려 했다. 그러나 자리를 뜨려고 하면 몸이 말을 듣지 않았다. 그의 감정은 이성보다 너무도 앞서 있었기에 다짐을 하여도 그 곳을 떠나기란 쉽지 않았다.

　수레바퀴 돌 듯 그의 내심은 수없이 후회하고 스스로 꾸짖어도 끝내 미련을 떨칠 수 없었다.

　그러다가 맞은편 절봉에 그녀의 자태가 드러나면, 그의 철벽같던 자책마저 눈 녹듯 사라지는 것이었다.

　그는 자신의 본분을 잊지 않았다. 하지만 일개 여인으로 인해 스스로 묶인 것은 사문의 임무를 망각한 것이나 다름없었다.

⋮ 3 ⋮

동방휘가 맞은편 절봉의 자의소녀(紫衣少女)를 처음으로 본 것은 불과 보름 전이었다.

벽안마영 동방휘는 강호를 주유하다 하남(河南) 관도를 지나던 중이었다. 그런데 관도에서 멀리 떨어진 곳에서 일진의 떠들썩한 소리가 들려왔다.

귀를 기울여 보니, 날카로운 금속성과 파공성이 연이어 터져 나오고 있었다. 동방휘는 어디선가 싸움이 벌어진 것 같다고 생각하여 거의 본능적으로 소리 나는 곳으로 몸을 날렸다.

단숨에 도달한 곳은 때마침 늦가을의 야색마저 서려 황량하기 이를 데 없는 벌판이었다.

그 곳에서는 아니나 다를까, 한 판의 격전이 벌어지고 있었다.

그런데 눈앞에는 수십 인의 흑의 대한들이 오직 한 명의 소녀를 두고 독랄무비하게 협공하고 있는 장면이 펼쳐지고 있었다.

"네년을 반드시 쳐죽이겠다!"

흑의 대한들은 어린 소녀를 향해 일시에 강렬한 일 장씩을 퍼부었다. 소녀는 이에 기겁하여 재빠르게 몇 걸음 후퇴했다. 한눈에 보아도 소녀는 도저히 날아오는 열 개의 장풍을 막을 수 없을 것 같았다.

동방휘는 평소 강직한 성격에 정도를 걸어왔기에 두 눈을 멀쩡히 뜨고 이 장면을 도저히 지나칠 수 없었다. 그의 푸른 눈이 번쩍 빛을 발했다.

"비열한 무리들이로다! 사내자식 수십 명이 일개 어린 소녀를 상대로 이토록 협공를 퍼붓다니!"

그는 분노하여 싸움에 가담을 하려했다. 그런데 그 순간이었다.

홀연히 소녀가 한 줄기 냉소를 흘리며, 한 손에 들고 있던 혈금(血琴)의 현(弦)을 가볍게 퉁겼다.

일순 동방휘의 가슴으로 섬광과 같은 전율이 스치고 지나갔다.

동방휘의 지고무상한 무공으로도 전율을 느꼈는데, 격전장의 모든 상대들이 한 순간 전율하여 아연 굳어버린 것은 너무도 당연했다.

소녀는 살기등등했던 흑의 대한들의 협공을 오직 한 줄기의 금음으로 와해시켜 버렸다.

그러고 나서 소녀는 유유히 장중에서 사라져 어디론가 가버렸다.

이때, 동방휘는 알 수 없는 야릇한 느낌에 사로잡혔다. 그리고 그녀와의 실로 예기치 않았던 우연한 만남이 예삿일처럼 느껴지지 않았다.

그리하여 이때부터 동방휘는 자의소녀의 그림자가 되어 단 한 시도 그녀의 곁에서 떠날 줄 몰랐다.

그녀는 실로 천상의 선녀였다. 그 아름다운 자태는 눈을 감아도 너무나 선연히 떠올랐다. 그 절세의 미모는 흡사 수많은 기화요초 중에서도 찬란히 빛나는 오직 한 송이의 꽃 중의 꽃인 듯 너무나도 눈부셨다. 게다가 그녀는 길게 흘러내려 수면의 파문처럼 출렁이는 검은 머리카락과 백옥도 따르지 못할 눈부신 살결을 지니고 있었다.

그 뿐만이 아니라 그녀의 세류요(細柳腰)가 하늘거리는 것이 미풍에라도 금세 쓰러질 것만 같아 남자들의 보호 본능을 자극했다. 또한 그녀는 그린 듯한 검은 눈썹을 지녔으며, 코에서는 혼향을 뿜고 있었다.

그리고 붉은 입술 사이로 비치는 너무도 새하얀 치아가 자리 잡고 있었다.

그녀의 자태야말로 어느 화공의 신기로도 가히 그리지 못한 한 폭의 미인도(美人圖)였다.

더구나 그녀에게는 단 한 점일망정 속세의 티가 묻지 않았다. 그녀의 청초함은 빗속에 피어나는 한 송이 수선화와 비교하여도 우위였다.

이후 벽안마영 동방휘는 비록 그녀 앞에 나서지는 않았지만 언제나 떠날 줄 모르는 그림자가 되었다.

전정 동방휘는 그녀의 곁을 떠날 수 없었다.

그것은 정녕 단단한 운명의 끈이 그를 옭아매었다고밖에 말할 수 없었다.

그렇지 않고야 단 한 번의 만남이 이토록 엄청난 비중으로 그의 가슴을 차지할 수는 없었다.

동방휘에게 그녀의 존재는 자신의 일부분인 듯하였다. 아니, 이미 그의 마음속에서 자신보다 더 소중한 존재로 부각되고 있었다.

자의소녀는 웬일인지 그 싸움이 있은 후로 한날한시도 한곳에 머무르지 않았다.

마치 속세를 꺼리는 듯 쉽사리 모습을 비추지 않았다. 오직 이름 없는 유곡(幽谷)과 산천(山川)만을 거닐며 간혹 현금을 탄주하였다.

그녀는 무슨 곡절이나 있는 듯이 단장의 슬픔을 지닌 듯 애조 띤 가락을 연주하였다. 그리고 그녀는 금음에 따라 취한 듯 넋 나간 듯 울고 웃고는 하였다.

동방휘는 여전히 그녀의 뒤를 그림자처럼 쫓았다.

십여 일 후, 자의소녀의 발걸음이 여기 운소산에 닿았다.

그런데 어찌 된 일인지 운소산에서는 유독 그녀가 움직일 줄 모르는 것이었다.

한날한시도 한 곳에 머무르지 않던 그녀가 이미 나흘이나 지나도록 이곳에 머무르고 있었다.

벽안마영 동방휘 또한 그녀를 따라 이곳에 자리 잡은 것이었다.

그는 나흘 동안 한 모금의 물조차 마시지 못했다. 비록 그 일신의 내공이 절정 수위에 달했을지언정 이리 버티기 힘들었다.

그의 내가공력은 점차 고갈되었다. 그러나 그럴수록 그의 눈은 더욱 광채를 띠어갔다.

그는 움직이는 것을 영원히 잊어버린 채 이곳에 못 박힌 듯 아무런 행동도 취하지 않았다. 단지 그는 온몸의 모든 정혈(精血)을 오직 눈에만 집중하는 것 같았다.

이미 무르익은 만추의 삭풍이 더욱 싸늘하고 황량하게 그를 할퀴었다. 하지만 그런 것쯤은 그의 요지부동한 자세에 아무런 영향을 주지 못했다.

다시금 해와 달은 거듭나고 저물어 닷새가 지났다.

그래도 동방휘는 그 자리에 말뚝처럼 좌정해 있었다.

이날은 유난히도 삭풍이 더욱 불어와 뼈를 에이고 살이 찢기는 듯했다. 하지만 이날조차도 그는 천년 바위인 양 움직이지 않았다. 이대로 굳어 영영 움직이지 않을 것만 같고, 진정 바위로 화한 듯싶었다.

그가 죽지 않고 살아 있다는 유일의 증거는 아직도 빛나고 있는 두 눈의 광채뿐이었다.

그의 어깨 위에는 밤마다 내려진 서리가 하얗게 얼어붙어 삭풍이 불 때마다 얼음 조각끼리 서로 부딪쳐 바스락 소리를 내었다.

또 하루의 밤이 지나고 어둠은 걷혀 일출(日出)의 여명 사이로 스러져 갔다. 자애로운 손길인 듯 여명의 빛이 그의 가슴을 비추었다.

그러나 이미 만추의 햇살인지라 그 빛은 얼어붙은 서리도 녹이지 못했다.

아직도 그의 눈빛은 짙은 운무를 뚫고 맞은편 절봉 위를 바라보고 있었다.

그런데 지금 그의 내심은 어느 때보다 불안하고 초조하였다. 이유인 즉, 이상하게도 지난 삼 일간 자의소녀가 단 한 번도 보이지 않았다. 그러나 동방휘는 그녀가 결코 떠나지 않은 것을 알고 있었다.

다만, 연 사흘째 단 한 번도 모습을 나타내지 않았을 뿐이다.

　동방휘는 벌컥 겁을 집어먹었다. 혹시나 그녀의 신변에 무슨 일이 생긴 게 아닌가 하는 생각이 들었다.

　'필시 그녀는 다른 곳으로 이동하지는 않았다. 게다가 외부인의 침입조차 없었다. 그럼, 호…… 혹시! 어디가 아픈 걸까? 아아! 만일 그렇다면 어서 쾌유해야 할 터인데!'

　동방휘의 가슴은 단장(斷腸)의 아픔으로 천 갈래 만 갈래 찢어지는 듯했다. 그는 그 진위 여부가 너무도 궁금했다. 만약에 그녀가 아픈 것이 정말이라면, 누구 하나 돌봐 줄 사람이 없었기 때문이다.

　그는 견딜 수 없어 푸르던 두 눈에 핏발이 섰다.

　절봉과 절봉 사이 운무는 여전히 심해처럼 깊고 짙었다. 때문에 동방휘는 절봉의 어디에서도 자의소녀의 그림자를 발견할 수 없었다.

　돌연, 잠룡(潛龍)이 떨치고 일어서듯 동방휘는 분연히 일어섰다.

　한순간 소매를 떨치는 팟 하는 소리와 함께 그의 어깨와 등에 하얗게 내려 얼어붙어 있던 성에와 얼음 조각들이 낙엽처럼 우수수 떨어졌다.

　다음 순간 그의 신형이 마치 섬광인 듯 번쩍거리는 광휘를 발했다.

이어 순식간에 한 가닥 낙성(落星)인 양 산 아래를 향하여 쏜살같이 쏘아져 가는 것이었다.

때마침 태양은 높이 떠올라 짙은 구름의 바다조차 은빛으로 빛났다.

지금 운소산 대자연의 광경은 너무도 아름다워 제아무리 바쁘더라도 한 번쯤 고개를 돌리지 않을 수 없었다. 하지만 자고로 아름다운 산일수록 험악한 법이었다.

이곳 또한 깎아지른 듯한 천 길 절애와 그 사이사이로 칼날인 듯 솟은 기암 거석들로 인해 새도 감히 자유롭게 드나들지 못할 험준한 형세였다.

그러나 일단 동방휘가 몸을 일으키자 그 어떤 자연의 험악한 형세도 그의 발걸음을 막지는 못했다. 동방휘는 한 줄기의 광풍이 산하를 넘듯 거침없이 산 아래로 쏘아져 갔다.

순식간에 그의 모습은 까마득히 사라져, 이윽고 완전히 구름 속으로 자취를 감췄다.

그는 대체 어디로 간 것인지 보이지 않았다. 그가 없는 이 자리는 영원히 그 누구도 재차 발을 들이지 않을 것 같았다.

그런데 불과 한 식경도 못 되어 건너편 절봉에 한 인영이 번뜩였다. 빛살처럼 번뜩이며 표연히 나타난 자는 다름 아닌 동방휘였다. 그는 이곳을 떠나 구름의 바다 사이로 보이던 자의소녀의 거처를 찾아간 것이다. 그는 마치 행운유수(行雲流

水)와도 같이 곧장 맞은편 절봉에 있던 암동 앞으로 향했다.

이윽고 그는 암동 앞에 다다랐다. 동굴의 입구는 마치 괴물이 크게 입을 벌리고 있는 듯했다. 그러나 그곳에서는 아무런 인기척도 느껴지지 않았다.

동방휘의 안색이 해쓱히 변하였다. 분명히 있어야 할 자의 소녀가 없는 것 같았다. 동굴 속에는 누군가가 존재한다는 자취가 없었다. 동방휘는 점점 불안해져만 갔다.

‘진정 무슨 일이 생긴 것인가? 아니야! 이것은 제발 나의 부질없는 기우(杞憂)이기를 바랄 뿐이다.’

그는 자꾸 떠오르는 불안한 마음을 애써 부정하려 했다.

그러나 그럴수록 더욱 짙은 불안이 마치 구름처럼 피어올랐다. 돌연 그의 눈가에 격동의 빛이 넘쳐흘렀다.

‘그렇다! 기왕 여기까지 온 이상 그녀 앞에 나서는 한이 있더라도 어쩔 수 없다!’

그는 동굴 속으로 들어가 직접 확인해 보기로 결심했다. 그는 그녀 앞에 나서기가 사실은 두려웠다. 일방적인 자신의 감정에 대해 그녀가 어떻게 생각할지 두려웠다. 그러나 그는 혹시나 그녀에게 무슨 일이 일어났는지도 모른다는 불안감이 앞서 암동 속에 들어가 보려고 결심한 것이다.

동방휘의 가슴이 왠지 모르게 크게 뛰었다. 그리고 그는 얼굴 가득 격동의 표정을 감추지 못하며 이윽고 발을 들여 놓으러 했다.

그런데 그 순간, 그의 안색이 서릿발처럼 굳어졌다. 그는 등 뒤로부터 예기치 않게 몇 가닥 인기척을 느꼈기 때문이다.

그는 안색을 돌이키고 침착하게 돌아섰다. 과연 어느 사이 동방휘의 서너 장 뒤로 다섯 명의 노인이 나타나 우뚝 멈춰섰다.

그러나 그 순간 동방휘의 얼굴빛은 딱딱하게 굳었고, 두 눈에서는 더욱더 차디찬 한망을 쏘아내기 시작했다.

다섯 명의 노인들은 승(僧), 도(道), 속(俗) 등의 갖가지 차림새였다. 순간 동방휘의 눈빛이 불을 뿜기 시작했다.

이윽고 동방휘는 그들 다섯 노인의 정체를 간단히 파악해 낼 수 있었다.

그들의 정체를 알아차린 순간 동방휘는 너무도 놀란 나머지 단말마의 비명처럼 나직이 부르짖었다.

"천외오존(天外五存)!"

제3장

동방휘(東方輝)의 한(恨)

동방휘의 추측대로 그들 다섯 명의 노인이야말로 천외오존임에 틀림없었다.

회의가사를 입고 양 미간의 백설 같은 눈썹을 휘날리며 짙은 우수의 시선으로 동방휘를 바라보는 백미노승(白眉老僧)은 바로 소림사의 망아였다.

또한 그와 어깨를 나란히 하여 때마침 부는 바람에 황색 도포 자락을 표표히 휘날리는 노 도인(老道人)은 다름 아닌 무당파의 현천자이다.

기승(奇僧) 망아 선사(忘我禪師)와 무당(武當)의 현천자(玄天子)는 바로 천외오존의 두 인물로서 공문이성(公門二聖)이라 불리었다.

그 외, 청색 장포를 입고 동안(童顔)의 청수준미한 중년인(中年人)은 다름 아닌 천하제일의 검도지학을 지닌 천산신검 상관청봉(上官靑峯)이었다.

또한 전신을 백의(白衣)로 감싼 노인이 대막의 패주인 백타령주(白駝令主) 독고진(獨孤鎭)이었다. 그의 눈빛은 백 년 전 혈기왕성했던 때와 다를 바 없이 너무도 매서워 마치 한 마리의 표독한 맹수와 같았다.

나머지 한 명은 전신에서 온화한 기운을 뿜으며 유유히 서 있는 선풍도골(仙風道骨)의 노인이었다.

그 외모로만 논한다면, 이를 데 없이 자애로움을 느끼게 하는 선인(仙人)의 풍모였다.

그러나 그가 바로 천하제일의 용독대가(用毒大家)로서 그의 온몸이 독으로 뭉쳐 있다 해도 과언이 아닐 독중지성 만천기(毒中之聖 萬天機)였다.

그런데 순간, 동방휘는 만천기의 눈가에 언뜻 스쳐 지나가는 한 가닥의 음산한 살기(殺氣)를 놓치지 않고 보았다.

비록 짧은 순간에 거의 보이지 않을 듯 스쳐 가는 것이었으나, 그 눈빛이야말로 보는 이의 가슴을 얼어붙게 하여 영원히 잊지 못할 기억을 심어 주는 것이었다.

동방휘의 전신 근육이 긴장으로 인하여 팽팽히 수축됐다.

실로 머리털마저 곤두서는 듯 부르르 경련하였다.

동방휘에게 있어서 천외오존의 돌연한 출현이야말로 실로 전율하리만큼 충격적인 사건임에 틀림없었다. 게다가 그가 지닌 사문의 임무를 생각한다면 더욱더 놀랄 만한 일이었다.

그러나 이를 데 없이 격동하던 그의 얼굴빛은 순간에 불과

했다.

삽시간에 그의 얼굴은 마치 두터운 얼음 덩어리인 듯 냉혹하게 변해갔다. 눈빛 또한 차갑기 이를 데 없어 보는 이의 심장까지 꿰뚫는 지경이었다.

동방휘의 표정은 마치 한 마리 성난 흑호(黑虎)의 표정보다 더 험악했다.

한 순간 동방휘는 싸늘히 좌중을 훑어보았다. 그리고 돌연 그는 앙천대소를 터뜨렸다.

"으하하하하!"

운소산 구석구석까지 빠짐없이 닿을 것만 같던 동방휘의 사자후(獅子吼)가 한참동안 계속되더니, 어느 순간 뚝 멈추었다. 그리고 그는 낮음 음성으로 말했다.

"소생은 당신들 천외오존을 일 년간 천지 구석구석까지 찾아 헤매었소. 하지만 수많은 노력을 경주했음에도 불구하고 소생은 당신들의 그림자조차 찾아낼 수 없었소. 그런데 마침 당신들 천외오존이 오늘 이렇듯 스스로 나타나 주어 의외의 상면을 이룰 줄이야, 정녕 소생은 짐작치 못했소!"

순간 전신에서 한광을 발하던 백의노인 백타령주 독고진이 말했다.

"십 년 전, 노부 등 오 인(五人)에게 서역의 제일고수인 천뢰존자라는 인물이 패하여 중원에서 도망쳤다. 그는 일대의 종사였으나 우리에게 후일을 기약하겠다며 패배를 자인하지 않았다. 그리고 그는 십 년 후 자신의 전인을 중원에 파견하겠다고 다짐했다."

독고진은 여기까지 얘기하더니, 잠시 목청을 가다듬고 다시 이야기를 이어갔다.

"그런데 얼마 전, 그의 전인을 자처하는 벽안마영 동방휘라는 후배가 무림에 출현했다고 들었다. 그리하여 우리 오 인 또한 그를 일견해 보고 싶어 찾아 헤매었다. 그런데 오늘 여기서 너를 만나게 되었는데, 보아하니 네가 그 벽안마영 동방휘라는 후배인 것 같구나. 틀림없느냐?"

순간, 동방휘의 냉막한 표정 사이로 한 가닥 미미한 격동의 빛이 흘렀다. 그러나 그는 이내 예의 만년빙(萬年氷)처럼 차가운 빛을 회복하였다.

그리고 독고진의 물음에 그는 씹듯이 짧은 한마디를 내뱉었다.

"그렇소!"

그러자 백타령주 독고진이 광소로써 응대했다.

"으하하하! 진정 분수를 모르는 후생이로다. 흥! 너의 사부 천뢰존자조차 일찍이 본 영주 등의 앞에서는 이토록 광망하지 않았었다. 그런데 너 따위의 나이 어린 후배가 감히 이토록 광망하다니!"

순간 백타령주의 날카로운 안광이 섬광처럼 작렬하였다.

"네놈의 그 광망함을 고쳐주기 위해서라도 노부 등이 중원 무학의 광오무변(廣奧無變)한 정수를 보여 주어야겠구나!"

그러나 동방휘는 아랑곳하지 않고, 냉혹하기 이를 데 없는 어조로 말했다.

"당신의 그 말은 나로 하여금 정말이지 가소로움을 느끼게 하는구려!"

이 순간 동방휘의 얼굴에 붉은 혈색이 피어올랐다. 이는 너무도 짙은 살의의 번뜩임이었다.

이어 그는 더욱더 냉혹한 표정을 띤 채 감연히 부르짖었다.

"나는 선사(先師)로부터 당신들의 비열함에 대해 귀에 못이 박히도록 들어 죽는 날까지 잊지 못할 정도요. 흥! 당신들 천외오존이 양두구육(羊頭狗肉)의 탈을 쓴 비열한 자들이면서도 태연히 천하인의 이목을 가린 채 그 존경을 한몸에 받아오다니!"

동방휘는 갑자기 크게 냉소를 쳤다.

"흥! 나 동방휘는 진정 생각만 하여도 치가 떨릴 지경이오. 그대들과 이렇듯 면전을 맞대고 있으니, 나는 실로 수치스러워 견딜 수가 없소!"

이 순간 가장 정신 수양이 깊은 망아 선사의 얼굴에 짙은 분노의 빛이 은은히 어렸다. 그러나 그는 애써 자제하며 의외라는 듯 물었다.

"아미타불! 그대는 방금 자신의 사부를 가리켜 선사(先師)라 불렀는데, 그렇다면 그대의 사부는 이미 세상을 등졌단 말인가?"

그러자 동방휘는 어이가 없다는 듯 웃으며 말했다.

"허! 허허, 그것이 어떻단 말이오? 망아, 당신은 고양이가 쥐의 죽음을 짐짓 애통해 하듯이 그렇게 능청까지 부려야 하겠소?"

이어 동방휘는 무엇 때문에 그렇게 화가 났는지 부드득 소리가 나도록 이를 세차게 갈았다. 그리고 동시에 분연히 외쳤다.

동방휘의 눈에서는 원한과 증오가 서린 시퍼런 불길이 이글거렸다.

"흥! 여전히 모르는 척 시치미 뗄 필요 없소. 당신들은 선사께서 십 년 후 다시 볼 것을 기약하니 이에 불안을 느꼈소. 그리하여 당시 일전에서 내 선사의 몸에 암계(暗計)를 펼쳤던 것이오! 가증스럽게도 말이오. 당신들의 암중 술수로 인해 선사의 천인(天人)에 달하던 일신지학은 한낱 쓸모 없게 쇠퇴하고, 마침내 삼 년이 지났소. 그러나 그동안 선사의 상세는 도무지 속수무책이었소. 그리하여 선사는 그만 처참한 최후를 맞이하셔야 했소!"

그의 분노에 찬 노후는 온 산악을 뒤흔들었다.

돌연 동방휘는 그 섬뜩하리만큼 무서운 시선을 백타령주 독고진에게 던졌다.

"백타령주! 당신은 독문의 절세 신공인 혈잔마환귀령수(血殘魔幻鬼靈手)로써 선사와 대결할 당시에 한 가닥 귀음소혼(鬼音銷魂)이라는 음공을 베풀어 선사로 하여금 자신도 의식치 못하는 사이에 치명적 상세를 입힌 장본인이오!"

동방휘 어조에는 힘이 가득했고, 백타령주 독고진을 향한 강렬한 눈길에는 뼈에 사무친 원한이 가득했다.

"당신이 입힌 상세는 너무도 악독하여 선사의 팔괘음혈(八卦陰穴)이 송두리째 녹아 흐르게 되었소. 그러나 선사께서 그것을 깨우쳤을 때는 이미 회복 불능의 경지였소! 너무도 당연한 일로 이때 이미 선사의 내공 수위는 극도로 미약해져 있었소! 선사께서는 생각다 못해 마침내 스스로 무공을 폐쇄시키려 하셨소!"

그의 눈에서 타오르던 원한과 증오의 불길이 더욱 처절한 기세로 이글거렸다.

"그러나 선사는 무공을 폐쇄하기 전 크나큰 위험 부담을 안고 최후의 시도를 감행하셨소. 그러나 그것마저 독중지성 만천기가 암중 시전했던 무영탈혼(無影奪魂) 천독지(千毒指)의 독랄한 위세에 의해 아무런 성과도 거둘 수 없었소!"

동방휘가 홀연히 눈길을 돌려 자신을 노려보자 독중지성 만천기는 잠시나마 흠칫하지 않을 수 없었다. 동방휘는 실로 구천에 사무치는 한으로 부드득 이를 갈고 있었다.

"독중지성 만청기! 십 년 전 그대는 내 선사와 더불어 암기 수법을 비견하였다. 당시 내 선사께서는 서역의 일대 절기로 알려졌던 통천비발(通天飛鉢)을 사용하셨다. 이에 맞서 당신은 만천혈화무영신침(滿天血花無影神針)으로써 승부를 논하였다. 결과 당신의 수법은 나의 사부를 능가하는 위력이었다. 이에 사부께서는 의연히 패배를 자인하시고 순순히 물러나셨다. 그럼에도 불구하고 바로 그 순간 당신은 한 가닥 무영탈혼소혼지(無影奪魂消魂指)의 극악무도한 암수를 암중 시전하지 않았던가?"

그의 분노에 찬 절규에 산천마저 얼어붙는 듯하였다.

"흥! 그대들이 이처럼 천인공노할 만행을 저지르고도 감히 태연하다니! 참으로 하늘을 우롱하는 처사로다. 이러한 만행의 저의야말로 너무도 뻔한 것이다. 자신들의 적수를 아예 뿌리 뽑겠다는 독랄한 심보가 맞지 않는가? 흥! 과연 그 간교함에 어긋남 없이 암중 수법은 성공하였다. 그러하니 내 선사께서는 아직 살아 계실 리 만무하지 않는가? 그러고도 내 선사의 생사를 내게 묻고 있는 가증스러운 망언을 하다니!"

그는 또다시 뿌드득 이를 갈았다. 이 갈리는 소리에 오 인은 실로 모골이 송연했다.

장중에 잠시 동안의 침묵이 흘렀다.

동방휘의 긴 사연을 전해들은 천외오존의 안색은 잿빛으로 침울했다. 그리고 동방휘는 마치 제자에게 이제 막 회초리질을 마친 스승과 같은 표정을 짓고 있었다.

동방휘의 입가에 일순간 희미하고도 미묘한 신비의 미소가 감돌았다.

"당신들은 과연 쾌재를 불러도 좋소. 다만 한 가지 명심해야 할 것은 이로써 모든 일이 끝난 것은 결코 아니라는 점이오. 즉, 선사께서는 서역으로 돌아온 즉시 자신이 당신들 천외오존의 비열한 암습에 걸려 이미 최후가 임박했음을 알아차리셨소. 그리하여 당신의 원한을 풀어줄 후계자에게 그 최후의 불꽃을 온통 사르셨소!"

여기까지 말을 마친 동방휘는 운소산 기암절벽이 모두 무너져 내릴 정도로 크게 웃었다.

"으하하하."

때 아닌 웃음에 천외오존이 어리둥절 하는 찰나 그는 마치 실성한 듯 부르짖었다.

"당신들은 정녕 알고 있는가? 만일 당신들의 비열한 수법만 없었더라면, 나 동방휘야말로 서역 제일의 종파인 보수종(菩修宗)이 선정한 생불(生佛) 자리에 올랐을 것이다. 생불(生

佛)! 이는 진정 사문(師門)으로서 최상의 영광이요, 서역 밀종의 제자라면 그 누구나 열망해 마지않는 자리이다. 그러나 선사이신 천뢰존자의 원한이 너무도 구천에 사무쳤기에 나는 그 생불의 보위에 오르는 것을 스스로 포기했다. 그 대신 오백여 년 간 서역 보수사에 비장(秘藏)되어 전해 내려온 밀종 희대의 무학 비전 범천륜화마황경 상의 절예를 익히기로 하였다. 선사를 잃은 슬픔과 함께 생불의 보위마저 포기하고 내 스스로 바라지 않던 무학 수련의 길을 걷게 될 줄은 나 자신조차 몰랐다. 그러나 슬픔 위에서 피나는 고련 끝에 항마의 뜻을 지닌 절예를 성취하던 날, 나는 진정 하늘을 우러러 맹세하였다. 그 맹세는 바로 그대들 천외오존을 영원히 꺼지지 않는 지옥의 겁화 속으로 떨어뜨리겠다는 것이다.”

동방휘는 갑작스럽게 몸을 돌리고 팔짱을 끼며 나직이 부르짖었다.

“이제 알겠는가? 내가 당신들 스스로 나에게 찾아온 사실을 기뻐하는 이유가 바로 이 때문이었다. 한 명도 아니고 오 인이 한꺼번에 이 자리에 나타났으니, 나는 더욱 기쁘기 그지없다.”

말을 마친 동방휘는 그 어느 때보다 광포한 앙천대소를 터뜨렸다.

순간, 산정(山頂)의 주위로 자욱이 흐르던 백운무해(白雲霧

海)가 산산이 흩어졌고, 그 진동의 여운이 온 산악을 뒤흔들기 시작했다.

실로 가공할 내공 절학의 발로가 아니면 실현할 수 없는 경지였다.

"흑! 저 나이 어린 후배의 내공 조예가 설마 이런 경지에까지 이르렀다니! 믿을 수 없다."

| 2 |

동방휘의 앙천대소에 귀 아파할 여유도 없이 천외오존은 일제히 아연실색했다. 비록 백 년 전 천하를 주름잡던 광세마두 수라제천마저 격패시켰던 그들이었으나, 이 자리에서는 실로 형언키 어려운 두려움을 느꼈다.

천외오존의 오 인은 동방휘의 노후(怒吼)로부터 본능적인 두려움을 느꼈다.

이때, 문제의 장본인으로 지목당한 천외오존 중의 두 기인 독중지성 만천기와 백타령주 독고진의 얼굴은 푸르락붉으락 실로 가관이었다.

그러나 그들은 이내 참을 수 없다는 듯 광분해 마지않았다.

홀연히 백타령주 독고진이 커다란 광소와 함께 동방휘를 향해 부르짖었다.

"으하하하! 네가 세 치(三寸) 혀로써 없던 말을 꾸며 감히 노부 등을 농간하다니! 이는 정녕 천외오존의 명성에 씻을 길 없는 모욕이다. 애송아, 노부가 네놈을 단호히 징벌해야겠다."

돌연 독고진의 일신 신형이 섬광처럼 번뜩였다. 그 순간 그의 온몸이 피로써 적셔지는 듯 시뻘겋게 화하더니, 마치 유성인 양 쾌속무비하게 앞으로 쏘아져 갔다.

동시에 백타령주 독고진의 신형은 서너 개의 분신을 창출해 냈다.

갈라진 그의 신형은 일제히 동방휘의 전신을 에워쌌다. 그러고는 바다가 송두리째 뒤집혀 끓어오르듯 거대한 핏빛 경력이 동방휘에게 쇄도해 갔다.

그러나 경쾌한 일성과 파공음이 들리는 순간 동방휘의 신형은 마치 연기처럼 그 자리에서 보이지 않았다.

정녕 눈 깜짝할 사이에 일어난 신기조화였다.

"헉!"

진력으로 일격을 가하던 백타령주 독고진은 너무도 당황하여 숨을 들이켰다.

그리고 또다시 허공에 한 가닥 공허한 파공음이 작렬하였다. 그 순간 독고진의 일격은 여지없이 무산되어 춘풍의 도화인 양 분분한 혈화(血花)만을 휘날릴 뿐이었다.

백타령주 독고진은 당황하다 못해 아연실색하고 말았다.

그의 충격이 채 가시기도 전에 한 가닥 차가운 조소가 들려왔다.

"혈잔마환귀령수에 대해 비록 스스로가 천하제일의 절예로 자부할지 모르나, 내게는 수많은 사도방문지학 중 하나밖에는 특별한 것도 없소! 흥, 당신이 겨우 이 정도의 잔재주로 감히 나를 상대하려 하니, 나로서는 섭섭할 뿐이오."

백타령주 독고진은 흑빛으로 화한 얼굴로 황급히 동방휘의 목소리가 들려오는 쪽으로 돌아섰다. 그런데 동방휘는 어느 사이에 그 곳으로부터 삼 장이나 멀리 떨어져 유유히 비웃고 있었다.

독고진의 흑빛 안색이 이제는 창백하게 변하였다.

동방휘가 이처럼 몸을 피한 수법이야말로 정녕 희세적 신법이었기 때문이다.

이때, 천외오존 중 나머지 네 명도 동방휘의 신화에 달한 신법을 보고 아연 경악해 마지않았다.

동방휘는 마치 태산처럼 버티고 서 있었다. 비록 가슴에는 천추에도 씻지 못할 혈한을 품었으나 자태만은 유유하기 이를 데 없었다. 이는 정녕 그의 무학이 지고의 경지에 달했음을 단적으로 웅변해 주고 있는 것이었다.

이때, 백타령주 독고진은 최초의 충격에서 벗어나 얼굴 전체가 붉으락푸르락 말이 아니었다.

독고진은 백 년에 걸쳐 천외오존 중의 일 인으로 억만창생으로부터 추앙받아 왔고, 일찍이 유래 없던 불세출의 대마두 수라제천마저 무림에서 물러나게 하는 데에 일익을 담당했다.

그런데 이제 겨우 약관을 면치 못한 나이 어린 후생에게 이런 치욕을 당하고 보니, 그의 분노는 걷잡을 수 없이 끓어올랐다.

"동방휘! 잘 들어라! 오늘 노부가 네 목숨을 빼앗지 못한다면, 내 스스로 천외오존 중의 일 인임을 포기하마! 각오하거라, 애송아!"

그의 날카로운 면모에 서릿발 같은 원한이 서리자 그 기세는 모골을 송연케 했다.

마치 태풍의 전야처럼 갑작스럽게 장내는 조용해졌다. 그러나 이 상황은 바로 독고진의 분노가 걷잡을 수 없이 폭발하려는 순간이었다.

그런데 이 찰나 누군가가 벽력같이 소리를 질렀다.

"독고 노형, 잠깐 참으시오!"

이어 장중으로 청색 장포를 휘날리며, 그 면모도 청수하고 준미한 중년인 하나가 쾌속하게 뛰어들었다. 그는 다름 아닌 천산신검 상관청봉이였다.

백타령주 독고진이 흠칫하며 의아한 시선으로 그를 노려보았다. 천산신검 상관청봉은 개의치 않고 오직 동방휘만을 똑바로 직시했다. 이어 그는 동방휘를 향해 거역할 수 없이 준렬하게 입을 열었다.

"노부가 그대에게 묻겠다."

그러자 동방휘는 형형한 안광을 발하며, 그에게 대꾸했다.

"흥! 내가 이미 모든 사실을 밝혔는데, 당신은 이제 와서 새삼스레 또 무엇을 묻겠단 말이요?"

상관청봉은 동방휘의 반문을 못 들은 척하며, 낭랑한 어조로 말했다.

"노부는 비록 너의 말을 들었으나, 그 말의 진위 여부에 관해서는 솔직히 판단하지 못하겠다. 십 년 전 당시 선사와의 대결에는 물론 노부도 함께 있었다. 그러나 그때 노부는 이런 일이 있었음에 대해 일말의 눈치도 채지 못했다. 그러니 어찌 네 말을 선뜻 믿을 수 있겠느냐?"

동방휘는 차가운 비웃음을 날렸다.

"흥! 믿고 안 믿고는 당신 마음이요. 다만 이 일은 누구도 부인할 수 없는 엄연한 사실이라는 것을 밝혀두겠소!"

천산신검 상관청봉의 목소리가 어느덧 차갑게 굳어 있었다. 그리고 그는 탄식과 함께 강력한 어조로 이어지는 한마디를 던졌다.

"허허! 일찍이 천외오존이 강호에 나선 이래 단 한 점의 오욕도 남기지 않았거늘! 너야말로 명심하라, 이 일은 천외오존 전체의 명예에 관계되는바 노부 등이 기어이 철저하게 규명

할 것이다."

동방휘는 그의 말이 끝나자마자 돌연 무섭게 호통을 쳤다.

"당신들은 명백히 가증스러운 추태를 자행하고서도 이제 와서 새삼 그럴 듯한 명분 따위로 은폐시키려 하고 있다. 이것이야말로 천외오존이 양두구육의 탈을 쓴 위선자임을 증명함이 아니고 무엇인가!"

이어 그는 하늘이 무너져라 광소를 터뜨렸다.

"으하하하! 당신들 천외오존이 짐짓 겉으로는 인의(仁義)를 가장하고 천하 모든 사람을 속여 왔어도 나 동방휘는 결코 속일 수 없을 것이다."

이 순간 천산신검 상관청봉의 얼굴이 창백하게 변하였다. 동방휘의 한마디는 일찍이 겪어보지 못했던 치욕적 언사였다.

그러나 천산신검 상관청봉은 분노를 누르고 침착한 마음을 유지하며 말했다.

"우매한 후생! 네가 감히 천외오존을 안중에 두지 않는 듯 함부로 광언을 늘어놓는구나!"

연이어 그는 서릿발처럼 단언했다.

"그렇다면 이 일의 진위를 가리기 전에 먼저 너의 어리석음부터 깨우쳐야겠다."

그가 표연히 한 발 앞으로 나서며 등 뒤의 검을 휘어잡으려는 순간이었다.

"아미타불!"

일성 청아한 불호 소리가 폭풍전야와도 같은 긴장을 잠시 침묵시켰다. 말할 것도 없이 불호를 외운 장본인은 기승 망아 선사였다. 그는 상관청봉을 가벼운 손짓과 더불어 만류했다.

"상관 대협, 잠깐 진정하시오!"

장내는 다시 잠시 동안 침묵이 흘렀고, 그 와중에 망아 선사의 눈빛이 동방휘에게로 닿았다. 그는 눈까지 덮은 백미를 분분히 휘날리며 말했다.

"노납이 동방 시주에게 한 가지 묻겠소. 노납을 비롯하여 우리 천외오존은 광세마두 수라제천을 격패시킨 이래 사십 년이 지난 후 강호에서 은거하여 나타나지 않았다. 그대는 이 사실을 알고 있는가?"

"흥!"

동방휘는 망아선사의 정중한 질문에도 대답치 않고 오직 차가운 코웃음을 날렸다. 그러자 망아선사의 백설처럼 흰 눈썹이 꿈틀 경련을 일으켰다.

그러나 그는 애써 격동을 자제하며 침착하게 말했다.

"사실, 노납 등 우리 천외오존이 지난 사십 년간 강호에 나타나지 않았음은 오직 한 가지 이유 때문이었다. 즉, 하늘에는 두 개의 태양이 있을 수 없고, 같은 산중 안에 두 마리의 범이 있을 수 없는 법이었기 때문이다. 하여 노납 등은 각자 지닌바 절학을 비교하여 천하제일 고수를 가려내려 하였다. 그러나 우리 오 인이 비록 서로 대소의 우열은 있었지만, 어느 한 사람을 천하제일이라 단언할 수는 없었다.”

동방휘는 눈썹 하나 까딱하지 않고 그 말을 들었다. 그 모습에는 어떠한 말에도 결코 원한을 지울 수 없다는 단호한 결의가 엿보이고 있었다.

태양은 중천에 떠올랐지만, 만추의 양광(陽光)은 이미 빛을 잃었고 다만 삭풍만이 살을 에일 뿐이었다.

바람소리에 흩어지지 않으려는 듯 망아선사의 음성이 더욱 높아졌다.

“이에 노납 등 천외오존은 서로 헤어져 십 년마다 한 번씩 만나기로 하였다. 물론 그때마다 서로의 절기를 비교하기 위한 것이었다. 그러나 십 년 전 그대의 선사가 중원 제패의 야욕을 품고 출현함에 우리는 결코 좌시할 수 없었다.”

십 년 전을 회고하는 망아선사의 목소리에는 일말의 감상이 서렸다.

“우리 천외오존은 각자의 절학으로 그대의 선사와 겨루었는데, 결과 그대의 선사는 패배하였다. 그러나 이는 진정한 그대 선사의 패배라고 할 수 없었다. 왜냐하면 당시 천뢰존자는 우리들 오 인이 자랑하는 각자의 절기와 똑같은 수법으로 겨루었기 때문이었다. 만일 그가 그러하지 않고 일신의 모든 재주를 발휘하여 우리와 일 대 일로 겨루었다면 우리 중의 그 누구도 천뢰존자를 능가하지 못했을 것이다.”

망아선사의 음성이 더욱 높아져 갔다.

“더욱이 그가 후일을 기약하였을 때 일말의 불안을 느꼈음도 사실이었다. 그러나 십 년이 지난 오늘 강호에 혜성처럼 등장한 벽안마영이라는 별호의 그대 동방 시주가 그의 후인이라는 것을 알았을 때!”

이 순간 망아선사는 길게 한숨을 내쉬었다.

“십 년 전의 기억이 되살아나며 그대가 진정 천뢰존자의 절학을 이어받은 후인임에 틀림없다면 능히 우리를 능가하리라 짐작하고 불안한 것은 사실이었다.”

돌연 노승은 백미에 뒤덮여 거의 보이지 않던 눈을 번쩍 떴다. 여느 때는 보이지 않던 형형한 안광이 두 눈에서 뿜어져 나오고 있었다.

“그러나 그대의 선사 천뢰존자가 제아무리 무서운 강적이었을지언정 조금 전 그대 동방 시주의 말처럼 독고 시주와 만노 시주 두 분이 오욕을 자초하고 자존심마저 버리면서까지 암수를 썼으리라고는 결코 믿어지지 않는다. 만일 이 일이 사실일 경우 노납이라도 결코 좌시하지 않을 것임을 사전에 말해 둔다. 그러나 그 일은 우리들 천외오존 모두에게 관련된 것인지라 결코 섣불리 경거망동할 수 없다. 노납의 말뜻을 알 겠는가?”

그의 말이 끝나기 무섭게 동방휘가 크게 웃었다.

“하하하! 망아선사, 당신의 말은 제법 그럴 듯하지만 결국 결론은 당신들의 행위에 대한 정당성을 변명하려 함에 지나지 않다고 생각되오. 그렇다면, 내가 묻겠소!”

벽안마영 동방휘의 푸르디푸른 두 눈에서 쏟아지는 광망이야말로 진정 칼날처럼 날카로웠다.

“당신은 내가 감히 선사를 빙자하여 그대들을 기만하려 한다고 생각하시오?”

망아선사는 아무런 대꾸도 하지 않았다.

“흥! 만일 그렇게 의심한다면 나는 절대 거짓이 아니라는 명백한 증거를 제시하겠소!”

동방휘가 이렇게까지 말하자, 망아선사의 눈이 번쩍 빛났다. 만일 정말 동방휘의 말처럼 명백한 증거가 제시된다면, 망아선사로서는 기타 천외오존의 한 인물을 의심하지 않을 수 없게 된다.

이때, 동방휘는 품속에서 무엇인가를 꺼냈다. 이어 그는 삭풍이 에이는 허공을 향해 분연히 외쳤다.

“보라! 오늘을 위하여 여기 칠 년 전 당시 선사의 시신(屍身)을 화장할 때 거두어 보관했던 것이다.”

때마침 부는 삭풍이 그의 손에 쥐어진 붉은 보자기를 찢어
진 기폭처럼 휘날렸다. 그 안에는 세 개의 거무스레한 물체가
담겨 있었다.

3

동방휘는 이 물체를 가리키며 분노에 찬 목소리를 허공 가득 메아리치도록 흘렸다.

"이것은 내 선사의 유골이다. 이는 화장 후에도 사리(舍利)로 화하지 않았던 세 조각의 유골인데, 마치 먹물인 듯 검다. 이유가 무엇인 줄 아는가? 다른 이유가 있을 리 없다. 이는 저 가증스러운 만 늙은이의 독수(毒手)에 의한 것이 아니고 무엇이겠는가?"

세 조각의 검은 유골은 그의 말이 사실임을 증명하는 명백한 증거였다. 일순간 망아선사의 얼굴에 곤혹의 빛이 떠올랐다. 예기치 않은 일이 벌어졌기 때문이었다.

"이, 이럴 수가! 만노 시주, 이것이 진정 사실이오?"

이 순간 독중지성 만천기의 얼굴은 붉으락푸르락 실로 당황을 금치 못하는 빛이 역력했다. 한마디 변명조차 못하는 데다가 만천기의 얼굴빛이 변해 가자, 망아선사는 동방휘의 말이 사실임을 본능적으로 눈치챘다.

망아선사가 신음하듯 내뱉으며 분노를 격발하려 했다. 그러나 그 순간,

독중지성 만천기가 갑작스레 광소를 터뜨리며 말했다.

"으하하하! 망아, 당신마저 나를 모욕할 셈이오? 나는 이처럼 어이없는 누명에 대해 결코 왈가왈부하고 싶지 않으니 마음대로 생각하시오!"

이때 백타령주 독고진도 침묵한 채 짙은 살기만을 발할 뿐 긍정도 부정도 하지 않았다. 천산신검 상관청봉, 현천자 등은 믿을 수도 안 믿을 수도 없다는 듯 실로 곤혹에 찬 표정이었다.

이때 독중지성 만천기가 재차 분연히 부르짖었다.

"하늘을 우러러 맹세하건대 나 독중지성 만천기는 결코 천외오존의 명성에 먹칠을 하지 않았다. 망아선사, 그리고 나머지 세 분, 비록 우리가 걷는바 정(正)과 사(邪)의 길이 다를망정 지난 백 년간 함께 고락하며 우의를 나눠왔는데, 이제 한낱 나이 어린 애송이의 세 치 혀에 놀아나 노부를 의심할 줄은 몰랐소! 이제 보니, 나의 생애가 너무도 비참하기 그지없소."

돌연 그가 피를 토하듯 외쳤다.

"나 만천기는 피할 수 없는 누명을 썼다. 이에 죽음으로써 결백을 밝히고자 한다!"

순간 그의 손이 번뜩 움직였는가 싶더니, 어느 사이 시뻘건

선혈이 솟구쳤다.

"앗! 만노 시주!"

천외오존이 일제히 부르짖었다. 그러나 천외오존 중 나머지 사 인이 말릴 겨를도 없이 만천기는 스스로 천령개를 찍어 자결하고 말았다. 전광석화와 같은 순간에 일어난 변고였다.

나머지 천외오존은 아연 경악하여 넋을 잃었을 정도였다.

이때 백타령주 독고진이 부드득 이를 갈며, 분노가 구천에 사무치듯 광분하여 소리쳤다.

"우리들 천외오존이 백 년간 함께 지내오다가 이런 참화에 놓이게 될 줄은 꿈에도 몰랐다. 이 모두가 저 애송이의 간교한 수작 때문이다. 동방휘! 네놈을 도저히 용서하지 못하겠다."

망아선사 역시 그의 말을 긍정하듯 살기충만한 표정으로 고개를 끄덕였다.

그러나 독중지성 만천기의 예기치 않은 자살에 놀란 것은 그들만이 아니었다. 동방휘 역시 순간 놀람을 감추지 못했다.

당황하고 있던 동방휘를 향해 백타령주 독고진이 다시 소리쳤다.

"모두 저자를 협공하여 그 피로써 만형의 영혼을 위로해야 할 것이오!"

이윽고 망아선사가 은은한 노기마저 띠고 동방휘에게 힐책을 던졌다.

"아미타불! 그대는 어찌하여 거짓으로 만노 시주를 모함하였는가? 그 때문에 만노 시주가 죽음에까지 이르렀으니, 이 일은 응당 그대에게 책임이 있는 게 분명하다."

동방휘가 이내 응수했다.

"흥! 그는 스스로 잘못하여 죽음을 택했을 뿐 나와는 아무런 관련도 없소!"

망아선사가 그 말에 참을 수 없다는 듯 분연히 소리쳤다.

"소 시주! 그대는 소승의 힐책에도 반성치 못하고, 아직도 간교한 수작을 부리려 하는구나!"

"선사, 당신은 나를 핍박하지 마시오. 그가 죽은 것은 스스로의 죄를 인정했기 때문이오!"

동방휘는 독중지성 만천기의 죽음이 자신의 책임은커녕 응당 죽어 마땅하다는 식으로 말했다. 이에 망아선사는 더할 수 없이 분노했다.

"닥쳐라! 죽음을 눈앞에 두고 거짓을 행하는 자가 고금에 걸쳐 누가 있느냐? 그대는 결코 망인(亡人)을 욕되게 하지 마라!"

"그렇다면 당신들이 감히 나의 사부를 의심한단 말인가?"

이에 백타령주 독고진이 차디차게 웃었다.

"흐흐흐! 애송이, 너는 오늘 기적이 일어나지 않는 한 결코 여기에서 떠나지 못할 것이다!"

스르릉!

차가운 금속성이 울렸다. 천산신검 상관청봉이 그의 명성도 드높은 백룡신검(白龍神劍)을 뽑는 소리였다.

동방휘는 차디찬 코웃음을 날렸다.

"흥! 당신들이 기어이……,"

이어 그의 얼굴에는 단호한 의지의 표정이 서렸다.

바야흐로 일전을 피할 수 없는 결정적 시기였다.

"천외오존의 이름을 더럽히고 중원무림을 모독하는 자, 이에 하늘을 대신하여 너를 징벌하니 너무 원망치 말라!"

홀연히 한 가닥 인영이 번뜩이며, 청색 푸른 검광이 동방휘에게 섬전처럼 날아갔다. 이어 망아선사와 현천자, 그리고 백타령주 독고진이 일제히 협공하였다.

천외오존 중 사 인은 동방휘를 향해 경천동지의 대공세를 퍼붓기 시작했다.

이 대공세의 위력은 무림 천 년의 유구한 세월 중에서도 일찍이 그 유래가 없던 불세출의 대마두인 수라제천마저 패하게 할 정도였다.

비록 각자의 우열은 있으나 각각 독보적 경지를 자랑하는 다섯 기인 천외오존 네 명이 분노한 끝에 협력하는 기세는 실로 하늘을 무너뜨리고 땅이 갈라질 정도였다.

그러나 동방휘는 그 누구도 당해내지 못할 대공세에도 불구하고 싸늘한 코웃음을 쳤다.

"흥!"

순간 동방휘는 극도로 빠른 신법으로 몸을 날렸다. 그리고 장내에 한 차례 커다란 굉음이 진동하는 순간, 그는 입가에 냉소를 머금었다.

실로 눈 깜짝할 사이에 일어난 괴변이었다. 동방휘가 천외오존의 가공할 협공을 간단하게 피해냈다. 이에 천외오존 사인의 얼굴이 일제히 변하였다.

그러나 이때 천산신검 상관청봉이 분연히 소리쳤다.

"애송이! 제법이다. 그렇다면 노부가 단신으로 너를 상대하겠다."

여전히 동방휘는 얼굴에 차가운 비웃음을 머금고 있었다.

"군자는 극기로써 스스로를 자제하는 법이요! 당신의 그 이성적이지 못한 판단에서 나온 태도는 후일 반드시 그대에게 치명적 실패의 원인이 될 것이오!"

이 한마디는 간단히 말해서 스무 살의 새파란 청년이 백 살 넘은 노인에게 훈계를 하는 꼴이었다. 그러하니 백 살이 넘은 노인에 해당하는 상관청봉으로서는 분노가 하늘까지 치밀어 오르는 게 당연했다.

"닥쳐라! 네가 감히 누구에게 훈계하는 것이냐?"

말이 떨어지기 무섭게 상관청봉은 동방휘에게 일검을 쓸어 갔다. 그가 강호 천지에 자랑하는 일대의 절세 검식 천강십이 식이 숨 돌릴 사이도 없이 연거푸 쏟아지기 시작한 것이다.

천강십이식, 이는 본시 전후의 각 사식(四式)과 후 삼식으 로 이루어져 있었다. 먼저, 기수세인 제일 초 섬(閃)이 실로 섬광처럼 작렬하기 무섭게 전(電), 뇌(雷), 사(射)가 쏟아졌다.

"흐흠!"

벽안마영 동방휘가 아무리 뛰어난들 이러한 공격을 감히 경 시할 수 없었다.

천산신검의 예리무비한 공세는 이에 그치지 않았다. 잇따라 후 삼식 유(流), 폭(瀑), 참(斬), 어(禦) 등은 실로 파죽의 기세 로 동방휘를 휩쓸어갔다.

그러나 벽안마영 동방휘는 이내 정신을 추스렸다. 그리고 추호도 두려움을 느끼지 않고 오히려 한 가닥 담담한 미소마 저 흘리며 이에 맞섰다.

그는 신기에 달한 신법으로 마치 빛살인 양 이리 번뜩 저리 번뜩 몸을 피하며, 양장(兩掌)을 번갈아 휘둘렀다.

쏴아!

마치 죽림을 누비는 찬바람인 듯 예리하고도 모골이 송연한 소리가 들렸다.

동방휘의 공격도 이에 그치지 않고 계속되었다. 그는 이어 유유히 뻗치는 십여 가닥 지풍을 날렸다. 이는 바로 밀종의 비공 밀종대수인(密宗大手印)이었다.

이러한 동방휘의 반격에 그토록 광포무비하던 천산신검의 전후 팔식검식조차 헛되이 무산되고 말았다.

그러자 천산신검 상관청봉의 안색이 창백히 변하였다.

“이……, 이럴 수가!”

그는 지금 벌어진 상황에 대해 도무지 인정할 수 없었다. 그리하여 그는 재차 공격을 시도했다.

“애송이, 이번에야말로 각오하라!”

상관청봉이 전력을 다하여 동방휘를 덮쳐 가니 그 기세가 마치 천군만마(千軍萬馬)의 쇄도를 연상케 했다. 그러나 이 무서운 기세에도 동방휘는 여전히 차갑게 비웃을 뿐이었다.

“얼마든지 공격해 보거라!”

순간 동방휘의 장지(掌指)가 갑자기 변하였다. 거세난만의 경기가 폭사되는가 싶자, 그 기세가 홀연히 변하여 마치 뼈가 없는 양 흐물흐물한 한 가닥 괴이한 장력이 흐르기 시작했다.

그런데 그 기세는 온유한 중에 무섭도록 강맹하여 그 어떤 수법으로도 맞설 수 없었다.

이 역시 밀종의 독문절예인 대라의산수(大羅儀算手)와 유가신공(幽加神功)이었다.

역시 동방휘가 쏟아낸 절기에 천산신검 상관청봉은 전력을 다했으나, 막아내기 힘들었다. 이에 상관청봉은 뿌드득 이를 갈았다. 여전히 그는 패배를 인정하지 않고 있었다.

"파황(破荒)!"

그가 피를 토하듯 부르짖었다. 그에 이어 또다시 그는 죽음의 목소리를 토해 냈다.

"쇄혼(碎魂)!"

그러자 태산이 무너지듯 엄청난 검세가 동방휘에게로 밀려왔다.

상관청봉이 지금 펼친 이 식은 다름 아닌 그가 스스로 천하에 자랑하던 천강십이식 중 최후의 후 삼식이었다.

동방휘의 유가신공은 이러한 검세에 밀려 자칫하면 위태로운 지경에 처하게 될지 모르는 상황이 되었다.

삼관청봉은 크게 득의하고, 공격을 멈추지 않았다.

"각오하라! 멸천(滅天)!"

멸천, 이는 진실로 무상의 절초였다. 만일 이를 펼치고도 승리할 수 없다면 오히려 시전 했던 자가 절명하게 되는 최후의 필살 일 초였다.

이때, 벽안마영 동방휘는 얼굴에 단호한 결의를 떠올림과 동시에 손을 들어올렸다.

찰나, 그의 두 손이 마치 거대한 수레바퀴인 듯 변하며 하나의 신비로운 핏빛 일륜(日輪)이 허공에 드리워졌다.

그것은 해질 무렵 붉게 타는 태양의 화려함과 비교해도 손색이 없을 정도였다.

그뿐이 아니었다. 하나의 대일륜(大一輪)이 허공에 나타나는 순간, 그가 다시금 양손을 부르르 떨었다. 그리고 그 사이사이로 크고 작은 십여 개의 일륜이 찬란히 떠올랐다.

네 명의 절세 고수는 이 장면을 보고 경악할 수밖에 없었다.

이때, 동방휘의 일 초는 거듭 변화하여 정녕 헤아릴 수 없는 탄복의 경지를 속출하고 있었다.

그러나 감탄의 순간도 잠시 뿐, 홀연히 한 줄기의 거대한 금빛 광채가 불기둥처럼 솟구쳐 오르더니 곧장 네 사람을 향하여 쏘아져 갔다.

"아앗~!"

천외오존 중 사 인은 대경실색하여 외마디 비명을 질렀다.

"아앗~!"

이 순간 그들은 목전의 이 일 장이야말로 도저히 감당할 수 없으리 만큼 지고무상한 위력이 담긴 것을 깨달았다.

본능적인 위기가 엄습한 순간 그들은 대항하는 것마저 포기하고 즉시 신형을 후퇴시켰다.

슈슈슈슉!

네 가닥의 금빛 기류가 괴이한 소리와 함께 그들의 귓전을 스쳤다. 이어 작렬하는 경천동지의 굉음이 울려 퍼졌다.

꽈르르릉!

그러자 그들의 옆에 있는 하나의 거암(巨巖)에 금빛 찬란한 장인(掌印) 하나가 새겨지며, 미세한 돌가루가 허공으로 날렸다. 잠시 뒤에 또 한 차례의 굉음이 들려왔고, 거대한 암석은 송두리째 녹아 사라져버렸다.

"아앗~!"

천산신검 상관청봉은 물론, 망아 선사와 현천자, 백타령주 독고진도 일제히 크게 놀라고 말았다.

"이럴 수가!"

그들로서는 도대체 벽안마영 동방휘의 방금 이 일 초가 어떤 초식인지 보지도 듣지도 못했다.

그들은 비록 이 초식에 대해 알지 못하였으나 이 일 초의 위력에 대해서는 실감할 수 있었다. 그들은 이 한 초식이 천하의 그 어떤 절학보다 뛰어나고 가공할 위력을 가진 신공절예라는 것을 인정하지 않을 수 없었다.

그리고 이 순간 그들은 또 한 가지를 느꼈다. 그들은 백 년 전에 수라제천과 대결했던 이래 처음으로 결코 얕볼 수 없는 강적에 직면하였다고 느꼈다.

"아미타불!"

망아선사가 목청도 드높게 불호를 내었다.

“벽안마영 동방 시주! 그대의 방금 절륜무쌍의 그 초식이야말로 지난날 천뢰존자가 말하던 범천륜화마황경 중의 일식인가?”

그 말에 동방휘가 고개를 끄덕이며, 한 점 감정도 깃들이지 않은 채 차갑게 대꾸하였다.

“그렇소. 조금 전 내가 시전하였던 일 초야말로 범천륜화마황경의 세 가지 경세지학(經世之學) 중 하나인 범천금륜신공(梵天金輪神功)이오!”

제4장

죽음

1

동방휘의 장엄한 목소리 끝에 그들 네 명의 얼굴에는 일제히 자제할 수 없는 격동의 빛이 흘렀다.

그러나 그들의 얼굴에 떠오른 격동의 빛은 결코 두려움이 아니었다.

무림에 전해진 적은 없지만, 천외오존은 십 년 전 천뢰존자로부터 서역 밀종 최대의 극고 비급 범천륜화마황경의 존재를 들은 바 있었다.

그런데 그 한낱 전설과도 같아 실감할 수 없었던 지고무상의 비급이 홀연히 현실에 나타난 것이다. 그리고 천외오존의 바로 앞에 그 절학을 지닌 인물이 실제로 출현했다.

지금 이 순간, 천외오존은 단지 이 신비한 인연에 놀라워하고 있었을 뿐이었다.

그들은 어떠한 경우에도 결코 포기할 수 없는 자부심을 지니고 있었다. 그것은 상대의 절학이 비록 신화에 달했을지언정 자신들의 절학 또한 서역 밀종에 뒤지리라고는 추호도 생각할 수 없기 때문이었다.

그러나 어느 누구도 입을 벌려 말하지는 않았지만, 역시 그들에게는 일말의 불안은 있었다.

조금 전 전력을 다하여 합공했음에도 불구하고 동방휘는 추호도 패색을 보이지 않았다. 그 때문에 천외오존은 내심 초조했다.

또한 결정적으로 만일 자신들이 이대로 그와 싸운다면 종국에는 결코 이기지 못하리라는 것도 알고 있었다.

이는 천외오존 사 인은 이심전심으로 서로의 의중을 헤아리고 있었다.

그들은 서로가 이제야말로 추호의 방심도 없이 자신들이 지닌 일신절학을 극고의 경지까지 최대한 발휘해야 한다고 은연중에 약속한 셈이었다.

일순간 그들 네 명의 얼굴에는 한결같이 은은한 살기가 어렸다.

동방휘 또한 형세가 심상치 않음을 깨닫고 경각심을 곤두세웠다.

깊은 침묵이 흘렀고, 주위에는 팽팽한 긴장만이 고조되어 갔다. 산중의 황혼은 그 어디에서보다 일찍 찾아드는 법이었다. 이곳 또한 아직 해는 저물지 않았으나, 으스름한 어둠이 내려오고 있었다.

휘잉!

뼛속까지 에일 듯 찬바람이 불어왔으나, 장내의 열기는 식지 않았다. 오히려 터질 듯한 긴장의 연속으로 이곳은 후텁지근하기까지 했다.

긴장과 초조 속에서 모두의 얼굴에 붉은 빛이 형형한 살기가 감돌았다.

이때, 천산신검 상관천봉이 홀연히 침묵을 깨뜨리며 사납게 부르짖었다.

"벽안마영! 스스로 분수조차 모르고 날뛰는 어린 녀석아! 조금 전 노부는 약간 너를 경시하였기에 미처 뜻을 이루지 못하였다. 그러나 이번에야말로 너에게 똑바른 가르침을 주어야겠구나!"

그의 전신 손발이 있는 대로 곤두서 때마침 부는 삭풍에 분분히 휘날렸다.

천산신검 상관청봉은 본시 천외오존 중 가장 준미수려한 풍모를 지니고 있었다. 그래서 나이 백여 세가 넘었음에도 중년인 같은 홍안을 자랑하고 있었다.

그러나 그는 내심에서 끓어오르는 격분을 참을 수 없었던 탓에 얼굴 표정이 그 누구보다도 흉악하게 일그러져 있었다.

이와 대조되게 벽안마영 동방휘는 상관청봉의 노성에도 아랑곳없이 묵묵히 침묵만을 지키고 있었다. 그러나 그는 속으로 이를 데 없이 착잡한 심경을 느끼고 있었다.

사실, 그는 진정으로 이들 천외오존과 생사지투를 벌이겠다고는 처음부터 생각하지 않았다. 그는 다만 선사의 죽음에 대하여 얽혀진 의혹의 진상만을 추궁하고 싶었다.

천외오존이 비록 지난날 선사와 대결하며 암중 음모를 꾀했다 하나 그들 모두가 비열한 암수를 썼던 것은 아니었다. 문제의 암중 흉수를 제외한다면 나머지는 천하로부터 근 백 년 동안이나 추앙받는 절세의 고인들인 것이다.

그러나 동방휘의 이처럼 소박하기까지 한 열망은 독중지성 만천기의 예기치 않았던 자결로 인해 결코 이루어지기 어려웠다.

그는 착잡한 내심을 감추지 못하고 중얼거렸다.

"이들과 기어이 생사의 일전을 벌여야 하는가?"

만일 그가 일신의 신공을 펼친다면 이들 천외오존은 결코 그의 적수가 될 수 없었다. 또한 그들 천외오존은 목숨조차 부지하기 어려울 것이다. 그러나 이것은 결코 동방휘가 진정 의도했던 바가 아니었다.

조금 전, 그가 범천금륜신공을 펼쳤던 것도 사실 천외오존의 목숨을 빼앗기 위해서는 결코 아니었다.

만일 동방휘가 그 최후의 살초, 멸천을 펼친다면 필히 그들의 목숨이 부지될 수 없겠기에 짐짓 신공을 펼쳐낸 것이었다.

동방휘의 입장에서는 아직 사부의 죽음에 관한 의문은 풀리지 않은 상태에서 이들과 싸워 절명시킬 수는 없었다.

'아아!'

벽안마영 동방휘는 어두운 마음에 깊이 탄식했다.

이때, 천산신검 상관청봉이 마침내 신형을 날렸다.

백룡신검(白龍神劍).

그것은 바로 백 년 전 수라제천과 대결했던 이래 그의 성가를 높였던 절세의 신검이다.

백룡신검과 더불어 그의 날카롭고 신속한 검초가 감히 저항할 수 없이 펼쳐져 왔다. 제일 초 섬(閃), 이는 정녕 비할 바 없이 쾌속한 일 초였다.

"각오하라!"

일성 노갈이 끝나기도 전에 한 가닥 예리한 검세가 동방휘의 코앞으로 밀어닥쳤다. 비록 조금 전과 검식은 같을지언정 그 위력에 있어서는 천양지차였다.

이에 동방휘는 이번에는 가슴이 섬뜩했다. 그러나 그는 이내 차갑게 비웃었다.

"결코 원하는 바는 아니지만, 당신들의 뜻이 정 이러하다면 어쩔 수 없구려!"

그는 신속하고도 담담히 양손을 뒤집었다. 이어 네 가닥의 푸른 경기가 쾌속하게 뿜어졌다. 동방휘가 또다시 서역의 절예 밀종대수인을 시전했다.

이에 천산신검 상관청봉이 크게 웃었다.

"으하하하! 서역의 이 정도 절학쯤이야 이미 십 년 전 너의 사부 천뢰존자가 펼쳐 격패당했다. 그런데 우습게도 네가 그 무공으로 감히 노부를 상대하려 하다니!"

그와 동시에 상관청봉은 신속히 검초를 변화시켰다.

파팟!

폭죽이 터지듯 작렬하는 금속성의 굉음이 장내를 크게 뒤흔들었다. 바로 천강십이식 중 그 전 사식(前四式) 전(電), 뇌(雷), 사(射) 등이 숨 돌릴 사이도 없이 연거푸 쏟아졌다.

이러한 상관청봉의 검세는 동방휘로 하여금 섣불리 경시할 수 없게 만들었다.

뿐만 아니라, 벽안마영 동방휘의 각 양쪽으로부터도 거역할 수 없는 두 가닥의 무서운 경력이 밀어닥쳤다.

그 중 하나의 경력은 기승 망아선사의 반야미륵수미신공이었으며, 나머지 한 가닥은 현천자의 현천무극태원강기였다.

이와 더불어, 백타령주 독고진 역시 극고의 혈잔마환귀령수를 격발시켜 공세를 퍼부었다.

이로써 동방휘는 사위(四圍)로부터 네 가지 일대의 절세 무공의 공격을 받는 지난한 위기에 처하게 되었다.

그런데 이 순간이었다.

펑!

고막을 찢는 듯한 굉음이 작렬하였고, 동방휘의 신형은 어디로 갔는지 그림자조차 볼 수 없었다.

진정 희세의 신법이었다.

"헉!"

천외오존 사 인이 이에 너무도 당황하여 숨을 들이키려는 찰나였다.

"천외오존! 당신들의 드높았던 명성이 결코 명불허전이외다. 실로 탄복할 만한 절예요. 그러나! 망아선사, 당신의 불문 신공은 부드러움이 강함에 못 미쳐 그 진정한 위력이 부족하오. 그리고 현천자, 당신의 현천무극태원강기로 불리는 도가의 신공 또한 강함이 부드러움에 미치지 못하니 그 역시 최강의 경지라 할 수 없소!"

망아와 현천자, 이들 도불양가(道佛兩家)의 두 공문이성은 그의 말에 창백하게 안색이 변하였다.

"아미타불!"

"무량수불!"

그들은 제각기 불호와 도호를 내었다. 그러나 그들은 곧 담담히 말하였다.

"노납 등은 동방 시주의 예리한 혜안에 감탄하는 바이오! 그러나 이번에는 정녕 그토록 허술하지 않을 것이니 진정 각오하게!"

사실 두 사람은 그 공력을 약 팔 성까지밖에 발휘치 않았다. 이는 처음부터 진정한 공력을 펼쳐 상대를 격발시킬 필요가 없었기 때문이다.

그러나 이제는 그들의 얼굴에 짙은 살기가 어렸다.

"아미타불!"

마침내 일성 우렁찬 불호가 사자후처럼 울리며 공문이성이 동시에 신형을 번뜩였다.

벽안마영 동방휘는 이에 경각하여 급히 방어 태세를 갖추었다. 그런데 이때였다.

"멸천!"

예기치도 않게 무서운 노호(怒號)가 터져 나오며, 하늘마저 암담하게 변하는 듯 천지가 온통 싸늘한 검기에 휩싸이기 시작했다.

"아차!"

동방휘는 천려일실의 순간임을 깨달았다. 그러나 그는 곧 냉연히 입술을 깨물었다.

동방휘는 급급히 범천금륜신공으로써 망아와 현천자의 도불 양가의 유, 강 두 가닥 신공에 맞섰다.

한편 동방휘는 전신을 부르르 떨더니, 양손을 번쩍 들어 천산신검 상관청봉과 백타령주 독고진에 맞섰다.

순간 한 가닥 금빛이 거대한 불기둥인 듯 쾌속하게 솟구쳤다.

챙!

갑자기 허공으로 예리무비한 금속성이 울렸다.

그런데 알고 보니 불덩이처럼 솟구친 한 가닥 금빛 기둥은 바로 동방휘의 팔이었다.

이 상황은 동방휘의 너무도 무모한 도전이었다. 그는 천하에 그 위명도 드높은 절세의 신검인 백룡신검을 맨 팔로 막아 내려 한 것이다.

정말이지 이 일은 아무리 생각해 봐도 동방휘가 제정신이 아니고서야 일어날 수 없었다. 그러나 결과는 실로 의외였다.

땅!

시끄러운 금속성이 요란하게 울려 퍼졌다. 동방휘의 팔은 여전히 금빛 찬란한 빛을 발하고 있었고, 그의 팔에 부딪친 백룡신검은 흡사 부러질 듯 부르르 떨고 있었다.

"으윽!"

천산신검 상관청봉은 단말마의 신음을 뿜어냈다. 동방휘의 팔에 부딪친 검이 손에서 튕겨져 나가려는 듯 무섭게 떨렸기 때문이다. 이에 상관청봉은 검을 놓치지 않으려 이를 악물었다.

동방휘의 팔은 더욱 금빛으로 빛났다.

이것은 정녕 믿어지지 않는 일련의 변고였다. 이를 데 없이 예리한 신검을 자신의 팔뚝으로 막아낸다는 것은 전설 속에서도 겪어보지 못한 괴사였다.

그러나 이것이야말로 범천륜화마황경 중의 극히 일부분에 지나지 않는 절예 중 하나였을 뿐이다.

동방휘가 범천금륜금비신장(梵天金輪金臂神掌)을 끌어올리게 되면, 그의 팔이 찬란한 금빛으로 빛나며 금강불괴지체로 화하는 것이었다.

여하튼 상관청봉은 동방휘의 팔에 붙은 검을 놓칠 듯싶자, 더욱 필사적으로 움켜쥐었다.

"크윽!"

찰나, 그는 자제할 수 없이 울컥 한 모금의 시뻘건 핏물을 토해 내고야 말았다.

이와 동시에 백타령주 독고진의 혈잔마환귀령수 또한 동방휘의 금빛 팔에 깊이 박혔다. 그리하여 그 역시 충격으로 인해 울컥 선혈을 뿜으며 대여섯 걸음 뒤로 물러났다.

한편, 동방휘의 범천금륜신공과 정면으로 부딪쳤던 망아와 현천자 또한 결코 무사할 수만은 없었다.

"으윽~!"

"크윽~!"

그들도 거의 동시에 기혈이 뒤집혀 일성 고통에 찬 신음과 함께 비틀비틀 뒤로 물러섰다. 그러나 이 상황은 결코 벽안마영 동방휘의 승리라 단언할 수 없었다.

그 또한 망아 선사와 현천자의 합공 하에서 전신 기혈이 뒤집힌 상황이었다.

그런데 설상가상으로 천산신검 상관청봉의 돌이킬 수 없는 살초가 펼쳐져 오자, 무리하게 내공을 끌어올려 범천금륜금비신장을 전개했던 탓으로 극심한 내상을 면치 못했다.

"으~윽!"

동방휘 역시 을컥울컥 치솟는 선혈을 토해 냈다.

이 일전은 그 누구도 승리했다고 장담할 수 없는 양패구상의 결과였다.

동방휘는 내심으로 탄식해 마지않았다. 이미 기혈이 극심하게 뒤집혔던 탓으로 그는 한시라도 운공요상해야 했다. 그러나 운공요상을 하다가 상대에게 한 치의 틈이라도 준다면 운소산 절봉에 허무하게 뼈를 묻을 수밖에 없었다.

그리하여 벽안마영 동방휘로서는 살아남을 방법이 단 한 가지밖에 없었다. 그것은 다름 아닌 자신이 지닌 최후의 절초 범천뇌강삼식(梵天雷 三式)을 펼쳐내는 것이었다. 이 무공은 범천륜화마황경의 모든 절예 중에서도 가장 높은 경지의 위력을 발휘하는 것이었다.

범천뇌강삼식을 일단 전개하면 천외오존 정도는 능히 제압하고도 남을 정도였다. 그러나 여기에는 한 가지 문제가 따랐다. 사실 그가 익힌 범천뇌강삼식의 경지는 겨우 칠 성(七成)에 불과할 뿐이었다. 그 때문에 이 절대절명의 초식을 펼친다면 비록 펼칠 수는 있지만, 결코 임의로 거두어들일 수 없었다.

그러나 무엇보다 이 초식을 시전 할 경우 비록 천외오존이라고 하는 초일류 고수도 결코 살아남을 수 없다는 점이 문제였다. 동방휘는 사람의 생명을 아끼고 중시하는 편이었다. 이에 그는 곤혹스러운 표정을 지으며 생각했다.

'아! 이는 진정 내가 바라는 바가 아니다. 아직 선사의 죽음에 얽힌 의혹조차 풀지 못했는데 어찌 이들을 몰살시킬 수 있단 말인가? 게다가 나는 아직까지 단 한 번의 살인도 한 일이 없다. 그런데 어떻게…….'

그러나 사람은 죽음 앞에서는 이기적일 수밖에 없다. 동방휘 또한 그랬다. 일신의 기혈이 극도로 뒤집혀진 지금 범천뇌강삼식을 펼치지 않으면 자신이 죽어야 할 처지였다.

그는 자신도 모르게 문득 비통하게 부르짖었다.

"아! 나는 기어이 범천뇌강삼식을 펼쳐야 하며, 살생을 피할 수 없단 말인가?"

회한과 절망에 어린 탄식이 삭풍 에이는 황혼의 허공 멀리까지 메아리 쳤다.

동방휘는 생각 끝에 마침내 단호히 결심했다. 그리고 드디
어 공력을 주입하여 이 무상무적의 범천뇌강삼식을 펼치려는
준비를 감행했다.

2

그런데 이때였다.

"잠깐만! 제발 멈추세요!"

황혼의 노을이 죽음의 그림자인 양 짙게 드리워진 이곳 절봉에 때아닌 여인의 음성이 터져 나왔다.

이어서 홀연히 자의를 걸친 미소녀가 장중에 모습을 나타냈다. 때마침 부는 삭풍에 그녀의 유난히 긴 머리카락이 하염없이 흩날렸다.

그녀의 살결은 백옥(白玉)이라 해도 비할 바 못되었고, 두 눈동자는 꿈꾸는 듯 아름다움의 극치를 이루었으며, 오뚝한 콧날은 슬픔과 고아한 품위를 동시에 지니고 있었다. 그리고 타는 듯 붉은 입술에는 한없는 열정의 불꽃이 감추어진 듯하면서 웬일인지 우수와 비애에 젖어 있었다.

진정 꿈에서나 볼 수 있는 절세가인의 자태였다.

그러나 그녀의 아름다운 얼굴은 무척이나 창백하고, 두 볼에는 끊임없이 뜨거운 눈물이 흐르고 있었다.

“아!”

벽안마영 동방휘가 먼저 탄성을 발하며 부르르 떨었다.

자의소녀는 다름 아닌 그가 그토록 오매불망했던 바로 그 여인이었다.

그러나 이때 필살의 일전을 벌이던 천외오존 중에 네 명 또한 적지 않게 놀랐다.

불현듯 백타령주 독고진이 소리쳤다.

“그대는 남궁 소저! 그런데 어떻게 이런 곳까지 왔단 말인가?”

의혹에 찬 그 말에 대답 하듯 자의소녀가 울컥 울음을 터뜨렸다.

“흐흑! 소녀 남궁려려(南宮麗麗) 그 어찌 더 이상 천지를 속이겠습니까? 엎드려 죽음으로써 용서를 빌며 말씀드리니, 이 싸움의 결과는 모든 분이 비참한 최후로써 끝날 것입니다. 이를 알고 있는 소녀는 앉아서 볼 수만 없었습니다.”

네 명의 절세 고인은 아연 흠칫했다.

“무엇이?”

벽안마영 동방휘 또한 그녀의 말이 심상치 않음에 긴장하였다.

백타령주 독고진이 다시금 분명히 소리쳤다.

“남궁 소저, 그대는 어찌된 영문인지 속히 사실대로 말해보라!"

자의소녀 남궁려려는 감히 직시할 수 없는 듯 더욱 크게 울었다.

"아, 흐흑! 소녀가 이제 와서 어찌 더 이상 숨기겠습니까? 오늘의 이 싸움은 시종일관 그 누군가의 음모에 의하여 치밀히 안배된 것입니다. 여러분의 싸움의 승패가 어찌되든 결과는 오직 모든 분의 비참한 최후만 있을 뿐입니다."

그녀의 오열이 더욱 높아졌다. 하늘마저 그녀의 슬픔을 헤아리는 것인지 서편 하늘의 황혼이 유난히도 핏빛으로 붉었다.

피 끓는 오열과 함께 그녀가 홀연히 부르짖었다.

"음모! 실로 가증스러운 음모에 의해 여기의 모든 분이 이미 극독에 중독되신 거예요! 그것은 천하에서 그 해약조차 찾을 수 없는 극독무비의 칠정착정무영지독(七情齚情無影之毒)입니다. 그러하니 여러분이 어찌 죽음을 피하실 수 있겠습니까?"

"그게 진정 사실인가?"

중인이 모두 경악하여 안색이 흙빛으로 변하였다. 정녕 믿을 수 없는 일이었다.

일세를 풍미하던 전대(前代)의 고인 네 사람과 그들보다 한 수 위 실력을 자랑하던 동방휘에게 극독을 시전 할 수 있는 사람이 천하에 과연 누구인가.

남궁려려가 처연히 말하였다.

"만일 소녀의 말이 추호라도 거짓으로 의심되신다면 네 분은 지금 즉시 운공해 보시기 바랍니다."

누구도 그녀의 말을 선뜻 믿을 수 없었으나 밀어닥치는 불안감 또한 떨칠 수 없어서 그들은 황급히 운공해 보았다.

'이……, 이럴 수가!'

정녕 황혼의 노을마저 사신(死神)의 그림자인 듯 천외사존은 모두가 아연 경악해 마지않았다. 반신반의하며 운공하던 즉시, 자신들의 내가공력이 이미 절반이나 흩어졌음을 깨달았기 때문이다.

물론 그들 천외사존이 처음부터 이런 현상을 까마득히 몰랐던 것만은 아니었다. 그러나 그들은 각자 이런 기미를 느끼고 단지 조금 전에 입었던 내상 때문이려니 여겼을 뿐이다. 그런데 절반밖에 남지 않은 내가공력마저 이내 단전에서 분분히 흩어지니 더 이상 의심할 여지가 없었다.

"어……, 어찌 이럴 수가 있단 말인가?"

삽시간에 그들은 암울한 절망에 휩싸였다. 게다가 그들은 이에 본능적으로 죽음에 대한 공포가 밀물처럼 스며들었다.

그들은 실로 하늘을 우러러 원망해 마지않았다.

일찍이 비원을 품고 절학을 연마했던 이래 격동과 풍상의 세월 백삼십여 년 간 풍운의 강호를 종횡하면서도, 불세출의 마두 수라제천과 겨루면서도, 그 어느 때고 일찍이 겪어 보지 않았던 죽음의 두려움이 밀려왔다.

자의소녀 남궁려려의 음성은 통한과 비애에 젖어 있었다.

"아! 여러분의 그나마 남은 일신의 공력마저 일 각이 지나지 않아 사라지고 말 것입니다. 이윽고 지옥의 겁화에 떨어진 듯 무서운 고통이 엄습할 것이며, 그때야말로 대라신선(大羅神仙)이라 할지라도 결코 죽음을 피할 수 없을 것입니다."

남궁려려는 낙조를 물들이는 통한의 오열을 터뜨리며 계속 말했다.

"소녀 남궁려려는 일찍이 이런 음모를 알고 있었으면서도 사전에 여러분께 말씀드리지 않았으니, 이는 진정 소녀가 황하(黃河)의 탁류에 스스로 몸을 던져 물고기의 밥이 되더라도 씻을 수 없는 큰 죄입니다."

이에 현천자의 온후했던 얼굴에 노기가 충천했다.

"남궁 여 시주! 우리들 천외오존은 일찍이 남궁세가(南宮世家)에 있어 불구대천의 원수 수라제천을 멸하였을 뿐 아니라 그대의 조부 남궁천(南宮天)에게 우리 천외오존의 각기 절학도 전수해 주었다. 결과 남궁천은 현 중원무림의 제 일인자로 군림하게 되었거늘 은혜를 원수로 갚아도 유분수이지 어찌 이럴 수가 있는가?"

이에 남궁려려는 더욱 소리 높여 통곡하였다.

"소녀 진정 죽어 구천지옥에 간다 하더라도 할 말이 없사옵니다. 바라옵건데 소녀의 책임지지 못할 큰 죄를 죽음으로 씻게 하소서!"

천외사존은 굳게 입을 다물었다. 심연과도 같은 침묵이 흘렀다. 죽음이 임박하였음을 알리는 황혼의 노을은 더욱 붉게 타오르고 몸부림치는 그녀의 통곡만이 드높았다.

이때, 벽안마영 동방휘가 돌연 그녀를 주시하며 말하였다.

"남궁려려라……. 그대의 이름이 남궁려려였소? 그렇다면 당신은 결국 이 모든 음모를 사전에 알고 있었다는 말인데 이 음모의 배후자가 대체 누구란 말이오?"

남궁려려는 대답 대신 더욱 소리 높여 통곡했다.

벽안마영 동방휘가 분노하여 소리쳤다.

"이처럼 극악무도한 음모의 흉수가 누구인가를 어서 말하시오!"

그런데 이때였다.

"으하하하!"

홀연히 황량한 산정을 뒤흔드는 일성 광소가 있었다. 이어서 표표히 한 인영이 장중에 모습을 드러냈다.

"아아! 그대는 만 노형!"

천산신검 상관청봉이 경악하여 부르짖었다.

과연, 그 인영은 다름 아닌 틀림없는 독중지성 만천기였다. 겉보기에 이를 데 없이 온화한 선풍도골의 풍모에서부터 그 어디에도 만천기가 아니라고 부정할 만한 것이 없었다.

천외사존은 너무도 경악하여 이미 쓰러져 피투성이가 되어 있는 만천기의 시체와 뒤늦게 나타난 또 하나의 만천기를 번갈아 바라보았다.

이때 독중지성 만천기는 태연자약하다 못해 오히려 표표히 웃었다.

"상관청봉, 그대는 그토록 놀랄 것 없다. 또한 나 독중지성 만천기는 이렇듯 엄연히 살아 있으니, 이미 고깃덩이에 불과한 그자를 쳐다볼 필요도 없다!"

상관청봉은 실로 벌린 입을 다물 수 없었다.

"대체 어찌 이런 일이!"

만천기가 시큰둥하게 받아넘겼다.

"괴이할 것 없는 일이다. 그는 그대들을 위하여 노부가 미리부터 안배했던 화신(化身)에 불과할 뿐이다."

"아미타불!"

홀연히 망아선사가 짙고 백설 같은 백미(白眉)를 치켜뜨며 분연히 외쳤다.

"만노 시주! 그대가 백 년간의 우의마저 져버리고 이처럼 괴이쩍게 행동하다니! 대체 그 이유가 무엇이오?"

그러자 갑자기 독중지성 만천기는 미친 듯 웃어젖혔다.

"으하하하! 당신, 늙은 중은 그 이유를 진정 몰라서 묻는가?"

이어 그는 제법 엄숙한 신색으로 단호히 내뱉었다.

"본시 천하에 두 주인이 있을 수 없는 법이지! 이는 하늘에 두 개의 태양이 있을 수 없고, 산중에 두 마리 뱀이 있을 수 없는 것과 같은 이치가 아니겠는가? 노부는 수라제천을 궤멸시킨 이래 지난 백 년의 세월을 보내면서 너무도 절실히 깨달았다. 더구나 나는 독술(毒術)에 있어서만 그대들 사 인을 능가할 뿐이었다."

그는 괴이한 소성(笑聲)을 흘렸다. 이 순간만은 그의 인자하기만 하던 선풍도골의 그 풍모는 모두 사라져버린 듯했다. 비로소 마수를 드러낸 이 마당에 이르러 그는 실로 아수라의 면모를 연상케 했다.

"독술을 제외하고 모든 무공이 그대들보다 뒤떨어지는 나 독중지성 만천기가 그대들이 살아 있는 한 어찌 천하 제패의 꿈을 이룰 수 있겠는가? 영영 그 기회는 오지 않으리라 절망하던 중에 십 년 전 천뢰존자가 나타난 것을 계기로 나는 비로소 깨달은 바가 있었다."

그가 흉안을 빛내며 백타령주 독고진을 바라보았다.

"더구나 그 기회를 놓치지 말라고 일깨운 자가 있었으니 그는 바로 그대 백타령주 독고진이었다!"

백타령주 독고진의 창백한 안색이 흠칫하였다.

이내 황혼은 저물고 어둠이 짙게 내리깔렸다. 천외사존과 동방휘는 암야(暗夜)를 뒤흔드는 저 웃음이 장차 천하에 미증유의 대겁난을 예고하는 폭풍의 징후라는 생각이 들었다.

"백타령주! 그대 역시 암수를 썼으나, 그것은 오직 후환을 제거하기 위한 목적이었을 뿐이다. 그러나 나는 오늘의 결과를 예측하여 미리 안배해 놓고자 함이었으니 심기의 깊이에서 그대는 나보다 뒤졌다!"

백타령주 독고진은 골수에 사무치는 분노로 부드득 이를 갈았다. 만천기는 이 사이 또 한 차례 광포하게 웃었다.

"하하하! 어디 그 뿐이랴! 어리석게도 그대들은 아직까지도 깨우치지 못하는 바가 있다. 노부 만천기가 오늘의 안배를 더욱 치밀하게 하기 위하여 남궁려려를 이 일에 끌어들인 것이다. 하하하하……."

독중지성 만천기는 동방휘를 바라보았다.

"천뢰존자의 후인인 너 애송이 동방휘! 네 딴에는 네가 그녀를 처음 본 것이 우연인 줄 알았을 것이나, 기실 십 년 전부터 노부가 치밀하게 안배해 놓았던 일련의 조치였다. 남궁려려! 이 아이야말로 남궁세가의 천금으로 그 미모마저 이렇듯 천하제일이니 강호상에서 천상옥화(天上玉花)라 불리지 않더냐? 노부는 이 일을 꾸미기 위해 남궁세가의 가솔(家率) 칠백 팔십구 명의 생명을 담보로 만일의 경우 몰살시킨다 하였으니, 그녀가 어찌 이 일에 가담치 않을 수 있었겠느냐?”

그가 말을 마치자, 남궁려려는 갑자기 통한이 복받치는 듯 통곡해 마지않았다.

이때, 모든 사실을 명백히 깨닫고 난 중인은 일제히 격분해 마지않았다.

“천하에 이를 데 없이 악독한 자! 어찌 사람으로 이럴 수 있는가?”

그 중에서도 가장 격분한 인물은 천산신검 상관청봉이었다.

“내 어찌 너 따위 흉악무도한 자를 그대로 두랴!”

성난 맹수가 대지를 박차듯 덮쳐들려는 찰나였다.

독중지성 만천기의 냉혹한 음성이 귓전에 울렸다.

“상관청봉! 우리 천외오존 중 비록 대소의 우열은 있었으나 엄격히 따진다면 그대의 실력이 가장 뛰어나다는 것을 노부 역시 인정한다. 게다가 마음먹기에 따라서는 그대가 노부쯤은 안중에도 두지 않음을 모르지 않는다!”

천산신검 상관청봉의 노후가 야공을 찢었다.

“오냐! 너의 흉적을 이미 알고 있었으니 그나마 다행이다!”

다시 한 차례 노후(怒吼)를 지르며 등 뒤의 백룡신검을 뽑으려는 순간이었다. 그런데 웬일인지 만천기는 눈썹 하나 까닥하지 않았다.

만천기는 오히려 입가에 차갑고도 야릇한 조소마저 흘리고 있었다.

"흐흐흐! 그래 좋다! 어디 마음껏 날뛰어 봐라!"

천산신검 상관청봉은 이에 더 이상 참을 수 없었다.

"천지간에 두 번 다시없을 악적아! 노부가 일 검에 너의 그 흉악한 몸을 두 동강 내리라!"

마침내 칠흑 같은 어둠 속에 한 무리의 섬광이 번뜩하였다. 천산신검 상관청봉이 드디어 절초를 펼쳐내자, 그 검광이 찬란한 광휘를 드러내기 시작했다.

그러나 이 어찌된 일인지, 검세는 비록 찬란히 빛났지만 기이하게도 진기가 끝까지 주입되지 않았다. 그로 인해 천산신검 상관청봉은 도중에 허무하게 쓰러지고 말았다.

실로 양광(陽光) 아래의 이슬인 듯 이 무력함에 그는 경악을 금치 못했다.

그가 흠칫하는 사이에 득의의 대소와 함께 만천기의 손이 번뜩였다.

이어 먹물을 뿌린 듯 쇄도해 오는 한 줄기의 묵영장법(墨影掌法)이 있었다.

"만독신장(萬毒神掌)!"

그것은 옷깃에 스치기만 하여도 일시에 시골(屍骨)로 화하는 절세독공(絕世毒功)이었다. 만일 보통 때 같으면 상관청봉 같은 전대 고인은 이쯤을 두려워할 리 없었다.

　그러나 지금은 진기가 고갈되어 한낱 무력한 상태였기에 그는 실로 어이없이 최후의 순간에 임박하게 되었다.

┊ 3 ┊

팟!

만독신장의 장세가 상관청봉의 가슴 앞까지 파고들던 그 순간, 귀청을 찢는 파공음과 함께 홀연히 솟구친 한 줄기 금빛 일륜이 만천기의 공세를 제지시켰다.

절대절명의 순간에 의외로 동방휘가 이를 대신 가로막았다.

비록 천산신검의 절대절명의 위기는 면하였으나, 동방휘 역시 진기가 고갈되었던 상태인지라 장력이 부딪치는 순간 기혈이 진탕되어 선혈을 뿜으며 뒤로 대여섯 걸음을 밀려났다.

그러나 독중지성 만천기는 겨우 세 걸음을 물러섰을 뿐이다.

"설마 네가 상관청봉을 구하려 들 줄이야! 정녕 뜻밖이다. 그러나 흥! 애송아! 너는 스스로의 일신조차 가누지 못하면서 천방지축 함부로 날뛰다니 실로 가소롭다!"

이어 그는 사신(死神)의 음성인 듯 싸늘히 내뱉었다.

"벽안마영 동방휘! 너는 과연 천하제일의 절륜고수임을 노부도 인정한다. 그러나 너는 과연 노부의 생각대로 한낱 인정에 이끌려 그 고강절륜한 일신지학마저 빛을 잃게 되었다. 예로부터 영웅은 굴강무비해야 하는 것을 모르고 있었나 보구나!"

다시 그는 네 명의 전대 기인을 바라보며 말하였다.

"사실 이들 네 명의 인물이 자존망대하여 스스로 천하무적임을 자부했으나, 이 역시 어리석은 일이다. 만일 동방휘, 그대가 진정 독하게 마음먹었다면 나를 포함한 천외오존을 격살시킬 수 있었음을 이들은 모르나, 나만은 일찍부터 알았다. 동방휘! 그대는 어찌 범천륜화마황경 중의 최상 절초인 범천뇌강삼식을 펼치지 않았느냐?"

순간 동방휘는 크게 놀라지 않을 수 없었다.

"도대체 네가 그걸 어찌 알았느냐?"

"내 어찌 그 정도도 모르랴. 네놈은 이처럼 지고무상한 비급 중에서도 최상의 절학 범천뇌강삼식을 지니고도 오히려 내게 패하여 최후를 맞으니, 실로 어리석은 작태(作態)로구나!"

이어 그는 흉안을 번뜩였다.

"네가 절학을 익힌 이상 비급 또한 너의 몸에 있을 테니, 범천륜화마황경과 범천뇌강검(梵天雷剛劍)은 이제 나의 차지로다! 이로써 나는 천하의 주인이 되는 것이다."

독중지성 만천기는 이윽고 동방휘 앞으로 서서히 다가왔다.

이때, 모든 사람은 이미 독이 골수까지 퍼져 감히 대항할 길이 없었다. 그리하여 속수무책인 채 오직 망연자실할 뿐이었다.

"호호호!"

만천기의 괴소가 소름 끼치리 만큼 전신을 훑었다.

벽안마영 동방휘는 이를 악물고 저항하려 했다. 그러나 그 또한 전신에 퍼진 독기로 인해 운기조차 어려웠다.

파팟!

순간 경쾌한 파공음이 작렬했다.

"윽!"

동방휘가 신음과 함께 입가에 낭자한 선혈을 흘렸다. 독중지성 만천기의 무영탈환지(無影奪還指)가 여지없이 그를 격중시켰다.

반면 만천기의 손에는 어느새 한 권의 고색창연한 양피지의 책자가 들려 있었다.

"범천륜화마황경! 드디어 나의 손에 들어왔구나! 나를 천하패주의 보좌에 올려줄 비급이여! 이제 동방휘 그대는 보검 또한 노부에게 양도해야 한다. 이렇듯 은혜를 베푸는 네놈에게 노부는 무한히 고마움을 느낀다. 잘 가거라!"

그가 손바닥을 편 채로 손을 번쩍 쳐들었다. 이미 무력해진 동방휘는 그의 단 일 장만으로도 즉사하기에 충분했다.

드디어 손을 내리치려던 찰나, 독중지성 만천기는 무슨 까닭인지 멈칫하였다.

"아이야! 노부는 너에게 무한한 신세를 졌거늘, 어찌 그 은혜에 대해 모른 척 할 수 있단 말인가?"

홀연히 그의 입가에 간사한 미소가 감돌았다.

"은혜를 생각하여 노부가 특별히 서서히 죽여주마. 나머지도 모두 마찬가지이니, 노부의 자비심에 크게 감사해야 할 것이다. 그러나 남궁려려! 너만은 살려주어 나의 총애를 흠뻑 받게 할 것이니 두려워 말라!"

독중지성 만천기가 동방휘로부터 범천뇌강검을 강탈하여 뽑아들었다.

암흑 속에서 검날의 광채는 기이하게 빛나고 있었다. 최후가 마침내 목전으로 임박하였다. 만천기는 천외사존과 동방휘를 겨냥하여 일 검을 내리칠 태세를 갖추었다.

그러나 아무도 눈치 채지 못하는 사이 벽안마영 동방휘의 얼굴이 기이한 홍조로 물들었다. 동시에 두 눈도 기이하게 번뜩이더니, 그의 벽안에서 돌연 푸른 물이 뚝뚝 떨어지는 듯하였다.

"앗! 뇌광포삼(雷光瀑森)!"

돌연 빛나는 광채가 장중을 뒤덮기 시작했다. 독중지성 만천기가 비로소 깨닫고 경악하여 외쳤다. 그러나 이미 때는 늦었다.

동방휘가 손을 휘저으니, 온통 푸른빛에 싸인 한 가닥 장력이 쾌속하게 만천기의 손으로 부딪쳐 갔다.

꽈르르릉!

섬광이 작렬했다. 그리고 그 섬광은 여지없이 독중지성 만천기를 향해 치달았다. 만천기는 갑자기 숨이 확 막혀옴을 느꼈다. 그는 본능적으로 모든 내공을 끌어올려 동방휘의 뇌광포삼에 대항했으나 역부족이었다.

눈 깜짝할 사이에 만천기는 단 한 마디 말도 남기지 못한 채 한 줌의 재로 화했다.

이는 삽시간에 일어난 것이었다. 다른 중인은 오직 눈앞에서 번뜩였던 찬란한 광채만을 보았을 뿐, 그 누구도 진정한 상황을 몰랐다.

실로 상상도 못할 만큼 찬란했던 푸른빛의 광휘가 사라지고서야, 홀연히 동방휘의 모습이 나타났다. 그러나 그의 모습은 실로 참혹하여 목불인견이었다. 일신에 걸친 옷자락은 모조리 불타 없어지고 몸 전체가 불에 그을린 듯 숯덩이와 같았다. 실로 괴물처럼 변모된 모습이었다.

남궁려려는 물론 천외사존도 경악하여 감히 벌린 입을 다물지 못했다.

이때 동방휘가 미친 듯 광소를 터뜨렸다.

"으하하하! 이로써 천하무림에 전설과 함께 내려오던 일대 절예비급 범천륜화마황경은 영원히 사라졌다. 뿐만 아니라 오백 년 전, 전대의 두 기인이 남겼던 절학 또한 나의 죽음과 더불어 영원히 사라질 것이다. 이로써 깨닫는 바 또한 있다. 천하무적이란 결코 없는 법! 백 년간 무적을 자랑하던 그대들 천외오존의 자존망대적 자부가 얼마나 부질없었던 것이었나 새삼 느껴진다."

절봉 위에 부는 바람이 그 어느 때보다 거세었다.

그러나 동방휘의 통한에 젖은 분노의 외침은 바람소리마저 침묵시켰다.

"천하는 영원히 기억해야 한다. 천외오존을 능가했던 그 옛날 백 년 전의 수라제천마저 나, 동방휘의 적수가 될 수 없다. 그러나 이 모든 것도 결국엔 다 아무 소용없다. 그것을 기억해야 한다. 그렇지 않으면 피의 역사는 수레바퀴처럼 이어질 것이다!"

동방휘의 절규는 차라리 피를 토하는 통곡이었다.

"나 벽안마영 동방휘는 비록 절륜의 무학과 한 자루 고검을 안고 천 리 종횡하였으나, 한 명의 벗도 없다가 우연히 한 여인을 만나 잠시 주렸던 정(情)에 취했다. 그런데 결국 그로 인해 죽음에 이르게 될 줄은 꿈에도 몰랐다."

이 말을 들은 남궁려려는 더 이상 참지 못하고 부르짖었다.

"상공(相公), 소녀 또한 비록 표현하지 못했으나 진정으로 사모했습니다. 이제 흉적이 사라졌으니 소녀는 영원히 당신을 따르겠습니다."

그녀의 두 눈에서는 비오듯 눈물이 흘렀다.

남궁려려의 솔직한 고백에 사실 동방휘의 마음은 기쁨으로 가득 찼다. 그녀가 어떠한 몹쓸 짓을 했더라도 자신이 사랑하는 여인이었고, 그 여인으로부터 사랑을 받게 되었다는 사실이 그를 흥분시켰다. 그러나 동방휘에게 또 하나의 생각이 치밀어 올랐다. 동방휘는 장엄한 어조로 말했다.

"남궁려려. 아무 말도 하지 마시오. 이제 와서 그런 소리를 한들 무슨 소용이 있겠소. 나는 비록 범천륜화마황경의 절학 중 하나인 회원보기대법(廻元輔氣大法)으로써 본신의 잠력을 격발하여 일시적으로 회생할 수 있었으나, 이로써 내가진력이 오히려 더욱 고갈되었소. 잠시 후면 비참한 최후만이 있을 것인데 당신이 나를 따라 무얼 하겠소? 하하하!"

그의 광소에 하늘이 무너지고 땅이 흔들렸다. 그것은 죽음을 앞둔 한 인간의 절망적인 광소였다. 인생을 살아가며 야망도 사랑도 어떠한 가치도 죽음이라는 본연의 인간적 공포 앞에서는 무색하게 되는 법이었다.

"나는 모든 것을 버리고 영원히 사라져 간다. 그러나 나의 고검만은 끝내 나를 버리지 않았으니, 이 또한 나와 함께 어딘가에 묻혀 영원히 사라질 것이다.”

피 끓는 광소를 뒤로하고 그는 비틀거리며 하산하기 시작했다. 그는 남궁려려조차도 남겨 둔 채, 홀로 고독한 발걸음을 내딛었다.

“아아, 상공! 부디 이 죄 많은 계집을 용서하소서! 흐흐흑!”

이때, 남궁려려가 문득 눈물 젖은 얼굴을 들자 망아 선사가 말하였다.

“남궁 소저, 그대는 이리 오라!”

남궁려려는 슬픔에 가득 찬 신색으로 천외사존에게 다가갔다. 망아 선사는 그녀를 앞에 두고 비통한 음성으로 말했다.

“천외오존이 이렇듯 비참한 최후를 맞을 줄 몰랐다. 그러나 우리는 결코 죽기를 두려워하지 않는다. 다만 우리들의 절학이 실전되지 않기를 간절히 바랄 뿐이다.”

상관청봉이 말하였다.

“그리하여 우리들 사 인의 절학을 이 자리의 유일한 생존자인 그대에게 남겨주려 결심하였다.”

남궁려려가 다시 통곡해 마지않았다.

“소녀의 죄는 진정 갚을 길이 없습니다.”

“남궁 소저, 그대가 우리에게 진 빚을 갚는 길은 단 하나뿐이다. 바로 우리 사 인의 절학을 빛내는 것이다.”

천외사존은 그 즉시 그들의 옷을 찢어 각기의 절학을 피로
써 써 내려가기 시작했다.

제 5 장

묘역(墓域)의 소년(少年)

1

✽✽ 만추(晩秋).

　차가운 겨울이 얼마 남지 않은 늦은 가을밤은 먹물을 뿌려 놓은 듯 온통 암흑이었다. 게다가 차가운 비마저 퍼붓고 있으니 싸늘한 귀기까지 서렸다.

　심연(深淵)의 고요함과 짙고 깊은 암흑의 바다를 더해 놓은 것과 같은 암야(暗夜)에 그 속을 표류하듯 허우적거리고 비틀거리며 걷는 한 인영이 있었다.

　그는 전신에 실오라기 하나 걸치지 않았다. 벌거숭이 나신은 웬일인지 불에 그을린 듯 새까만 숯덩이 같아서 나신인지조차 분간할 수 없을 지경이었다.

　그는 몹시도 비틀거렸다. 일신을 가누기 어려운 듯 이따금씩 주위의 바위에 부딪치기 일쑤였다.

　그런데 그의 몸이 바위에 부딪칠 때마다 그 몸에 닿았던 바위가 부서졌다. 괴기하게도 정작 바위에 할퀴어 상처가 나야 할 몸둥어리는 피 한 방울조차 맺히지 않았다.

그토록 몸조차 가누지 못하면서 괴인영은 어디론가 어둠 속을 끝없이 헤쳐 갔다. 동시에 무엇인가 끊임없이 중얼거리고 있었다. 그때마다 그의 입에서는 울컥울컥 검붉은 핏덩이가 솟구쳐 나왔다.

어둠 속에서 사정없이 쏟아지는 차가운 빗줄기가 끊임없이 그의 허약한 나신을 때렸다.

허공에 부유하는 망자(亡子)의 방황인 듯 허우적거리며 끝없이 암흑 속을 헤쳐 가던 그가 홀연히 멈추어 섰다.

이윽고 그는 피를 토하며 탄식했다.

"아! 나는 일신에 절학을 지니고도 웅지를 펼쳐보지 못했다. 그러나 개의치 않는다. 지금 이 순간 나의 바람은 단 한 가지뿐이다. 비록 천하는 얻지 못했을지라도 나의 이 한몸 누일 수 있는 사방 여섯 자의 자리만이라도 찾을 수 있다면 나는 죽어도 여한이 없겠노라!"

그는 입가에 씁쓸한 미소를 지으며 문득 어두운 허공을 응시하였다. 그러나 역시 보이는 것은 칠흑의 공간, 무망의 바다일 뿐이었다.

야색을 휘젓는 차가운 빗줄기만이 그의 시야에 들어오는 유일한 피사체(被寫體)였다.

그런데 힘없이 멈추어 서 있던 그가 돌연 썩은 고목이 뿌리째 뽑혀지는 듯 꽈당 하고 힘없이 쓰러졌다.

그가 쓰러져 있는 모습을 보아하니, 마치 썩은 시신 한 구가 누워 있는 듯한 분위기를 자아내었다.

그는 마침내 숨을 거둔 것인지 좀체 깨어날 생각을 하지 않았다.

가혹하게도 어둠을 휘젓는 빗발은 더욱 거세어졌다. 괴인영의 나신은 차가운 장대비를 고스란히 받아들여야 했다. 그 고통은 이루 형용할 수 없을 진데, 괴인영은 그런 것조차 느끼지 못하는 것 같았다.

쏴아아~!

빗소리가 마치 울부짖는 아수라(阿修羅)의 호곡(號哭) 같았다.

그런데 새까만 몸의 괴인영은 아직 죽지 않았다. 비록 너무도 지쳐 잠시 혼절하였으나, 사정없이 때리는 찬비가 이내 그의 꺼져 가는 혼백을 뒤흔들었다.

썩은 고목처럼 움직이지 않던 지체가 경련하듯 한 차례 부르르 떨었다. 이윽고 그는 홀연히 일어섰다. 쓰러질 듯 비틀거리면서도 기어이 대지를 두 발로 딛고 섰다.

"가야지! 가지 않고 어이하리! 나의 이 고검(古劍)! 그 옛날 전설의 주인이 지녔다는 이 한 자루의 고검이 나를 지켜주는 한 나는 갈 것이다."

그는 대체 어디로 가려고 하는 것인가? 그러나 문득 그는 또다시 탄식해 마지않았다.

"그러나 전설의 유검(遺劍)이여! 너도 오래지 않아 나와 함께 땅 속에 묻힐 것이다. 오랜 세월이 지난 후에 누군가가 또다시 너의 주인이 될지도 모른다. 하지만 나의 시신이 썩어감에 따라 너 역시 깊이 묻혀 영원히 나타나지 않을 것이다. 안타깝다. 나는 비록 너를 차지하였으나, 인연이 없어 기어이 너의 비밀을 밝히지 못한 채 한낱 황천의 고혼으로 쓰러져 가는구나!"

어둠 속에서도 찬란히 빛나는 한 자루의 고검에 얽힌 비밀이란 대체 무엇인가?

그는 그러한 독백만을 남겨 둔 채 다시 어디론가 걸음을 옮겼다.

쏴아아~!

빗소리가 더욱 거세졌다.

그로부터 얼마 후 뼛속까지 시리던 늦가을의 찬비는 그치고 먹장 같던 구름도 걷혔다. 비온 후의 시리도록 차가움은 여전해도 오직 암흑뿐이던 허공에는 명월이 은은히 빛나고 있었다. 한기는 뼈를 에어도 월광이 고고하니 어디선가 풀벌레 소리가 들려왔다.

죽음에서 소생한 듯 월광과 별빛 아래 은은히 비쳐지는 산천을 넘는 자가 있었다.

얼마 전 어디론가 향하고 있던 새까만 나신의 괴인영이였다. 그런데 달빛 아래 드러난 그의 모습은 바로 벽안마영 동방휘였다.

그는 운소산에서 마지막 정기를 고갈해 가며, 흉악무도한 악적 독중지성 만천기를 처단하였다. 그러나 그 전에 만천기의 만독신장에 격중되어 극심한 내상을 입었다. 만독신장은 장풍에 스치기만 해도 온몸이 녹아내리는 무서운 사파의 절학이었다.

그럼에도 동방휘의 수련이 인간의 한계를 벗어났기에 얼마 동안 살아남을 수 있었다.

하지만 그는 자신의 죽음이 임박했음을 알고, 남궁려려를 비롯한 천외사존을 운소산에 남기고 홀연히 떠났다.

동방휘는 온몸에 상세를 입고, 유현(幽玄)의 세계를 떠도는 망령인 듯 비틀비틀 걷고 있었다. 이러한 그의 모습은 얼마 전까지 그가 천하제일 고수였다는 사실을 무색하게 만들었다.

지금 그에게는 차라리 어둠이 나았다. 사실 그는 이제 더 이상 천하제일 고수일 수 없었다. 그는 이제 죽음을 목전에 둔 나약한 일개 평범한 인간일 뿐이었다.

일신의 절학과 사부로부터 물려받았던 비급, 더불어 천하에 진동하던 명성 모두가 더 이상 그에게 남아 있지 않았다.

"아아!"

그는 한 여인을 사랑한 것의 대가로 오늘날 이렇게 된 것이었다. 그는 하필 다른 여인도 아닌 남궁려려에게 정을 느끼게 되어 그 모든 것을 잃고, 이윽고는 목숨마저 버려야 될 경지에 처하였다.

그러나 그는 후회하지 않았다. 결국 남궁려려의 진심을 알았으며, 사랑이란 어쨌든 고귀한 감정이기 때문이다.

모든 것은 다 떠나버렸어도 지금 그에게 남아 있는 한 가지가 있었다. 그것은 바로 한 자루의 고색창연한 고검(古劍)이었다.

이때, 차가운 한풍이 그의 면전을 스쳤다. 동시에 으스스한 귀기가 바람에 실려 느껴졌다.

"아아~!"

홀연히 그가 탄식하였다. 그 순간 그는 월광 아래 펼쳐진 하나의 묘역(墓域)을 보았다. 묘역에는 헤아릴 수 없이 많은 무덤이 가득 들어 차 있었다. 구릉에는 봉분마저 낡고 허물어져 허연 뼈가 보이는 무덤마저 있었다.

때마침 부는 바람에 뒹굴던 시골(屍骨)이 저희들끼리 부딪치며 덜그덕덜그덕 소리를 냈다.

진정 대낮에도 감히 가까이 가기 어려운 귀기 서린 묘역이었다.

다른 사람 같았으면 걸음아 나 살려라 도망을 쳐도 모자랐을 터인데, 괴이하게도 벽안마영 동방휘는 이때야 비로소 안도의 빛을 띠었다.

"이제야 찾았도다. 나는 기어이 나의 최후를 마칠 만한 장소를 찾아내고야 말았다."

그는 자신이 편히 누워 죽어갈 수 있는 장소를 찾았기에 조금이나마 다행이라고 생각했다. 그러나 그도 역시 인간이기에 쓸쓸히 최후를 마쳐야 한다는 것에 대해 한 가닥 회한이 피어올랐다.

회한에 가득 찬 마음 때문인지, 홀연히 그의 뺨을 타고 두 가닥 뜨거운 혈루가 흘러내렸다. 그 순간 그의 머릿속에 자신이 살아온 생애가 주마등처럼 스쳐 지나갔다.

"일찍이 나는 태어나자마자 천하에 일 점 혈육 없는 고아로 자라났다. 그러나 나는 생불(生佛)의 후계자로까지 성장하였다. 나는 최선을 다해 의(義)를 행해 왔고, 결코 오늘과 같은 최후가 있을 줄은 몰랐다. 사실 이처럼 중원에 나와 천하를 종횡무진 하였던 것은 나의 진심이 아니었다. 다만 사부의 유명에 따랐을 뿐이다."

벽안마영 동방휘는 길게 탄식하며 계속 중얼거렸다.

"그러나 이 역시 나의 운명이니, 나는 결코 선사를 원망하지는 않는다. 비록 생불의 보위를 포기하였어도 어찌 후회 따

위를 하겠는가? 게다가 나는 처음으로 남궁려려에게 사랑이
란 감정을 품어보았다. 그녀 또한 나를 받아들이겠다고 했다.
그녀가 어떤 일을 하였든지 본질은 사랑이었고, 그것은 좋은
감정이니 후회 따위는 하지 않는다.”

동방휘는 자신이 살아온 인생에 대해 돌이켜 보았고, 이제
는 지금의 자신에 대해 생각해 보았다.

“다만 외로웠던 생애를 죽음마저 외롭게 맞는가 하여 불안
하였는데, 지금 나는 여기 이처럼 수많은 사람이 모인 곳에
함께 잠들 수 있게 되니 너무도 다행이다. 또한 나에게는 끝
까지 변치 않는 이 한 자루의 고검이 있지 않은가?”

말을 마치고 난 그 순간 동방휘는 갑자기 비명이라도 지를
듯 온몸에 경련을 일으켰다. 그 무엇에도 비할 바 없는 고통
이 엄습해 왔다.

동방휘는 고통에 몸부림치며, 이제 그를 지탱하던 마지막
생명의 불꽃도 얼마 남지 않았음을 깨달았다. 내상을 입은 뒤
에 전신에 번졌던 독수가 급기야는 골수까지 퍼졌다.

“으으으~!”

고통에 신음하던 그는 비틀거렸다. 이윽고 더 이상 견디지
못하여 거목이 쓰러지듯 쓰러져 움직이지 못했다.

그는 죽음을 앞둔 자의 처절한 음성을 뱉어냈다.

“이제야말로 최후로구나!”

2

그는 대지에 쓰러져 대지(大地)에 누웠다. 그러자 조금 전 내렸던 가을비의 차가운 한기가 오싹 그의 전신에 전해져 왔다. 그러나 이는 그나마 다행이었다. 고통스럽지만 그 차가움으로 인해 최후로 치닫던 그의 생명은 잠시 더 부지할 수 있었다.

전신으로 파고드는 싸늘한 한기를 느끼며 그는 대지에 누워 망연히 허공을 응시하였다.

그런데 바로 그 때, 월광의 야색과 귀기만이 교교한 적막의 묘역에서 홀연히 한 가닥 인기척이 느껴졌다. 마지막 순간이나마 평온히 눈을 감고 싶었던 그였다.

"이런 곳에 누가?"

본능적으로 아연 흠칫 하는 순간, 참을 수 없이 긴장된 감정이 그를 억눌렀다. 그러나 그는 이내 안도하였다.

죽음의 묘역에 홀연히 나타난 자는 분명 무림인은 아니었기 때문이다.

망혼(亡魂)만이 떠도는 묘역 사이를 한 명의 소년이 유유히 걸어오고 있었다. 달빛에 비친 그의 모습으로 보아 소년의 나이는 십오륙 세쯤 되어보였다. 일신에 비록 청의유삼을 걸쳤으나 낡고 헤어져 이미 누더기에 불과했다. 낡은 옷자락을 한풍에 휘날리는 그는 안색마저 창백하고 파리했다.

그러나 자세히 보면, 비록 야위어 창백해도 그 두 눈에서 청순한 정기(精氣)가 뿜어져 나오고 있었다. 그의 얼굴 또한 병약한 자태만 아니라면 천하에 이를 데 없이 준수하였다.

동방휘는 그를 주시하였다. 그러나 소년은 동방휘의 존재를 전혀 눈치 채지 못했다. 소년은 동방휘를 등 뒤로 어느 무덤 앞에 이르러 멈추어 섰다.

쏴아!

이곳 귀역에 떠도는 망자들의 울부짖음인 듯 바람소리가 이를 데 없이 황량했다.

소년도 추위가 뼛속까지 사무치련만 의외로 의연한 모습이었다.

홀연히 소년이 애닲은 음성으로 통곡하듯 입을 열었다.

"소자, 강일위(康逸威)가 다시 어머님의 묘소를 찾았습니다."

동방휘는 소년에게 무슨 사연이 있기에 저토록 단장의 슬픔이 깃든 호곡을 하는지 궁금하였다. 그는 일신의 고통마저 잊고 자신도 모르게 귀를 기울였다.

"소자의 나이 어느덧 십육 세가 되었습니다. 다시 말해 어머님이 소자를 버려두고 떠나신 지도 어언 십육 년이 흘렀습니다. 어머니! 진정 원망스럽습니다. 어찌하여 소자만을 이토록 모진 운명에 던져 놓으신 채 어머님 홀로 훌쩍 떠나셨습니까?"

소년의 두 눈에서는 어느덧 뜨거운 눈물이 비 오듯 흘렀다.

"천하에 오직 단 한 분뿐이던 아버님마저 일찍부터 소자의 병을 고치려 동분서주하시더니, 삼 년 전 집을 떠나신 이래로 아예 소식조차 없으십니다. 소자의 인연 있는 자로 계모 한 씨와 소남방(蘇南方)이 있다 하나 그들이 어찌 소자와 한 집안 식구일 수 있겠습니까?"

강일위, 그의 나이 십육 세였다. 그는 본시 이곳 묘역에서 멀지 않은 유주현(柳州縣) 출신이었다. 더구나 그의 집안은 유주현 일대에서 가장 명망 있는 일문(一門)인 유계산장(柳溪山莊)이었다.

그곳의 장주인 강옥성(康玉聲)은 일찍이 무림에서도 꽤 높은 명성을 날리던 인물이었으나, 무슨 이유에서인지 십수 년 전 이곳 유주현에 은거한 기인이었다. 다만 이런 부친의 내력을 소년 강일위는 몰랐다. 어쨌든 그 부친 강옥성은 정체를 숨긴 강호의 영웅이었을 뿐 아니라 유주현 일대의 대지주였다.

그러나 부귀와 영화를 한몸에 누려도 인간에게 일말의 불행은 언제나 따르는 법이다. 부러울 것 없는 강옥성도 어느 날 뼈를 깎는 비운의 슬픔을 겪어야 했다.

강옥성에게는 사랑하는 부인이 있었는데, 그의 부인이 아들 하나를 낳고 산고로 죽고 말았다.

그런데 그 아들이 바로 강일위였다. 강일위는 태어날 때부터 지혜와 총명이 뛰어났다. 나이 다섯 살에 학문의 이치를 깨달았고, 이삼년 후에는 깊은 학문의 세계를 이해하는 경지에 이르렀다.

그는 사서삼경(四書三經)은 물론이요, 예(禮), 락(樂), 사(射), 어(御), 서(書), 수(數)의 육예(六藝)와 그 외에도 천문지리(天文地理), 병서기학(兵書奇學) 등 두루 통하지 않는 학문이 없었다.

그러나 그는 태어날 때부터 병약하였다. 언제나 창백한 안색인 채 햇빛을 제대로 보지 못할 정도였다. 이에 그의 부친 강옥성은 아들의 병약함을 고치려고 백방으로 노력하였다.

천하의 모든 명의를 초빙하고 좋은 약이 있다면 어디라도 가서 구해왔다. 그때문에 그는 집에 있는 날이 거의 없었다.

그러나 부친의 이런 노력에도 불구하고 강일위의 병약함은 끝내 고쳐지지 않았다.

그러던 중, 강일위의 부친은 어느 매파의 권유에 따라 계모를 맞아들었다. 계모 한 씨에게는 아들 하나가 있어 이름을 소남방이라 하였다.

여하튼 삼 년 전 강일위의 부친 강옥성은 또다시 영약을 구하러 집을 떠났다. 그러나 어찌된 일인지 이번에는 두 번 다시 돌아오지 않았다.

그로부터 소년 강일위가 계모에게 당한 고초는 필설로 표현할 수 없을 정도였다. 더구나 병약한 그로서는 도저히 그 고통을 감당할 수 없었다.

그때마다 강일위는 이곳 묘역으로 달려왔다.

사실 그는 어머니의 일을 물을 때마다 부친이 죽었노라고 대답하였으므로 이곳 어딘가에 어머님의 무덤 또한 있으리라 여길 뿐이었다.

그는 슬픔을 참을 수 없을 지경이면 언제나 이곳에 와서 하염없이 울었다.

그러다가 마침내 사흘 전, 계모 한 씨가 장원의 집사 진로야(秦老爺)를 시켜 자신을 죽이려 속삭이는 것을 들었다.

이에 그는 소스라치게 놀라 필사적으로 도망쳤다. 피를 토하듯 단장(斷腸)의 목소리로 여기까지 넋두리를 늘어놓던 그는 홀연히 허공을 우러러보았다.

"아, 저 달을 보니 마침 생각이 나는구나! 십 년 전 어느 날,

오늘처럼 달이 밝던 날 밤에 아버님께서 무공을 연마하시던 모습이 선하게 떠오르는구나! 그때 아버님께서는 비록 내가 훔쳐보는 것을 깨닫지 못하셨으나, 나는 아버님의 월하의 무공 연습 장면을 오랫동안 황홀하게 지켜보았다. 만일 지금 내가 아버님께 무공을 배운 놈이라면 나는 계모와 그 아들을 결코 용서치 않을 것이다.”

하지만 소년은 이내 깊이 탄식하였다.

“모두 소용없다. 나는 벌써 이틀이나 굶주려 더 이상 견딜 수 없으니, 이대로 어머님의 곁에서 죽기만 바랄 뿐이다!”

그는 처절히 절규했다.

“어머니! 제발 소자를 한 시라도 속히 당신의 곁으로 데리고 가 주십시오!”

이때였다. 그 피어린 절규에 대답이라도 하듯 은은히 일성 장탄식이 울려오는 것이었다.

“아아~!”

┆ 3 ┆

　망자의 고혼만이 떠도는 죽음의 묘역에 자신 외에 또 누가 있어 탄식을 뿜어내는 것인지 강일위는 경악할 수밖에 없었다.

　더욱이 그 탄식 속에는 세상의 슬픔이 모두 깃들인 듯 단장의 비애마저 서려 있었다.

　강일위는 순간 공포심이 치밀어 올랐으나 이내 담담한 표정으로 되돌아갔다. 이어 어린 나이답지 않은 대담함을 보이며 허공에 질문을 던졌다.

　"도대체 어느 분이기에 이런 묘역에서 단장의 한숨을 내뿜고 계시는지요?"

　그러자 한 줄기 음울한 목소리가 반문해 왔다.

　"애야! 너는 나의 목소리가 두렵지 않느냐?"

　소년이 쓸쓸한 어조로 대답했다.

　"본시 예로부터 사람의 생(生)과 사(死)는 하늘에 달렸다 하였습니다. 어찌 죽고 삶에 연연하여 추태를 부리겠습니까?

더욱이 지금의 나는 스스로 목숨을 끊고 싶은 심경입니다. 만일 형장께서 귀신이라면, 오히려 부탁이니 나의 초개같은 목숨을 거두어 가 주십시오.”

그러자 이에 음울한 목소리가 곧 화답해 왔다.

“소형제, 그대는 나이도 어리면서 정말 담대하구나! 정녕 목숨이 아깝지 않단 말인가?”

강일위가 다시 대꾸했다.

“대지에 두 발을 딛고 천기(天機)의 복록을 누리는 자 치고 하루라도 더 살고 싶지 않은 자가 없을 것입니다. 그러나 불가에서도 일러 일체유심조(一切有心造)라 하였듯 모든 것은 마음먹기에 따라 다른 것이라 생각됩니다. 지금의 나는 천하에 혈혈단신으로 오직 암울한 앞날뿐이니 어찌 구차하게 더 이상 살기를 바라겠습니까?”

“소형제의 말을 듣고 보니, 한 가닥 연민의 정이 솟구친다. 그렇다면 묻겠다! 그대를 이러한 고통과 절망에 빠뜨린 그들에게 소형제는 복수하고 싶은 게 진심인가?”

홀연히 강일위는 격동하여 부르르 몸을 떨었다.

“만일 내가 할 수 있다면 반드시 설욕하고 싶습니다!”

그러나 그는 이내 절망에 찬 표정으로 되돌아왔다. 그는 자신의 초라한 처지를 깨달은 것이었다.

“그러나 나는 설욕은커녕 내 일신마저 지탱키 어려울 만큼 허약하니……. 아아!"

"으음~!"

보이지 않는 상대가 나직이 신음을 내뿜었다.

묘역의 밤공기는 유난히도 차가웠다. 교교히 비치는 월색과 성운의 잔광마저 얼음처럼 차가웠다. 그러나 이들 사이에는 왠지 모를 뜨거움이 복받치고 있었다.

잠시 침묵이 흘렀다.

여전히 모습은 보이지 않은 채 어둠 속의 목소리가 다시 울려왔다.

"소형제, 비록 그대를 핍박하였어도 그들은 역시 한 가족이 아닌가? 어찌 한 가족에게 복수하겠다는 생각을 품을 수 있는가?"

강일위가 다시 몸을 떨었다. 강일위는 너무도 정신적, 육체적 압박이 커서 생각이 거기에만 미치면 치가 떨리는 모양이었다.

"계모 한 씨는 나를 낳아준 어머니가 아니며, 소방남은 나와 피를 나눈 형제가 아닙니다. 더구나 비록 남남끼리일 망정 한 끼 밥을 나누어 먹으면 인의를 지킬 줄 아는 것이 진실한 인간이라 생각합니다. 그러나 그들은 한 지붕 아래 수 년을 살고도 그처럼 박정하니 어찌 인간이라 부를 수 있겠습니까? 나는 비록 어려서부터 공맹지도(孔孟之道)에 대해 익혔으나,

사람 같지 않는 자들은 용서할 수 없습니다.”

돌연 묘역의 괴기로운 야색(夜色)을 울리며 일성 낭랑한 웃음소리가 피어올랐다.

“하하하~! 소형제의 그 생각에는 나 역시 동감이네!”

이어 보이지 않는 어둠 속의 목소리가 다시 말했다.

“소형제, 그대는 내 모습이 어떤지 보고 싶지 않은가? 만일 보고 싶다면 돌아서거라.”

강일위는 거의 무의식중에 돌아섰다.

“흡!”

그는 아연 경악하여 전신이 모두 굳어버리는 것 같았다.

자신의 앞 오 장쯤에 한 무덤을 의지하고 선 그림자는 실로 귀신의 모습 그대로였다.

숯덩이처럼 검게 그을린 나신과 입에서는 끊임없이 붉은 피가 흘러내려 모골이 송연할 정도의 자태였다.

이를 데 없이 쓸쓸한 음성이 놀란 강일위의 귓전으로 스며들었다.

“소형제, 과연 그대는 내 모습에 놀라는군!”

강일위는 비로소 제정신이 들었다. 그리고 그는 스스로의 행동을 몹시 수치스럽게 여겼다. 그때문에 그는 황망히 놀란 신색을 감추며 말하였다.

“아닙니다. 불초는 잠시의 실수에 대해 부끄럽게 여깁니다.

사실 사람의 겉모양을 보고 그 됨됨이를 짐작하는 것은 이를 데 없이 어리석은 것입니다. 비록 그 외양이 양귀비와 같은 절세가인이라 해도 속마음이 아름답지 못하다면, 어찌 그를 가인이라 칭할 수 있겠습니까?”

이때 강일위는 계모의 아름다운 외모와 그와는 딴판으로 악독하기 그지없는 속마음을 뇌리 한편에 떠올렸다.

어둠 속의 괴인은 강일위의 이 말이 크게 마음에 들었던 모양인지, 묘역 전체가 뒤흔들리도록 크게 웃었다.

“하하하~! 그대가 오늘 나를 만났음은 진실로 하늘이 미리 정하셨던 인연이 닿았기 때문이다. 소형제, 그대의 이름 석 자 강일위(康逸威)는 오늘 이로써 나의 가슴속에 오래 새겨져 영원히 지워지지 않을 것이다.”

기뻐하는 음성과 함께 그는 재차 땅이 꺼지게 통한의 장탄식을 뿜으며 말했다.

“아! 만일 내가 조금만 더 살 수 있다면 좋으련만! 그러나 이미 최후의 순간이 임박하였으니 모처럼의 인연을 얻고도 함께 정분을 나누지 못함이 너무도 유감이다.”

이어 그는 강일위를 바라보며 힘주어 말했다.

“소형제! 나는 얼마 후면 여기서 죽을 것이다. 그러나 자네에게는 앞으로 많은 날들이 남아 있다. 그러니 어떠한 인생역경에도 굴하지 말고, 용기를 가지고 살거라! 그리하면 언제인가 행복한 날이 찾아올 것이다."

이 말에 강일위가 눈을 크게 떴다.

"형장께서 얼마 안 있어 죽는다니 왜 그래야 합니까? 믿기 어렵군요!"

어둠 속의 괴인이 쓸쓸히 웃었다.

"나 역시 부정하고 싶으나, 그것은 사실이다. 나는 이미 죽음을 목전에 둔 처지다!"

그러자 강일위는 자신도 모르게 부르짖었다.

"그렇다면 나 역시 뒤따라가게 해 주십시오!"

그는 비록 이 눈앞의 괴인을 오늘 처음 만났으나 왠지 모르게 혈육과 같은 친밀함을 느꼈다.

그러나 그의 말에 괴인은 단호하게 소리쳤다.

"안 돼! 자네는 조금 전 나의 말을 잊었는가?"

이에 강일위는 애걸하듯 말하였다.

"사실 나는 태어나면서부터 병약한 체질이었습니다. 그리하여 어차피 미구에 죽을 몸입니다. 더 이상 산다는 것도 무의미한 노릇입니다. 아버님의 실종도 또한 따지고 보면 나의 병약함 때문이니, 내 어찌 더 이상 살 수 있겠습니까?"

괴인은 빨아들일 듯 깊은 의문의 눈초리로 소년을 바라보았다.

"소형제, 자네가 태어날 때부터 선천적으로 병약했음은 어떠한 고질이 있기 때문인가?"

강일위는 힘없이 고개를 저으며 말했다.

"모릅니다. 다만 내 나이 십여 세 때였습니다. 어느 날 밤 침실에 들어오신 아버님께서 내가 잠든 줄 알고 말씀하셨던 것을 희미하게 기억하고 있을 뿐입니다."

"당시 그대 부친은 무어라 하시던가?"

"불쌍한 자식! 이십 세가 되기 전에 너는 온몸의 혈맥이 굳어 절명할 것이니, 나는 네가 너무도 측은하고 불쌍하구나! 이렇듯 한탄 하셨습니다."

강일위는 자신의 말에 괴인이 흠칫하는 것을 어둠 속에서도 느낄 수 있었다.

잠시 동안 죽음처럼 싸늘한 침묵이 흘렀다. 그리고 멈추었던 바람도 다시 불기 시작했다. 세차게 부는 바람으로 인해 시골들이 서로 부딪치며 호곡하듯 어지럽게 울었다.

그때, 홀연히 귀기 서린 침묵의 야색을 깨고 괴인이 말하였다.

"소형제, 내가 그대의 맥을 짚어 봐도 되겠는가?"

이에 강일위는 서슴지 않고 괴인을 향해 손목을 내밀었다.

괴인은 묵묵히 팔을 뻗어 그의 손목을 잡았다. 그 순간 섬뜩하게 만드는 차가운 감촉이 전해져 왔다. 그러나 그는 두려워하지 않았다.

짧은 시간 동안 침묵이 흘렀다. 괴인은 쥐고 있던 강일위의 팔목을 놓아주며 물었다.

"소형제, 그대는 조금만 힘든 일을 해도 곧 정신이 아득해지고 쓰러질 것 같던 경험이 많지 않은가?"

강일위는 깜짝 놀라며 대답했다.

"그렇습니다! 그래서 나는 계모와 그 아들의 핍박을 더욱 견뎌내기가 힘들었습니다."

이 순간 강일위는 그들 모자의 극심한 핍박을 떠올렸다. 그리고 자신도 모르게 그 힘들었던 세월의 기억 때문에 눈물을 흘렸다. 강일위에게 있어 그들의 학대는 정말이지 죽음보다 더한 고통이었다.

괴인은 정색하며 말했다.

"역시! 소형제, 내 말을 잘 듣도록 하게. 자네는 선천적으로 구음절맥(九飮絕脈)의 체질이네. 더욱이 그동안 계모의 학대로 수많은 고초를 겪었기 때문에 자네는 앞으로 일 년밖에 살지 못하네."

| 4 |

'아, 일 년…….'

강일위는 내심으로 일 년이라 따라서 읊조리며 통한의 눈물을 뿌렸다.

괴인 또한 슬픔과 아쉬움이 가득 찬 어조로 말했다.

"이는 실로 희귀한 체질이어서 하늘의 숙명으로 순응할 수밖에 없다네. 다만 치료 방법이 있다면, 만년삼실(萬年蔘實)이나 만년화구(萬年火龜)의 내단(內丹)과 같은 영약을 복용하는 것이네. 만약 그렇게 되면 천수(天壽)를 누릴 수도 있네. 그러나 이런 것들은 모두 극양의 성질을 지닌 영약인지라 비록 복용한다 해도 누군가 절세 고인이 약효를 전신에 퍼지도록 경혈을 소통시켜 주어야 할 것이네. 만일 그렇게 못한다면 정말로 자네는 이대로 일 년밖에 살지 못한다네."

사실 일 년이라는 세월은 너무도 짧다. 강일위 또한 그것을 알고 있었기에 암울한 절망감이 물밀 듯이 밀려왔다. 그러나 그는 모든 것을 체념한 상태였기에 이내 담담한 표정을 되찾고 말하였다.

"이것이 하늘의 뜻이라면 어쩔 도리가 없지요. 그러나 나는 비록 지금 죽는다 해도 하늘을 원망하지 않을 겁니다."

강일위의 생사를 초월한 듯 담담한 태도야말로 괴인에게 탄성을 자아내게 했다. 불과 십육 세라는 어린 나이에 죽음의 공포감에서 해방되었다는 것은 지극히 놀라운 사실이었다.

"아, 천하에 소형제 같이 죽음 앞에 담담한 사람은 없을 것이네. 나는 정말 자네에게 감복했네. 하하하! 소형제, 나는 그대를 내 의제로 삼고 싶다는 생각이 갑자기 드는데, 자네는 어떤가?"

사실 강일위도 괴인의 모습이 흉물스럽긴 했어도 은연중에 그에 대한 깊은 정감이 피어올랐다. 그는 아버지 이후로 자신에게 이렇듯 관심을 표하는 사람을 오늘 처음 봤기 때문이다. 외로운 사람은 정에 약한 법이기에 그가 괴인에게 정감을 느끼는 것은 당연했다.

"만일 이 미천한 자를 이제(二弟)로 거두어 주신다면, 기꺼이 형님으로 모시겠습니다. 형님!"

"평생 외로이 살아왔던 내가 죽음이 임박한 이 순간에 소형제 같은 의제를 얻게 될 줄은 꿈에도 몰랐네. 이는 하늘이 나의 운명을 불쌍히 여겨 던져 준 하나의 축복이라 생각하네. 동생, 그런데 이 형님은 사실 중원인이 아니라네."

괴인은 서로 형제가 된 이상, 자신의 내력을 동생에게 말해 주는 것이 도리라 생각했다. 그리하여 그는 피를 토하는 와중에서도 자신의 내력을 말하기 시작했다.

"나는 서역에서 태어났다네. 그리고 태어날 때부터 고아였지. 그러나 일찍이 나는 서역에서 생불(生佛)의 보위에 오를 몸이었네. 그러나 사부의 야심에 의해 그 모두를 포기했네. 그러고 나서 나는 이렇듯 냉혈한 인간이 되어 천지를 종횡하다가 비참한 최후를 눈앞에 두게 되었네."

강일위는 의형의 내력을 듣고 한 가닥 측은지심이 피어올랐다.

"혀……, 형님!"

괴인은 잠시 동안 눈을 감았다가 뜨더니, 계속해서 이야기를 이어갔다.

"그러나 천지에 홀로 선 외로움을 아무도 이해해 주지 못했다네. 그러다가 나는 한 여인을 알게 되었고, 그녀를 사랑하고 말았네. 그녀의 이름은 남궁려려! 그러나 그 사랑의 결과는 배반의 상처뿐이었네. 나는 새삼 천지간에 나 하나뿐이라는 생각이 들었다네. 말할 수 없는 고독감과 외로움 때문에 나는 크게 절망했다네."

구천의 바람마저 괴인의 슬픔을 이해했던지 소리 내어 울었다. 괴인, 아니 지난날 벽안마영 동방휘의 슬픔은 하늘마저 울릴 정도였다.

"그러나 나는 아무도 원망하지 않았네. 비록 끝내 나의 길을 가지 못한 것에 대한 한 가닥 회한은 남았지만, 나는 진정 아무도 원망하지 않았네."

벽안마영 동방휘는 평생 울어보지 않았으나, 지금 순간만은 너무도 북받쳐 오는 슬픔으로 인해 눈물을 흘렸다.

그의 길, 그것은 생불(生佛)로서 자비를 베풀고 천하인의 마음에 평안을 가져다주는 것이었다. 그러나 그는 그것과 너무 다른 길을 걸었고, 마침내 인생에 종지부를 찍게 되었다.

"또한 나는 하늘도 원망치 않네. 무엇보다 마지막 순간에 자네와 같은 의제를 얻게 해주셨고, 나의 애검(愛劍)으로 하여금 끝까지 내 곁에 있게 해주셨기 때문이네. 다만 동생과 언제까지 함께 할 수 없는 것이 이제 아쉬울 뿐이네."

강일위는 더 이상 참을 수 없었다. 그는 오열을 터뜨리며 외쳤다.

"형님!"

그는 갑작스레 동방휘의 품으로 뛰어들었다. 동방휘 또한 감격에 차서 자신을 이해해 주는 유일한 인간인 강일위를 끌어안았다.

"동생!"

형과 아우가 상봉하는 이 순간만은 묘역의 찬바람마저 양춘가절(陽春佳節)의 훈풍인 듯 이를 데 없이 따사로웠다.

제6장

다시 태어난 강일위(康逸威)

1

칠흑 같은 흑야(黑夜)의 묘역(墓域)은 괴기스럽기 그지없다. 차가운 바람이 무섭게 불어 뼈를 에이게 만들었고, 그 소리는 마치 구슬픈 원한의 탄식인 듯했다.

그러나 여기 이곳에 두 사람의 사내가 기쁨에 취해 있었다. 그들은 다름 아닌 벽안마영 동방휘와 강일위였다.

"하하하! 내가 자네 같은 아우를 얻을 줄이야! 얼마 전까지만 해도 상상조차 못 했네. 아, 이것이야말로 하늘의 복록일세. 나는 이 기쁨의 순간을 영원히 남기기 위하여 자네에게 몇 가지 줄 것이 있네."

동방휘는 문득 허공 위의 차디찬 달빛을 바라보았다.

"나의 목숨이 이제 한 시진밖에 남지 않았네. 그러나 비록 짧은 시간이나마 나는 정녕 아우에게 영원히 잊지 못할 선물을 줄 것이네."

동방휘는 내심 진정으로 안타까워하고 있었다.

'아! 진실로 아깝도다. 며칠만 더 시간이 있었더라면 내 일신의 절학을 모두 아우에게 남김없이 전수해줄 텐데. 왜 하필 하늘은 이렇게 고귀한 인연을 지금에서야 내리는 것인가.'

"형님, 형님께서 무슨 선물을 하신다고 그러십니까? 전 다만 형님을 얻은 것이 제 생애 가장 큰 선물이라 생각됩니다."

"아니, 아우에게 형님이 진실로 해 주고 싶으니 사양 말게. 자, 지금부터 이 형님의 말을 잘 듣게. 전화위복이라는 말이 있듯이 아우의 경우 또한 화가 복이 될 수 있네. 구음절맥을 타고난 자는 만약 그 끊어진 혈맥만 이어주면 오히려 천하의 기재가 될 수 있는 법이라네."

동방휘는 이전보다 엄숙한 어조로 음성을 낮추어 계속 말했다.

"소제, 오늘 내가 그대를 만난 것은 하늘의 연이 닿아서니, 나는 일신에 가진 절학을 자네에게 물려주고자 하네. 지금부터 불신의 내공입문요결(內功入門要訣)을 외울 것이니 틀림없이 기억하게. 이는 본시 서역 밀종무학의 진수이니 필히 자네에게 큰 도움이 될 것이야!"

"아, 형님! 형님의 뜻이 정히 그러시다면, 아우는 따르겠습니다. 형님의 뜻대로 그것을 기억하도록 하겠습니다."

그러자 동방휘는 구결을 외우기 시작했다. 이윽고 동방휘는 모든 구결을 다 외운 후에 강일위에게 물었다.

"소제, 그것을 다 외우고 또한 무슨 뜻인지 헤아렸는가?"

강일위는 자신 있게 대답하였다.

"물론입니다. 형님!"

그의 말은 절대 거짓이 아니었기에 동방휘는 속으로 매우 놀랐다.

'아, 내 아우가 이렇듯 뛰어난 기질을 지니고 있었다니!'

동방휘는 크게 기뻐하는 동시에 한편으로는 조급했다. 시간이 얼마 남지 않았기 때문이었다.

"아우야, 시간이 없구나. 나는 무림 최고의 절학인 범천륜화마황경 중에서도 가장 위력이 높은 범천뇌강 삼식만을 네게 전수해 주겠다."

이어 동방휘는 범천뇌강 삼식의 구결을 외우기 시작했다.

"이는 본시 천문(天文)과 통하고 지리(地理)와 합일되니 이로써 능히 경천동지의 위력을 발할 수 있는 것이다. 이 삼식은 오성(五星), 팔풍(八風), 이십팔숙(二十八宿), 오관(五官), 육부(六府), 자궁(紫宮), 태휘(太徽), 함지(咸池), 사수(四守), 천아(天阿)를 움직일 수 있다."

그 삼식 중 제일 초 기수식은 낙뢰(落雷)이다. 이는 검강검식(劍剛劍式)으로 날카로운 검세가 순식간에 파문처럼 번진다.

제이 초는 뇌제(雷帝), 이는 신검합일(身劍合一)의 절초로 일단 펼치면 먼저 온몸이 검강으로 둘러싸인다. 연이어 하나의 거대한 일륜이 형성되어 주위를 진동시키게 된다. 이때 검술을 펼치는 자와 검이 일체가 되어 하나의 금빛 기둥으로 화하여 치솟아 상대를 격멸시킨다.

제삼 초 왕림(枉臨), 이것이야말로 천하무적의 검초다. 일단 이 초식을 펼치면, 펼치는 사람 또한 거대한 금광(金光)으로 변한다. 그리하여 상대는 눈이 있어도 바라보지 못하고 손이 있어도 공격할 수 없다.

이 삼 초의 검식요결을 전수하고 나자 강일위는 경악하였다.

"형님, 어찌 인간이 그 같은 신기를 연출할 수 있습니까?"

동방휘는 초연한 표정으로 말하였다.

"아우야, 이 삼 초의 검식이 지닌 위력을 의심치 말거라. 이는 극고의 무학이기에 진정 그러한 위력을 발산할 수 있는 것이다. 그러나 구결을 완벽하게 외운다 하더라도 내공이 부족하면 이 삼식은 펼칠 수가 없다. 더욱이 왕림을 펼치려면 삼 갑자의 내공 수위가 필요하다."

"그렇다면 제가 어찌?"

"염려 마라. 나머지 두 초식은 몰라도 제일 초 낙뢰는 펼칠 수 있도록 할 것이다. 더욱이 천하제일의 내공심법인 범천금륜신공(梵天金輪神功)을 익혔으니 어려울 것 없다. 자, 이제부터 아우의 선천적 고질인 구음절맥을 치료해 주겠다."

동방휘는 갑자기 대소를 터뜨리며 중얼거렸다.

"하하하! 또 한 사람의 절세 기재가 탄생하겠군."

동방휘는 나신이었으나, 검과 허리대만은 남아 있었다. 그는 그곳으로부터 하나의 옥병을 꺼냈다. 그리고 두 말 없이 옥병을 깨뜨렸다.

그러자 옥병 속에서 두 개의 금빛 찬란한 환단이 나타났다.

"이것은 본래 서역 보수사에서 천 년 이래로 비장되어 왔던 천하제일의 영단인 보천구령금환단(輔天九靈金丸丹)이다. 이것의 재료는 만년삼실, 만년화구의 내단이기에 그 약효도 놀라워 능히 기사회생의 신묘함을 발휘하거니와 내공 수위를 크게 올려준다."

이때, 동방휘의 음성은 비장하기 이를 데 없었다.

이에 강일위는 섬뜩하였다.

"그처럼 신묘한 영단이라면, 이는 마땅히 형님이 복용하시어 그 상세를 치유하셔야 합니다. 형님이 금방이라도 절명하실 것 같아 불안하니, 나는 결코 그 약을 복용하지 않겠습니다."

그러자 돌연 동방휘가 버럭 화를 냈다.

"소제! 자네는 이 의형의 심혈을 헛되게 할 셈인가?"

동방휘의 표정에는 감히 거역할 수 없는 위엄이 서려 있었다.

“소제는 죽어서도 잊지 못할 내 생애 유일한 정인(情人)일세! 아무 말 하지 말고 그만 눈을 감게!”

강일위는 의형의 말대로 눈을 감았다. 그런데 돌연 동방휘의 손이 허공을 향하더니, 순식간에 강일위의 천령개를 내리찍었다.

이 찰나 금빛 찬란한 섬광이 작렬하였다. 그것은 동방휘의 손에서 뿜어지는 금광이었다.

이어 동방휘는 자신의 몸 요혈 몇 군데를 짚었다. 그러자 금광은 더욱 화려한 빛을 발하여 어두운 묘역을 찬란하게 밝혔다.

이 순간 강일위는 전신의 기운이 모조리 빠져나가는 것을 느꼈다. 이윽고 그는 영겁의 세월에 빠져들 듯 완전히 정신을 잃고 말았다.

동방휘는 비 오듯 땀을 흘리며, 분연히 외쳤다.

“하늘이시여! 이 아이를 굽어살피소서! 아아! 이제 때가 왔도다. 죽음의 그때가 왔도다. 나는 비록 죽더라도 천하는 나의 명성을 이을 이 아이를 기억하리라!”

동방휘는 온 힘을 다해 부르짖으며, 강일위의 천령개를 계속 내리쳤다. 그러자 그 순간 강일위의 칠공(七空)으로부터 선혈이 솟구쳤다. 먹물처럼 새까만 피였다. 이에 동방휘는 최후의 희열을 느꼈다.

"됐다. 이로써 정녕 이 아이는 천하에 길이 기억될 것이다."

그러다 문득 동방휘는 자신의 애검을 번쩍 쳐들었다.

"이제 때가 되어 나는 영원히 돌아오지 못할 길을 가야 하지만 이 검의 사연만은 이 아이에게 알려야 할 텐데."

돌연 동방휘는 허리대를 풀었다. 그리고 스스로 상처를 내어 피로써 일말의 사연을 써 내려갔다.

그는 강일위와 만난 인연에 대한 것을 언급함과 동시에 검에 대한 내력을 줄줄이 써 갔다. 그러나 그 와중에 왠지 모르게 그의 두 눈에서는 뜨거운 눈물이 비 오듯 흘러 앞을 가렸다. 하지만 그것은 결코 슬픔의 눈물이 아닌 희열과 기쁨의 눈물이었다.

그가 마지막 혼신의 힘을 다해 쓰기를 끝마쳤을 때, 돌연 그의 몸은 하반신부터 녹아내리기 시작했다. 이윽고 그의 몸 모두가 한 줌의 독수로 화하여 영원히 이승을 하직하고 말았다.

묘역의 망혼들도 슬퍼하는 듯 바람이 그 어느 때보다 모질고 사납게 울부짖었다.

얼마의 시간이 지나자, 강일위가 마침내 어둠으로부터 깨어났다. 그러나 동방휘의 모습은 보이지 않았다. 그 대신 대지 위에는 때아닌 독액이 흥건히 고여 있었고, 시커멓게 화한 한 구의 시골(屍骨)만이 남아 있었다.

"아악!"

강일위는 설마 했던 일이 일어난 현실에 대해 너무도 슬퍼 비명을 질렀다. 이어 그는 통곡하기 시작했다.

"형~니~임!"

그는 하염없이 뜨거운 눈물을 흘리며, 절규 어린 통곡을 했다. 그의 곡소리는 묘역 전역에 울려 퍼지고, 메아리가 되어 돌아왔다.

통곡하기를 얼마쯤, 온통 눈물로 뒤덮인 고개를 들다가 우연히 발아래 놓인 허리대를 보았다. 주워들어 살펴보니 피로 쓴 사연이 달빛 아래 보였다.

처음에는 힘찬 필체였으나, 점점 갈수록 글씨는 희미해져 있었다. 동방휘가 최후의 공력과 피를 짜내어 썼음을 알 수 있었다. 강일위는 그것을 보면서도 슬픔에 어쩔 줄 몰라 끊임없이 눈물을 흘렸다.

허리대의 처음 부분은 동방휘의 내력과 강일위와 만났던 인연에 관한 이야기였지만, 뒤에는 그가 가지고 있던 고검의 내력이었다.

구구절절이 폐부를 찌르는 혈서의 한 글자 한 글자마다 동방휘의 강일위에 대한 사랑이 넘쳐흐르고 있었다. 강일위는 복받치는 비애를 가누지 못해 어찌할 바를 몰랐다.

"형니~임!"

그는 다시금 통곡했다. 천공의 별빛조차 함께 슬퍼하는 듯 암운 속에 숨었다. 그가 이를 악물고 슬픔을 참으며 일어서려는데, 혈서의 마지막 부분에 거의 보이지 않을 듯 희미한 부분이 있었다.

〈천외오존(天外五尊)은 근 백 년 이래 무림의 구성으로 천하무림의 추앙을 받아왔다. 그러나 그들은 실로 가증스러운 인간들이다. 일찍이 나의 선사께 비열한 암수를 썼을 뿐만 아니라 나의 죽음 또한 그들 중…….〉

안타깝게도 희미하게나마 이어지던 혈서는 이렇게 끝나버렸다. 강일위는 본시 총명한지라 의형의 죽음이 천외오존이라는 자들과 관계가 있음을 파악했다.

"천외오존! 그들이 제아무리 뛰어난 인물들이라 해도 만약 의형을 죽인 흉수라면 절대 가만두지 않으리라!"

강일위는 한참을 넋 놓고 멍하니 앞을 바라보았다. 그러나 얼마 후 불현듯 모든 것을 정리해야겠다는 생각이 스쳤다.

그는 의형이 남긴 유품들을 수습했고, 땅을 파서 남아 있던 새까만 의형의 시골을 정성스레 묻어 주었다.

"비록 형님은 가셨지만 남겨 주신 이 애검이 있으니, 볼 때마다 형님을 생각할 것입니다. 형님!"

그는 갑자기 가라앉았던 마음에서 슬픔이 북받쳐 올라 한 자루 고색창연한 검을 하늘 높이 쳐들며 외쳤다.

“나, 강일위는 형님의 뜻을 반드시 이루겠습니다!”

그리고 나서 그는 표연히 그 자리를 떠났다.

귀기만이 감도는 묘역에는 싸늘한 한풍이 불고 갈 뿐이었
다.

⋮ 2 ⋮

유주현(柳州懸)의 서쪽 오십 리에 걸쳐 길게 뻗은 산악은 생김새가 흡사 나는 용과 같아 비룡산(飛龍山)이라 불렸다. 그 높고 우아한 산악의 자태를 배경으로 한 채의 장원(莊園)이 그림인 듯 숨어 있었다.

장원 앞으로는 맑은 옥류(玉流)가 흘렀다. 더구나 그 주위로는 매화 숲과 죽림이 울창하게 삼림을 이루었으니 가히 절경이었다.

장원의 면모 또한 웅장하고 화려했다. 이 장원이야말로 인근 일대에서 가장 위세 있는 명문가인 유계산장(柳溪山莊)이었다.

추운 계절을 향해 치달리는 만추의 어느 날이었고, 동녘이 움터오는 여명의 시각이었다.

점점 밝아오는 아침 햇살만은 여느 때와 같이 변함없이 맑고 찬란했다.

그러나 어둠이 채 걷히지 않은 듯 계곡을 흐르던 안개가 아직 걷히지 않았다.

뿌연 안개 속에 죽림으로 둘러싸인 장원의 경관은 흡사 한 폭의 산수화를 연상할 만큼 신비로운 고요를 간직하고 있었다.

홀연히 안개 속 멀리에 한 인영이 모습을 드러냈다. 그 인영은 무거운 걸음걸이였으나, 거칠 것 없이 흔쾌한 자태를 지니고 있었다. 그 인영은 순식간에 장원 앞에 도달했다.

그 인영은 다름 아닌 유계산장의 진정한 소주인 강일위였다.

그러나 그는 예전의 강일위가 아니었다. 창백했던 안색은 어느덧 보이지 않고, 청수준미하기 그지없는 모습이었다.

백옥처럼 투명한 피부와 먹물을 듬뿍 찍어 거침없이 그은 듯 유난히도 짙고 검은 눈썹, 그리고 그 아래 두 눈은 봉안(鳳眼)을 닮아 형형이 빛나고 있었다.

그뿐만이 아니었다. 그의 전신은 신비로운 기운으로 충만해 있었다.

한 눈으로 보아 그는 예전의 병약한 강일위가 아니라 가히 일세 영웅의 자태를 지닌 강일위였다.

그러나 한 가지 아쉬운 점이 있다면, 그의 변화된 용모에는 어느 때보다 짙은 우수와 슬픔의 그늘이 드리워져 그가 강일위인지조차 의심할 정도였다.

이윽고 강일위는 굳게 잠긴 장원의 대문 앞에 다다랐다. 그러나 그는 착잡한 심정에 쉽사리 장원 안으로 들어가기 힘들었다.

그는 그저 묵묵히 대문 앞에 서서 생각에 잠겼다.

'아! 바로 사흘 전 필사적으로 도망쳐 나왔던 그 대문이로구나. 그러나 이제는 스스로 이곳을 다시 찾아왔으니…….'

하지만 무엇보다 그의 뇌리를 스쳐 지나가는 것은 계모 한씨와 그의 아들 소남방의 모진 학대였다. 생각이 그에 미치자 강일위는 복수의 일념이 은연중 떠올랐고, 얼굴에 짙은 살기까지 떠올랐다.

강일위는 우두커니 대문 앞에 서 있다가 잠시 후 육중한 몸짓으로 대문을 열었다.

그러자 구부정한 자태의 한 노인이 밖으로 황급히 나왔다. 순간 노인은 강일위를 발견하고는 흠칫 놀랐다.

"앗!"

그는 자지러지게 놀라며 안색이 창백하게 변했다.

"고…… 공자님!"

노인은 마구간의 일을 보고 있는 상운기(尙雲奇)로 유계산장에서 유일하게 남몰래 강일위를 보살펴 준 사람이었다.

"공자님! 대체 무슨 봉변을 당하시려고 되돌아오셨습니까?"

상 노인은 강일위가 이곳 유계산장에 계속 머물렀다가는 목숨조차 부지키 어렵다는 사실을 명백하게 알고 있었다. 그렇기 때문에 그는 강일위를 떠밀어 되돌려보내고 싶은 심정이었다.

그러나 강일위는 나직이 말했다.

"상 노가(尙老哥), 걱정하지 마세요. 나는 두 번 다시 도망치지 않을 겁니다."

강일위는 상 노인이 억지로 떠밀던 손길을 가볍게 뿌리치고 장원 안으로 한 발 들어섰다.

그런데 이때, 후원 쪽에서 한 인영이 때마침 걸어 나오면서 강일위를 보았다. 그는 강일위를 알아본 듯 흠칫하며 말했다.

"아니, 너는 일위가 아니냐?"

꽤나 정다운 목소리를 흘려보낸 인영을 대면한 강일위는 꿈에도 잊지 못할 원한이 선명하게 떠올랐다.

그는 다름 아닌 소남방이었기 때문이다.

강일위는 평소와는 다르게 무게가 실린 어조로 소남방에게 대꾸했다.

"형님, 편히 주무셨소?"

소남방은 강일위의 그러한 태도에 의외라는 듯 기이한 눈빛을 띠었다, 그러나 그는 강일위를 안중에 둘 리 없었다. 그는 곧 퉁명스러운 어투로 되물었다.

“그래, 너는 사흘씩이나 어딜 그렇게 쏘다니다가 이제야 어슬렁어슬렁 기어들어 오는 것이냐?”

소남방은 본래 간교한 인물이었다. 그는 강일위를 보며 내심 쾌재를 불렀다.

‘어리석은 녀석아! 잘 왔다. 네가 죽으려고 애를 쓰는 모양인데, 눈엣가시는 없애 버리는 게 좋지. 암, 암! 히히히!’

그런데 이때 누군가 새벽바람을 가르며 쏜살같이 달려 나와 그들의 앞에 다다랐다. 생김이 우악스러운 중노였는데, 그는 다짜고짜 강일위의 뺨을 후려치는 것이었다.

“이 개 같은 자식! 쥐새끼처럼 잘도 빠져나가더니, 뻔뻔스럽게 제 발로 나타났구나! 그래, 오늘 어디 한번 죽어봐라!”

그러나 강일위는 그의 손길을 슬쩍 피해 버렸다. 그 탓에 몸이 육중한 중노가 여지없이 고꾸라져 땅에 코를 박고 말았다.

“크엇!”

그는 다시 일그러진 인상으로 재차 바닥에서 일어났다.

그자는 다름 아닌 계모 한 씨와 음모를 꾸며 강일위를 죽이려 한 장원의 집사 진 노야였다.

사실 강일위는 그를 보는 순간 두 눈에서 분노의 불길이 이글거리기 시작했다.

‘진 노야! 네가 수십 년 동안 우리 집안의 가솔이었으면서 어찌 제 진실한 주인을 배반하고, 옳지 못한 짓거리를 해가며 부귀를 탐한단 말인가? 내 너의 주인된 사람으로서 톡톡히 인간의 도리(道理)에 대해 가르쳐주겠다.'

진 노야는 안 그래도 험악한 인상을 더욱 구기며, 강일위를 무섭게 쏘아보았다.

이에 아랑곳하지 않고 강일위는 싸늘한 어조로 말했다.

"배은망덕한 놈! 네놈이 감히 주인에게 손찌검을 서슴지 않고 행해 왔다. 그것이 인간된 도리라고 생각하느냐? 너는 마땅히 대우받을 가치도 없거니와 이제부터 내게 아랫사람의 도리에 대해 가르침을 받아야겠다."

"아니, 이놈이 미쳤나?"

화가 머리끝까지 치솟은 진 노야는 갑작스레 강일위를 향해 짐승처럼 덤벼들었다. 이에 강일위는 무심결에 일 장을 뻗었다. 그런데 그의 일 장이 진 노야의 가슴팍에 명중했다.

그와 동시에 진 노야의 전신이 멀찌감치 날아가 바닥에 나뒹굴었다. 그리고 진 노야는 다시 일어날 생각을 하지 않았다.

강일위가 자신도 모르게 펼친 일 장은 진 노야의 가슴팍에 핏빛 도는 선명한 하나의 장인(掌印)을 남겨놓았다. 그리고 진 노야는 이 일 장으로 인해 절명(絕命)하고 말았다.

소남방과 상운기는 이 사태에 크게 놀랐을 뿐만 아니라 강

일위 자신조차 믿을 수 없다는 듯이 싸늘히 식어 가는 진 노
야의 시신을 바라보았다.

'이럴 수가! 어제까지 닭 한 마리도 잡을 힘이 없던 나였는
데, 이렇듯 쉽게 살인까지 저지를 줄이야.'

그러나 강일위는 자신이 한 행위를 결코 후회하지 않았다.

"흥! 하늘을 대신해서 쓰레기 같은 인간을 처벌했을 뿐이
다!"

그런데 이때, 경악에서 깨어난 소남방이 길길이 날뛰며 외
쳤다.

"사…… 살인이다! 저……, 저놈이 살인을 했다. 사람을 죽
였단 말이다!"

⋮ 3 ⋮

이 소리는 미처 잠에서 깨어나지 않았던 온 장원을 뒤흔들었다. 삽시간에 일대 소동이 벌어졌다. 여기저기서 장원 내의 사람들이 뛰쳐나왔고, 눈앞에 벌어진 상황에 대해 경악을 금치 못했다.

그들은 우선 도망쳤던 강일위가 돌아온 것에 놀랐고, 다음으로 닭 한 마리 잡을 힘도 없던 그가 사람을 죽였다는 사실을 믿을 수가 없었다.

사실 진 노야는 녹림의 무림과 절친해 일신에 무공을 지니고 있었다. 평생 싸움으로 살았던 그가 병약한 소년의 손에 죽었으니, 그들의 입장에서 믿기 어려운 것은 당연했다.

이때 떠들썩한 장중으로 새벽의 찬 공기를 가르며 한 줄기 날카로운 고성이 터져 나왔다.

"뭘 꾸물거리느냐? 저자는 살인을 저지른 죄인이니, 참살하여야 한다."

어느새 나타났는지 십여 장쯤 멀리에서 미부인이 노성을 지르고 있었다.

미부인은 화사한 궁장 차림으로 고혹적 몸매가 그대로 드러났다. 게다가 그녀의 얼굴은 백옥과 같고 눈은 무엇인가 갈망하듯 신비로웠다. 코도, 입도, 틀림없는 절세가인의 면모였다.

그러나 그녀의 일신에서는 짙은 사기(邪氣)가 흘러나오고 있었으니, 그녀가 바로 강일위의 계모이자 요부인 한 씨였다.

강일위의 눈이 무서운 정광을 발했다. 그는 계모 한 씨를 향해 한 걸음 더 다가섰다.

그런데 장원의 사람들이 어느새 손에 도끼, 낫, 괭이 등 닥치는 대로 들고 나섰다.

"네가 감히 살인을 하다니!"

"죽여라!"

그들의 손에 잡힌 흉기가 아침 햇살을 받아 번쩍이는 순간, 와아 하는 함성 소리와 동시에 함께 일제히 벌 떼처럼 강일위를 덮쳤다.

강일위의 운명은 이제 풍전등화(風前燈火)였다. 계모 한 씨와 소남방은 야릇한 웃음을 지어냈다.

"이제야 후환을 뿌리 뽑는구나! 흐흐흐!"

그러나 그들의 웃음은 이내 사라지고 대신 경악에 가득 찬 표정으로 안색이 차갑게 변했다.

"으아악!"

당연히 죽어야 할 강일위 대신에 가장 앞서 공격에 나선 자가 피투성이로 쓰러졌다. 그리고 이어서 대부분이 강일위에게 접근하자마자 피를 뿌리며 나뒹굴었다.

"은혜를 원수로 갚는 무리들아! 너희들은 내 손에 죽는 것을 슬퍼하지 말거라! 인과응보(因果應報)이니라."

그 어느 누구도 강일위의 저항을 이겨낼 수 없었다. 그들은 공포에 질려 더 이상 그를 공격하기 힘들었다. 다리가 부들부들 떨리고, 오금이 저려와 손가락 하나 까딱할 기운조차 사라져 버렸다.

이 순간 한 씨 또한 강일위의 강맹함을 보고 떨고 있었다. 순간, 강일위의 불꽃처럼 타오르는 시선이 그녀와 마주쳤다. 이에 그녀는 평생에 가장 큰 공포감을 느꼈다.

"네……, 네가?"

강일위는 계모 한 씨를 향해 천천히 다가갔다. 그녀는 마치 저승사자가 다가오는 듯 극도의 공포에 사로잡혔다.

"고…… 공자! 잘못했어. 용서해 줘. 제발 나를 사, 사, 살려 주시오!"

그러나 강일위는 불타는 한망을 뿜고 그녀를 직시했다. 계모 한 씨는 너무도 두려웠는지 그만 비명을 지르며 혼절하고 말았다.

“아악~!”

소남방 역시 두려움에 떨기는 마찬가지였다.

마침내 강일위가 손을 번쩍 들었다. 그것은 계모 한 씨와 소남방에게 최후의 순간이었다.

그러나 강일위는 손을 든 채로 아무런 행동도 취하지 않고 이내 맥이 풀린 듯 스르륵 손을 내렸다.

그러고는 성큼성큼 안채로 걸어 들어갔다.

잠시 후, 그는 옥궤 하나와 보따리를 들고 걸어 나왔다. 그는 아직도 극도의 공포에 부들부들 떨고 있던 소남방과 혼절해 있는 계모 한 씨를 향해 다가섰다.

“상 할아범!”

한쪽에서 어리둥절하게 이 사태를 지켜보고 있던 상운기가 강일위의 부름에 후다닥 제정신을 차렸다. 그는 강일위에게 다가가며 대답했다.

“부르셨습니까? 공자님!”

“아버님이 삼 년 동안 돌아오지 않았소. 그동안 계모 한 씨와 소남방의 학대에 나는 견디기 어려웠소. 그래서 나는 항상 이들을 향해 복수의 일념을 품고 있었소. 그러나 그들은 피를 나누진 않았으나, 나와 한가족임에 틀림없소. 생각 같아서는 짐승 같은 둘을 죽여도 시원치 않을 것 같소. 하지만 이들을 죽여 나의 손마저 더럽히고 싶지는 않소. 이로써 나와 이들의 원한을 정리하겠소."

강일위는 잠시 생각한 후에 목청을 가다듬고 계속 말을 이었다.

"나는 아버님이 돌아오시기 전까지 결코 이 집에 돌아오지 않겠소. 이것은 아버님의 전 재산이 들어 있는 옥궤로 상 할아범이 맡으시오. 다만, 이 중 일부는 내가 가지고 떠나겠소. 그리고 한 씨와 소남방을 포함한 모두는 듣거라! 만일 내가 떠난 후에 상 할아범을 해치거나 인간의 도리에 어긋나는 짓을 행하면, 내가 지옥 끝이라도 쫓아가 응징하겠다. 그럼, 나는 이만 떠나겠소."

강일위는 찬란한 아침 햇살을 온몸에 받으며 활짝 열린 장원의 대문을 향해 걸어갔다. 그는 장원 앞에 흐르는 벽계옥류를 지나 매화와 죽림의 숲으로 향했다.

한참을 가다 그는 되돌아서서 싱그러운 아침의 유계산장을 넋이 나간 듯 쳐다보더니, 다시금 발걸음을 재촉했다.

제7장

강호제일보(江湖第一步)

1

　강서성(江西省)은 중원 제일의 옥토를 자랑하는 기름진 땅
이었다. 그 남쪽의 대도(大都) 남창(南昌)은 성벽의 돌 하나에
도 역사의 숨결이 배에 있는 천년 고도였다.

　문물의 집산지여서 언제나 화려할 뿐만 아니라 절경 파양호
를 끼고 있어서 인파 또한 끊일 날이 없었다.

　만추(晩秋)라서 인근의 산악도 만산홍엽(滿山紅葉)이었다.

　그 위에 황혼의 낙조도 비껴가니 계절의 정감은 고도의 성
벽과 돌 하나에조차도 어려 있었다.

　황혼의 시각이었다. 저무는 태양 빛에 은비늘처럼 반짝이는
수면을 바라보며 고즈넉하게 앉아 있는 한 인영이 있었다.

　수면은 남빛으로 푸르고, 호반에 우거진 갈대가 황금빛으로
번쩍였다.

　황혼의 시각이건만 주위는 사람으로 붐볐다.

　본시 절경은 계절마다 그 정취가 다른 법이다. 봄에는 봄으
로서의 정취가 있고, 여름 · 가을 · 겨울에도 마찬가지였다.

다만, 가을의 정취는 조금 달랐다. 더구나 만추의 정취는 여름의 그것과는 너무도 다른 것이었다.

여름에는 이글거리는 태양이 알게 모르게 정열적인 흥취에 젖어 들게 한다. 그러나 늦가을의 절경의 경관도 왠지 모를 한 가닥 우수에 젖게 했다.

절경 파양호의 연변에는 유람 인파가 끊일 날이 없었다. 황혼의 시각에도 끊임없는 행렬은 그치지 않았다. 그들은 저마다 떠들며, 감탄하며 잠시도 조용하지 않았다.

그러나 언제부터인가 호반에 홀로 앉아 있는 그 인영은 주위와는 다르게 유난히 쓸쓸한 모습이었다.

낙조에 비친 그의 모습은 남루하기 이를 데 없었다. 비록 입고 있는 옷은 청색장삼이나 이미 낡았고, 먼 길을 온 듯 먼지로 얼룩져 있었다. 다만 그의 등에 멘 한 자루 검이 그를 유난히 돋보이게 할 뿐이었다.

그러나 그 한 자루의 검이 아니었더라도 누군가 안목 있는 자라면 그의 군계일학(群鷄一鶴) 같은 면모에 찬탄하였을 것이다. 석양에 비친 그의 면모는 실로 아름다워 한 가닥 슬픔마저 느끼게 할 정도였다.

그에게서는 첫눈에 영웅의 드높은 기상을 읽을 수 있었다. 검은 눈썹이며, 형형이 빛나는 봉안(鳳眼)과 범할 수 없는 위엄을 안고 우뚝 선 콧날, 꽉 다문 입술 할 것 없이 비범치 않은 것이 없었다.

더욱이 그의 두 눈에 빛나는 한 가닥 광채야말로 티 한 점 없이 맑고 특이하여 사람을 사로잡는 신비로움이 있었다.

그는 비록 가슴속에 깊은 한이 서려 있었으나, 오히려 그것을 은혜로 갚고 훌훌 유랑의 길에 나섰던 강일위였다.

그는 지금 천하에 오직 혼자뿐이라는 외로움에 젖어 있었다. 그것은 마치 벼랑 앞에 홀로 선 듯한 아득함이기도 했다.

강일위는 우수에 젖어 여러 가지 상념을 떠올렸다. 돌아오지 않던 아버지와 계모에 대한 원한뿐만 아니라 의형인 벽안마영 동방휘가 자신에게 베푼 은혜를 떠올렸다.

'아! 의형이 아니었더라면, 어찌 내게 오늘 같은 날이 있겠는가?'

사실 그에게 소박한 꿈이 있다면, 이렇듯 천하를 주유하며 문물을 견식하고 살아가는 것이었다. 그러나 선천적으로 구음절맥의 신체를 타고 태어나 이러한 꿈은 그에게는 상상 속에서나 가능한 것이었다. 그러나 동방휘로 인해 그의 인생이 바뀌었다.

그런데 이때, 강일위의 기나긴 상념을 깨우는 소리가 있었다.

우르르!

마치 천둥 벽력이 몰아치듯이 갑작스레 요란한 말발굽 소리가 지축을 뒤흔들며 들려왔다.

호반에 앉아 있던 강일위는 본능적으로 뒤돌아보았다.

순간 많은 인파가 물살 갈라지듯 헤쳐졌다. 동시에 그 벌어진 틈으로부터 두 필의 말이 미친 듯이 질주해 오고 있는 모습이 보였다. 흑과 백의 두 마리 준마였다. 그 중에 앞장 선 흑마가 유난히도 광포하게 질주해 오고 있었다.

그런데 이때 마침 바로 앞에 오륙 세쯤의 한 아이가 있었다. 나이 먹은 어른들이야 황급히 피했으나, 아이는 놀랐을 뿐이었다.

준마는 이미 아이의 지척에 이르고 있었다.

"아앗~!"

그런데 이때, 강일위가 거의 본능적으로 몸을 날렸다.

돌연 준마는 날카롭게 부르짖으며 앞발을 번쩍 쳐들고 허공을 박찼다.

히히힝~!

다음 순간, 준마는 두 앞발을 쳐든 채 그대로 허공을 한 바퀴 돌면서 오 장이나 뒤로 쾌속하게 물러갔다.

위기를 모면하는 솜씨가 실로 놀라울 정도였다.

"천근추(千斤鎚)의 수법!"

사방으로부터 찬탄의 소리가 터져 나왔다.

누구인지 모르되 이처럼 뛰어난 천근추의 수법을 펼칠 정도

라면 마상(馬上)의 인물이야말로 필시 유명한 무림 고수임에
틀림이 없었다.

흑마는 그 주인의 멋들어진 천근추 수법에 의해 발아래 소
년을 짓밟지 않고 이윽고 앞발을 내려놓았다.

흙먼지가 자욱이 장중에 피어올랐다. 이로써 목전의 위기는
지났다.

그리고 미처 놀랄 사이도 없이 어이없다는 표정으로 쳐다볼
때, 마상의 주인공이었던 쌍룡장의 소장주는 싸늘한 조소의
빛과 함께 말을 내뱉었다.

"흥! 일개 백면서생 주제에 감히 달리는 말에 뛰어들어 죽
음을 자초하려 들다니. 이 곰처럼 우둔한 놈아! 본 공자가 만
일 일시에 말을 멈추게 하지 못했다면 너는 필경 죽고 말았을
것이다."

강일위는 쌍룡장 소장주의 적반하장(賊反荷杖)인 태도에 불
길처럼 타오르는 분노를 금할 길 없었다. 이윽고, 그는 한 가
닥 고소를 금치 못했다.

"진정 이곳 남창에는 황법(皇法)마저 존재치 않는단 말인
가? 천하에 누가 봐도 잘못은 형장에게 있거늘 사과는커녕 오
히려 이토록 무도하게 굴 수 있는 것이요?"

점차 그의 목소리는 서릿발처럼 차가워지고 있었다.

"만일 형장이 단 한 줄일망정 옛 성현의 글을 읽었다면, 이

처럼 인파가 붐비는 곳에서 난폭하게 말을 모는 것은 잘못이라 알고 있었을 거요!"

그는 끓어오르는 격분을 참지 못해 나직이 코웃음을 쳤다.

"흥! 그런데 자신의 잘못을 사과하기는 고사하고 다급함을 보고 일신의 생사조차 도외시한 채 한 생명을 구하려 했던 나를 탓하다니! 대체 잘못은 누가 했고, 화는 누가 내는 거요?"

그의 말이 끝나자, 쌍룡장의 소장주인 흑의경장 미청년이 싸늘한 어조로 말했다.

"일개 백면서생 주제에 네가 감히 누구를 훈계하는 것이냐? 정녕 죽고 싶어 환장한 게로구나!"

다음 순간, 그의 얼굴은 차디차게 굳어졌다. 동시에 짙은 살기가 폭죽처럼 격사 되었다.

"오라버니!"

이때 옥반에 명주 굴러가듯 지극히 청아한 음성이 다급하게 울려왔다.

"그렇지 않아도 백부(伯父)께서 신신당부하시기를 부디 성내에서만은 공연한 소요를 피하라 하셨습니다. 그런데 만일 오늘 같은 일이 백부님의 귀에 들어간다면, 대체 어찌하시려고 그러세요?"

흑의청년은 움찔했다. 그는 잠시 곰곰이 생각하는 눈치더니, 아직 분이 가시지 않은 표정으로 퉁명스레 내뱉었다.

“흥! 좋다. 이번만은 상매(霜梅)의 충고를 받아들여 참기로
하겠다.”

그는 거만한 몸짓으로 뒤돌아가려 했다.

“잠깐!”

2

우렁찬 소리에 흑의청년은 흠칫 놀라 뒤돌아섰다. 남루한 옷차림의 예의 청의서생이 완강하게 소리쳤다.

"그대가 무도한 일을 저지르고도 그대로 간다면 정녕 천하에 법도가 설 자리는 없을 것이다!"

그러나 이것이 흑의청년에게 실로 크나큰 모욕으로 받아들여졌다.

그러자 흑의청년의 성격을 잘 알고 있던 홍의경장 소녀가 강일위를 황급히 만류했다.

"소협, 이미 끝난 일이고 다행히 아무도 다치지 않았으니 이만 참으세요. 소녀 남옥상(藍玉霜)이 대신 사과드리겠어요."

이 말에 강일위는 고개를 저었다.

"소저의 그 뜻은 모르는 바 아니나, 이 일은 본인과 저 형장 사이의 일이요. 그가 사과하기 전에는 결코 끝났다고 할 수 없소."

　그렇게 말하는 청의서생 강일위의 얼굴에는 깊은 위엄이 서렸다.

　홍의소녀는 자신도 모르게 흠칫했다. 일개 백면서생으로 보았던 남루한 차림의 그로부터 감히 범할 수 없는 영웅의 기상이 느껴졌기 때문이다.

　쌍룡장의 소장주 옥면낭군(玉面郎君) 위청화(尉靑華)도 본시 그 절세적 용모와 재간으로 강호 후대 기협 중 뛰어난 인물 중 일 인이기도 했다.

　강남사공자(江南四孔子) 중 일 인(一人)으로 일컬어지고 있는 그였으나, 그 거만한 성품이 옥의 티여서 남옥상은 내심 한 가닥 불만을 느끼고 있던 터였다.

　사실 남옥상은 옥면낭군 위청화와 부모들 간에 의해 태어나기 이전부터 정혼한 사이였다. 그러나 남옥상은 그 정해진 운명에 순응하기는 너무도 발랄한 소녀였다.

　그런데 지금 이 순간 위청화에게서 느끼지 못했던 정순한 느낌을 강일위에게서 받았다. 그때문에 그녀의 여심은 흔들릴 만큼 감동을 느꼈다. 동시에 남옥상은 이 눈앞의 인물이 필시 일개 평범한 인물이 아니리라는 것을 알아차렸다.

　강일위는 추호도 범접을 허락하지 않는 싸늘한 눈초리를 던지고 있었다.

　이는 위청화에게 실로 치욕스러운 것이었다.

"하룻강아지 범 무서운 줄 모른다는 말은 바로 너 같은 녀 석을 두고 하는 말이로구나!"

그의 광소가 이제 막 깃들기 시작한 야색을 뒤흔들었다.

본시 이들은 이 일대를 주름잡는 쌍룡장의 후예들이었다. 그들의 부친은 각기 번천신검(蒜天神劍) 위공량(尉孔良)과 만 리추풍(萬里追風) 남중현(南重玄)으로 일찍이 의형제를 맺었 던 사이었다. 그들을 일러 강호에서는 쌍룡이의(雙龍二義)라 불렀거니와 그 명성은 중원천하에 자자했을 정도였다.

삼십 년 전 쌍룡이의는 이곳에 정착하여 쌍룡장을 건립했 다. 그리고 쌍룡장의 기세는 욱일승천하여 작금에는 실로 구 파일방에 못지않을 정도였다.

그 내력이 이러니, 쌍룡장 유일의 남아 후계자 위청화는 쌍 룡이의의 절예를 모두 전수받았다. 자연히 그는 후기지수 중 가장 뛰어난 존재로 강남 일대를 석권하고 있었다.

그때문에 그의 자부심과 긍지는 실로 하늘을 찌르고도 남을 기세였다.

그러나 사람이란 본시 재주가 뛰어날수록 고개를 숙여야 하 는 법인데, 그는 자신의 명성을 과신한 나머지 너무도 거만한 것이 가장 큰 흠이었다.

여하튼 옥면낭군 위청화의 분노는 실로 극에 달했다.

그도 처음에는 부친의 경고를 상기시키는 남옥상의 만류에 참으려 했다. 그러나 상대가 이처럼 끝까지 시비를 가리려 하는 데야 그는 성격상 도저히 그만둘 수 없었다.

더구나 이 형편없는 백의서생을 바라보는 남옥상의 눈초리가 어딘가 다르다고 느꼈다. 울컥 치솟는 질투마저 곁들여 그는 더욱 살기를 띠었다.

그는 곧 뿌드득 이를 갈았다.

"이 닭 모가지 하나 비틀지 못할 백면서생 놈아, 네가 어디 얼마나 오래도록 그 주둥아리를 나불거리는지 두고 보자!"

"위 오라버니! 기어이?"

"흥! 남매, 그대는 더 이상 나를 만류치 마시오."

일촉즉발의 순간이었다.

그러나 의외로 상대는 눈썹 하나 까딱하지 않았다. 오히려 더욱 싸늘해진 시선으로 위청화를 노려보았다.

그 역시 추호도 양보하지 않으려는 기색이었다.

"흥!"

강일위는 내심으로 나직이 코웃음 쳤다. 그는 자신이 예전과는 달리 어떤 신비한 힘을 지니고 있다는 것을 스스로 깨닫고 있었다. 그래서 그는 상대를 바라보며 여전히 꼿꼿한 자세였다.

강일위의 이러한 태도에 옥면낭군 위청화는 더욱 격분하였다.

"오냐, 이 개 같은 자식, 얼마나 대단한 놈인가 보자!"

그 흉흉한 살기에 남옥상마저 심상치 않음을 깨닫고 황급히 물러났다.

이때 많은 사람들이 몰려와 그들을 구름처럼 에워쌌다.

옥면낭군 위청화가 싸늘히 웃었다.

"이 미련한 놈아, 어디 한 번 먼저 손을 써봐라."

강일위도 지지 않았다.

"흥! 당신이 이렇듯 끝까지 무도함을 버리지 않는다면 정녕 용서할 수 없다."

"가소로운 놈."

위청화가 차갑게 내뱉었다. 순간 그의 손이 허공에 번뜩이는 순간, 무수한 장영이 마치 환각처럼 밀려들었다. 그 기묘한 변화야말로 진정 헤아리기 어려울 정도였다.

강일위는 갑자기 천 근의 바위가 덮쳐오듯 쿵 하는 육중한 충격을 받았다.

"윽!"

그는 자신도 모르게 비명을 지르며 나뒹굴었다. 강일위의 입에 한 줄기 선혈이 주르르 흘러내렸다.

옥면낭군 위청화는 득의양양한 표정으로 싸늘하게 비웃었다.

"흥! 별것도 아닌 놈이 감히 미쳐날뛰며 스스로 죽음을 자초하다니, 정말 어리석구나.”

그는 진정 상대를 죽이려 결심한 것 같았다.

이때 남옥상은 비록 청의서생이 쓰러지기는 했어도 왠지 섬뜩한 느낌을 받았다. 뭔지 모를 불안이 엄습해 오는 느낌 때문이었다.

“아니?”

아니나 다를까, 옥면낭군 위청화가 경악하며 창백하게 안색이 변하였다. 실로 예기치 못했던 사태가 일어났다.

분명 일 장 밖으로 나뒹굴었던 강일위가 부스스 일어섰다. 그런데 더욱 놀라운 것은 그가 전혀 부상을 입지 않은 모습이었다.

이는 실로 경천지동의 사태였다.

손을 썼던 장본인인 위청화는 물론, 주위에서 관전하던 수많은 사람들이 모두 아연 경악하였다.

옥면낭군 위청화의 이 일 초야말로 감히 강호상에서 대적할 자가 드물었다. 더구나 위청화는 이 일 장에 칠 성(七成)의 공력을 주입했었다. 그 정도라면 능히 삼천여 근의 위력을 발휘할 수 있었다. 그런데 강일위는 이것을 정통으로 격중당하고 아무 일도 없었던 듯 부스스 일어난 것이다.

옥면낭군 위청화는 정녕 눈알이 뒤집힐 만큼 경악했다.

더구나 다음 순간 강일위는 씨익 웃으며 서서히 그의 앞으로 다가오는 것이었다.

이때, 위청화의 얼굴은 차갑게 굳어지며 한편으로 더욱 짙은 살기가 떠올랐다. 그는 냉랭한 어조로 말했다.

"알고 보니 몇 수의 절학을 알고 있으면서도 짐짓 능청을 떨었구나. 오냐, 그렇다면 더욱 잘 되었다."

이때였다. 위청화의 한 줄기 야색이 허공을 뚫는 냉소와 함께 광포한 소리를 내며 강일위에게 덮쳐들었다.

실로 전광석화처럼 극쾌한 신법이어서 비천옥연 남옥상은 미처 말릴 겨를도 없었다.

옥면낭군은 마른하늘에 벼락 치듯 일초양식(一招兩式)을 날렸다. 그것은 실로 당해낼 수 없이 위력적인 것이었다.

휘잉!

칼날 같은 바람이 스치며 두 가닥 암경이 강일위의 양어깨를 향해 똑바로 날아갔다.

이때까지도 강일위는 전혀 무방비 상태였다.

순간 중인들은 탄식을 쏟아냈다.

'아! 비록 남루한 옷차림이나 진정 드물게 보는 의협남아였는데 아깝도다. 참혹한 죽음을 면치 못하리라.'

그런데 바로 이때였다. 돌연 강일위가 두 손을 번뜩 휘둘렀다.

┊ 3 ┊

파팟!

순간 한 가닥 기괴한 장영이 위청화를 향해 얼음 빛처럼 예리하게 날아가자 그는 대경실색했다.

"아앗!"

그는 다급하게 소리치며 흡사 유령처럼 뒤로 물러섰다.

휘르릉!

한 줄기 장영이 마치 해변에 부딪치는 물보라처럼 허공에서 흩어졌다.

옥면낭군 위청화는 뿌드득 이를 갈며, 안색마저 흉험하게 일그러뜨린 채 말했다.

"네놈이! 도대체 어찌 철수개화(鐵樹開花)의 수법을 쓰는 것이냐?"

옥면낭군 위청화는 기가 막혀 말을 잊을 지경이었다. 그도 그럴 것이 철수개화는 바로 만리추풍 남중현의 독문절학인 추풍탈명십이산수(追風奪命十二算手) 중에서도 상승의 절초였기 때문이다. 또한 그가 조금 전 펼쳤던 수법도 바로 이 절초였다.

그런데 겉으로 보아 닭 모가지 하나 비틀지 못할 것 같던 상대가 이 수법으로 반격해 올 줄은 상상도 못했다. 더구나 그 위력은 자신의 쌍수교홍(雙手蛟紅) 일 초를 능히 무산시키고도 남음이 있었다.

옥면낭군 위청화는 정녕 이런 사태를 어찌 해석해야 할지 몰랐다.

그는 노기가 치솟아 더욱 크게 소리 질렀다.

"이 빌어먹을 놈아, 네가 어디에서 이 절학을 익혔느냐?"

그러나 상대방은 묵묵부답이었다. 그는 단지 신비로운 자태로 서 있을 뿐이었다.

위청화는 더욱 기가 막혔다.

'어디서 굴러먹었는지도 모를 개뼈다귀 같은 놈이 철수개화의 수법을 쓰다니! 아니야, 그럴 리 없다.'

그러나 아무리 돌이켜 생각해봐도 조금 전의 반격은 분명 철수개화의 수법이었다. 더구나 그것은 강맹하면서도 은은한 암경을 동반하고 있었다.

일순 옥면낭군 위청화는 세차게 머리를 저었다.

동시에 빠드득 이를 갈며 맹수가 성이나 부르짖듯 일성 포효와 함께 또다시 일 초 절학을 퍼부었다.

"그럴 리 없다, 받아랏!"

역시 두 손을 동시에 전광석화처럼 날리되 한쪽은 얼음장 같이 차가운 쌍수교홍의 수법이었다. 다만 조금 전에 비해 그 위세가 현저히 증가 되었다.

그런데 이번에도 역시 상대는 철수개화의 수법으로 응수해 오는 것이었다. 비록 어설픔은 있되 그것은 부인할 수 없는 철수개화의 수법이었다. 더구나 조금 전 것 보다 더욱 강맹하였다.

꽈르르!

굉음이 뇌성벽력처럼 일었다.

"앗!"

옥면낭군 위청화의 경악에 찬 비명이 허공을 갈랐다.

그 순간 위청화가 비호처럼 몸을 날려 피했기에 망정이지 만일 그렇지 않았다면 실로 낭패를 면치 못했을 것이다.

'이럴 수가!'

옥면낭군 위청화는 사오 장 뒤로 물러나서 그대로 혼비백산 하였다. 그 자신의 쌍수교홍 일 초가 상대 앞에 너무도 무력 했음은 물론, 자칫 양패구상(兩敗俱傷)을 면치 못 할 뻔한 것 을 똑똑히 겪었기 때문이다. 더구나 상대의 수법은 조금 전보 다 더욱 가다듬어져 있었다.

이는 정녕 불가사의한 일이었다.

그러나 옥면낭군 위청화가 이대로 순순히 물러설 인물은 아니었다. 이내 그의 가슴은 화산처럼 폭발하였다.

"오냐! 네가 정히 이렇게 나온다면 본 공자는 네놈을 파양호 수면 속에 장사 지내 주리라."

광야에 울리는 야수의 포효처럼 성난 노호가 허공을 뒤흔들었다.

파팟!

찰나, 예리무비한 파공음과 함께 위청화의 두 손이 광포하게 어둠을 휘저었다. 이는 정녕 벼락을 치는 듯 무서운 기세였다. 동시에 그의 몸은 마치 해일이 덮쳐 가듯 바람을 일으키며 날았다. 삽시간에 주위에는 폭풍과 같은 살기가 휘몰아쳤다.

그러나 청의서생 강일위의 자태는 실로 신비스러웠다. 위청화가 이처럼 광포하게 살의를 품고 덤벼들었지만 그는 눈썹 하나 까딱하지 않았다. 게다가 입가에는 한 가닥 신비로운 미소마저 떠올랐다.

이윽고 위청화의 신형이 강일위의 지척에 이르렀다. 돌연 강일위가 한 줄기 낮은 웃음을 터뜨렸다.

그와 동시에 강일위는 마치 밀림의 표범처럼 쾌속하게 움직이며 두 손을 휘둘렀다.

그러자 쌍방의 경력이 허공에서 정면으로 부딪쳤다.

꽈르르릉!

진동하는 굉음에 파양호의 잔잔했던 수면마저 거칠게 파문을 일으켰다.

강일위는 태연하게 웃었다. 그 반면 옥면낭군 위청화의 안색은 창백하게 일그러져 실로 낭패를 금치 못했다.

놀란 사람은 그뿐이 아니었다. 구름처럼 주위를 에워싼 관전객은 물론, 비천옥연 남옥상까지도 경악을 금치 못했다.

"정녕 이럴 수가 있단 말인가!"

그녀의 아름다운 얼굴에는 경악과 더불어 의혹의 표정 또한 뚜렷하게 드러났다.

그녀가 놀란 것은 청의서생이 방금 펼쳤던 일 초는 바로 쌍수교홍이었다. 그래서 남옥상의 머릿속은 텅 빈 무아가 되어 버렸다.

"나 역시 저 청의서생과는 단 일면식도 없다. 그런데 조금 전에는 아버님의 독문절학 철수개화를 펼치더니, 이번에는 또다시 쌍수교홍을 펼치다니!"

강일위가 펼친 그들의 독문무공은 누구에게 제대로 배워서 펼친 것이 아니었다. 그는 위청화가 손을 쓰고 나면 어김없이 그 수법을 되돌려 쓰는 것이었다.

이는 실로 천고(千古)의 기사(奇事)였다.

"그렇다면 저 청의서생이 위 오라버니의 수법을 즉석에서 깨달아 익힌 후에 되받아치는 것이란 말인가?”

이것은 정녕 믿을 수 없었다. 그러나 현실은 너무도 엄연했다.

“감히 흉내조차 내기 어려운 본문의 독문절학을 즉석에서 깨달아 이로써 싸우다니, 저 청의서생이야말로 필시 범상한 인물이 아니다!”

싸움은 더욱 고조되고 있었다.

옥면낭군 위청화는 이를 데 없이 분노하여 이미 이성을 잃었다.

“네가 원숭이 새끼라도 된단 말이냐? 본 공자의 수법을 그대로 따라 펼치다니! 좋다. 그렇다면!”

그는 빠드득 이를 갈았다.

“어디, 언제까지 따라 움직이는지 해 보자.”

잇따라 무서운 장영이 천지를 누볐다.

꽈르르~!

장영의 위력은 마치 뇌성벽력이 치듯, 잠자던 화산이 폭발하듯 가히 경세적이었다.

이미 황혼도 거의 저물었다. 땅거미 짙은 어둠이 장막처럼 내리 덮이는 시각이었다. 남창 성 내의 여기저기에도 등불이 걸리기 시작하는데, 오직 이곳 호반의 번화가에서는 때아닌 경세무비의 장영과 암경이 난무하고 있었다.

위청화는 하늘을 무너뜨릴 듯 분노하였으나, 상대방은 오히려 태연자약하였다.

위청화가 철수개화에 이어 쌍수번천(雙手蕃天), 쌍수교홍(雙手蛟紅)의 절초를 펼칠 때마다 청의서생은 어김없이 되받아 그대로 반격하였다.

비천옥연 남옥상은 자신의 짐작이 전혀 틀리지 않았음을 깨달았다.

'그렇다! 그는 위 오라버니의 초식을 단숨에 익혀 펼쳐내는 것이다. 그렇다면 천고에 이처럼 놀랄 일이 어디 또 있단 말인가?'

어쨌든 비천옥연 남옥상의 짐작은 틀림없었다.

강일위는 위청화가 초식을 펼치기 무섭게 이를 고스란히 체득하고, 또한 익히기 무섭게 싸움에 사용하였다.

옥면낭군 위청화는 격분하여 더욱 미쳐 날뛰었다.

그때마다 엄청난 굉음이 작렬하고 모진 장영이 광란하듯 폭풍과 같이 몰아쳤다.

그의 기세가 이쯤 되고 보니, 강일위로서도 곤혹을 금치 못했다. 사실 그가 벽안마영 동방휘로부터 절학의 구결을 전수받았으나, 아직 실전의 경험이 없었다.

유주현 자신의 집에서 비록 수십 인을 일거에 쓰러뜨렸다 해도 그들은 무림인이 아니었다. 반면, 지금 상대하고 있는 옥면낭군 위청화야말로 그들과는 비교도 할 수 없는 인물이었다.

꽈르릉!

또다시 한 차례의 굉음이 작렬하는 찰나, 위청화의 장영 중 한 가닥이 강일위의 몸에 정면으로 격중되었다.

"아!"

강일위는 크게 놀랐다.

"낭패를 면치 못하는구나!"

일단 일격을 받고 보니 당황하여 다음, 다음의 공세도 미처 피하지 못했다.

파팟! 팟!

장영의 거센 기세가 소나기처럼 퍼부어졌다. 이에 옥면낭군 위청화는 득의의 웃음을 지었다.

"흘흘! 그러면 그렇지. 네까짓 놈이 별 수 있겠느냐?"

그러나 그의 득의에 찬 자만은 곧 물거품처럼 사라지고 말았다.

"앗!"

위청화는 너무도 놀라 눈알이 튀어나올 지경이었다. 강일위는 분명 수많은 장력의 세례를 맞았고, 더군다나 요혈을 모두 격중당했다. 그러나 그는 고통은커녕 오히려 더욱 기세등등해 했다.

위청화는 자신의 눈을 의심했다.

'혹시 내가 환상을 보는 것은 아닐까?'

순간 옥면낭군 위청화는 망연자실하는 한편 등줄기에 차디찬 소름이 끼침을 느꼈다.

"이놈은 사람이 아니다. 필시 괴물임에 틀림없다!"

그런 생각을 뒷받침이나 하듯 강일위가 크게 웃었다.

"으하하하! 알고 보니 그대는 입만 살아 나불거리는 자 아니었던가? 그대가 큰 소리 치던 절학이라는 것이 이처럼 간지러운 것들뿐인가?"

그 기세당당한 모습에 위청화는 실로 기가 죽고 말았다.

사실 이 같은 일에 대해 정작 강일위 자신도 경이로움을 느끼고 있었다. 자신조차 헤아리기 어려운 일이었다. 상대의 일장에 격중되는 순간 자신의 단전으로부터 한 가닥 기운이 치솟음을 느꼈다. 그것은 마치 막혔던 방죽이 터지는 듯 경이로운 현상이었다.

더구나 그 신비의 기운은 그의 전신을 감싸고 그의 몸이 전혀 상하지 않게끔 상대의 공세로부터 보호하였다. 그 기운은 시간이 흐를수록 더욱 왕성해졌다.

이는 호랑이가 날개를 얻은 것과 같았다.

강일위는 비록 나이는 어렸으나 이미 천인(天人)에 달하는 기지의 소유자였다. 이 때문에 강일위는 상대가 펼치는 초식을 보고 짧은 순간에도 능히 허실을 탐지하여 오히려 되받아칠 수 있었다. 처음에는 어색한 것이 당연했다. 그러나 몸속에서 일어난 신비로운 공력의 충만으로 어느덧 거의 완벽에 가까운 경지까지 도달할 수 있었다.

정녕 그가 이를 최대한 발휘한다면 옥면낭군 위청화는 참혹한 죽음을 면치 못할 것이다. 다만 강일위는 아직 요령이 불충분했다. 그렇기에 비록 경천동지의 힘을 지니고도 이를 마음껏 발휘하지는 못했다.

위청화의 입장에서 보면 불행 중 다행이었다.

어느덧 삼십여 초가 지났다.

옥면낭군 위청화는 도저히 승산이 없음을 깨달았다. 갑자기 그는 더럭 겁이 났다.

그러나 그의 공포는 곧 분노로 변하였다.

돌연 위청화는 전신의 털을 있는 대로 곤두세우며 광포하게 소리쳤다.

"애송아! 이제야말로 네 생명을 빼앗지 않으면 안 되겠다. 본 공자의 번천무영탈혼검법(蒜天無影奪魂劍法)이 어느 정도의 위력인지 똑똑히 보아라!"

번쩍!

날카로운 광채가 야색을 뚫고 섬광처럼 작렬했다. 이에 강일위도 섬뜩함을 느꼈다.

　그런데 바로 이때, 지축을 뒤흔드는 호방한 웃음소리가 어디선가 터져 나오며, 번뜩이던 살기를 흩어지게 했다.

　"하하하!"

4

그에 이어 감히 거역할 수 없으리만큼 지고한 위엄이 담긴 호통이 들려왔다.

"멈추어라!"

순간 위청화와 강일위는 동시에 경악하였다.

어느새 그들 사이에 중년인 한 명이 위풍도 당당하게 서 있었기 때문이었다.

어디에서, 언제, 어떻게 왔는지 아무도 그가 나타나는 모습을 보지 못했다. 그럼에도 그는 두 사람의 사이에 불쑥 나타나 있었다.

위청화가 그를 쏘아보다가 이윽고 또 한 번 놀랐다.

"아니, 선배님은?"

이때 곁에 있던 비천옥연 남옥상 역시 몹시 놀랐다.

이어 그들 두 사람이 거의 동시에 청의중년인을 향해 공손히 예를 취했다.

"후배 위청화가 노 선배님을 뵙습니다."

"나이 어린 후배가 선배님을 일찍 알아 뵙지 못한 죄 용서하여 주십시오."

"쓸데없는 예절은 집어치워라. 너희들이 노부를 알아봐 주는 것만으로도 심히 족하다."

주위에서 관전하던 사람들은 눈앞의 사태에 놀라 웅성거렸다.

"저 청의중년인의 정체가 대체 무엇이기에 오만방자하기로 강남 일대에서 소문난 옥면낭군 위청화가 저리 공손해진 것일까?"

그러나 홀연히 장중에 나타난 청의중년인은 위청화가 공손하고도 남을 존재였다. 그는 본시 지금의 강호 십대 고인(江湖十大高人)으로 불리는 인물 중 하나였다.

강호 십대 고인은 곧 일신(一神), 쌍기(雙奇), 삼괴(三怪), 사일(四逸)이었다. 이들의 무공은 정녕 그 깊이조차 측량하기 어려웠다. 그래서 위청화와 남옥상 뿐만 아니라, 그들의 부친인 번천신검(蒜天神劍) 위공량(尉孔良)과 만리추풍(萬里追風) 남중현(藍重玄)도 감히 경솔히 대하지 못할 인물들이었다.

그런데 목전에 나타난 청의중년인이 바로 강호 십대 고인 중 한 사람인 무적신수(無敵神手) 두천학(杜天鶴)이었다.

옥면낭군 위청화와 비천옥연 남옥상은 얼마 전에 그가 쌍룡장을 방문한 일이 있었기에 그를 알아볼 수 있었다.

무적신수 두천학은 비록 겉보기에는 나이 삼사십 대의 중년인인 듯하였으나, 실은 고희(古稀)를 앞둔 칠순(七旬)의 노 선배였다.

무적신수 두천학이 웃음을 멈추며 가볍게 고개를 끄덕였다.

이때 강일위는 당연히 무슨 영문인지 알 수 없었다.

아무런 표정도 없는 채 그저 담담히 두천학을 쳐다볼 뿐이었다.

일순 두천학의 얼굴에 일말의 범상치 않은 기색이 흘렀다. 천하가 모두 두려워하는 자신이 나타났건만, 추호도 흔들림 없이 당당히 서 있는 강일위의 모습에서 크게 느끼는 바가 있었기 때문이었다.

일신에 어떤 절학을 익혔는지 비록 그 성취의 정도를 살필 수는 없었으나 분명 범상치 않은 존재라는 인식에 왠지 신비로운 느낌마저 들었다.

두천학이 짐짓 위엄이 깃든 음성으로 입을 열었다.

"비록 해는 저물었으나, 이곳 남창 대도의 번화가에서 공공연히 싸움을 벌림이 어찌된 일이냐?"

위청화가 곧 대꾸하려 했다. 그러자 비천옥연 남옥상이 먼저 재빨리 말했다.

"오늘 시비의 잘못은 오로지 저희들에게 있다고 생각합니다. 두 노선배께서는 후배들의 경망 됨을 널리 용서해 주십시오."

이어 그녀는 일의 전말에 대해 간략히 얘기했다.

그녀의 얘기가 끝나자 무적신수 두천학이 크게 고개를 끄덕였다.

"알고 보니 과연 너희들의 잘못이 틀림없구나! 그러나 그 시비를 논하기 전에 이처럼 사소한 일로 두 사람이 끝까지 싸운다면 두 사람 모두 상함을 면치 못할 것이로다! 노부가 화해를 주선할 테니 이만 시비의 매듭을 풀기로 하게!"

이에 위청화는 내심 불만을 감출 수 없었다.

그때 한 가닥 전음이 그의 귓가에 울려왔다.

-위 현질! 노부는 이미 조금 전의 모든 상황을 지켜보았는데, 자네는 결코 그의 적수가 되지 못하네.-

순간 위청화의 얼굴은 납덩이처럼 창백해졌다.

무적신수 두천학이 흘린 이 한마디야말로 그의 자존심을 극도로 상하게 했기 때문이었다.

위청화의 가슴속은 실로 용암인 듯 부글부글 끓어올랐다.

그러나 상대는 자신의 부친조차 감히 경시하지 못하는 강호 십대 고인 중 일 인이었다.

제아무리 쌍룡장 소장주 위청화라 할지라도 무적신수 두천학의 말을 함부로 거역할 수는 없었다.

위청화는 끓어오르는 화를 가까스로 억누르느라 일그러진

표정인 채로 황급히 내뱉었다.

"선배님의 호의에 깊이 감사드립니다. 그러나 불초에게 한 가지 일이 있어 더 이상 모시지 못하오니 죄송합니다. 그럼 먼저 가 보겠습니다."

그는 말을 내뱉기 바쁘게 훌쩍 흑마 위로 몸을 솟구쳤다.

히히히힝~!

야색을 뚫고 한 줄기 말 울음소리가 퍼졌다 싶은 순간, 일기(一騎)는 어느덧 어둠 속 깊은 곳으로 사라져 갔다.

"대가(大哥)께서 이렇듯 호의를 베푸시니 후배들의 무한한 영광입니다."

남옥상이 말하며 역시 자신의 백마 위로 올랐다.

순간 그녀는 강일위를 힐끗 쳐다보았는데 그 눈빛이 기묘하게 빛났다.

"그럼 소녀도 이만."

남옥상은 서둘러 말하고 자신도 역시 위청화의 뒤를 따라 홀연히 어둠 속으로 사라져 갔다.

이때 강일위는 그녀가 마상에 오르기 직전 자신에게 보였던 정감 어린 시선에 내심 미묘한 갈등에 사로잡혔다.

'아! 실로 아름다운 소녀였다. 그런데 그녀가 나를 보던 그 눈빛은 대체 어떤 뜻이었을까?'

그는 자신도 모르게 가벼운 탄식을 토해 냈다.

이때 무적신수 두천학은 뚫어져라 그를 바라보고 있었다. 두천학은 보면 볼수록 그에게서 신비로운 느낌을 받고 있었다.

낡은 청의의 소년은 겉보기에는 파리하고 창백하여 병색마저 짙어 보였고, 더구나 먼 길을 온 듯 피곤한 모습이었다. 그러나 그의 내면 어딘가에 분명 측량할 수 없는 신비로움이 깃들어 있었다.

"이는 정녕 범상한 인재가 아니다."

갑자기 두천학이 입을 열었다.

"소형제, 그대의 일거수일투족이 범상치 않으니 필시 평범한 출신이 아닌 듯한데 자네의 이름이 어찌 되는가?"

강일위가 상념에서 깨어나며 흠칫했다. 그는 잠시 두천학을 바라보았다. 그런데 두천학의 전신에서는 범접할 수 없는 위엄이 풍겨 나오고 있었다. 이에 강일위는 왠지 그에게 호감을 느꼈다.

강일위는 선선히 대답하였다.

"불초의 보잘 것 없는 이름 석 자는 강일위라 합니다."

두천학이 흡족한 듯 크게 웃었다.

"하하하! 알고 보니 바로 강 소제였군. 나는 두천학이라 부른다네. 강호에서는 우스꽝스럽게도 무적신수라 불러주네만, 사실 그것은 명불허전에 불과할 뿐이라네. 소제."

갑자기 그의 목소리가 은근해졌다.

"나는 비록 그대와 초면이나 왠지 모르게 깊은 정감을 느꼈네. 따지고 보면 이도 역시 인연이니, 어떤가? 그대는 나를 형으로 불러주지 않겠는가?"

의외의 제안에 강일위는 초면의 선배가 이처럼 호의를 베푸니 약간은 흠칫하였다. 그러나 사실 강일위는 뼛속 깊이 외로움을 느끼던 중이었다.

천지간에 홀로 선 외로움, 그 아픔은 당해 보지 않은 사람으로서는 그것이 얼마나 무서운 고통인지 알지 못한다.

그는 잠시 머뭇거렸으나 이윽고 떨리는 음성으로 나지막하게 불러보았다.

"혀…… 형님!"

"강 소제, 역시 그대는 범상한 인물이 아니야. 초면에 이렇듯 서슴없이 형님이라 불러줄 수 있다니."

무적신수 두천학은 그 누가 보아도 호감이 가는 면모였다. 만일 그가 먼저 말하지 않았어도 강일위 스스로 먼저 형님이라 부르고 싶었을 정도였다.

강일위는 강호에 처음으로 나왔고, 두천학의 친절함에 호감을 느꼈기에 먼저 감사한 마음이 들었다.

"일말의 시비를 이렇듯 간단히 해결해 주셨으니, 소제는 먼저 형님께 깊이 감사드립니다."

"소제는 그런 말 하지 말게. 만일 계속 싸웠다면 그들이 낭패를 당할 것이 분명했네. 그런데 노부는 오히려 그들을 도와주었으니, 어찌 자네로부터 치하를 받을 수 있겠는가?"

이어 그는 곧 정색하며 말했다.

"그런데 소제의 조금 전 수법은 비록 익숙하지 않았지만, 분명 만리추풍 남중현의 독문절학 추풍탈명십이산수이었네. 자네는 그것을 어떻게 익힐 수 있었는가? 더욱이 조금만 연성하면 오히려 남중현 본인을 능가할 만큼 뛰어난 진수가 번뜩였으니, 자네는 이를 어디에서 익혔는가?"

이에 강일위는 안색을 붉히며 대꾸했다.

"사실 소제는 단 한 번도 그런 초식을 연성해 본 적이 없습니다."

이에 두천학은 소스라치게 놀랐다.

"아…… 아니, 그럴 리가 있는가? 자네는 분명 이 우형을 기만하려는 것이군!"

그의 안색이 노여움에 불타 붉게 변하였다.

이에 강일위는 크게 당황하였다.

"형님, 믿어주십시오. 소제가 어찌 비록 초면이나 형님이라 부르면서 감히 허튼소리를 하겠습니까? 다만 소제는 그의 손씀을 보고 그대로 따라 했을 뿐입니다."

무적신수 두천학은 실로 망연자실하였다.

"만약 자네의 말이 사실이라면 그대는 정녕 천하의 기재임에 틀림없네. 그러나 누가 감히 이런 일을 선뜻 믿을 수 있겠는가? 정녕 이런 일이 실제 가능할 수 있다면 과연 그 누가 수십 년의 고행을 거듭하며 무학을 터득하려 하겠는가?"

게다가 조금 전 강일위의 초식에는 엄청난 암경이 주입되어 있었다. 이런 내가공력은 실로 수십 년의 고련 없이는 얻기 힘든 것이었다.

뿐만 아니라 강일위의 등 뒤에는 한 자루의 고색창연한 장검이 메어져 있었다. 단순히 이것만 본다 해도 강일위를 필시 보통 내력의 인물이 아니라 여길 것이었다.

그러나 두천학이 강일위를 바라보니, 그의 눈빛 어디에서도 추호의 거짓을 찾아볼 수 없었다.

깊은 우수와 함께 마치 멀고도 먼 천공의 별빛인 양 순진무구한 눈빛은 정녕 흔히 볼 수 없는 진실의 빛이기에 감히 그를 의심할 수 없었다.

이에 두천학은 잠시 혼란하였던 마음의 갈등이라도 털어 버리려는 듯 크게 웃었다.

"하하하~!"

어두운 하늘을 향해 크게 웃었다.

몰렸던 인파들은 어느새 간 곳 없이 사라져 밤늦은 번화가에는 두 사람뿐이었다.

“진정 그대야말로 절세의 기재로다.”

이때, 강일위가 홀연히 말하였다.

“이로써 형님의 오해가 풀렸다면 불초는 이만 떠날까 합니다.”

과연 그는 곧 발길을 옮기려 했다.

두천학이 순간 그에게 말했다.

“잠깐, 우리는 기왕에 인연을 맺었는데 자네는 어디를 그리 급히 가려 하는가? 혹시 바쁘게 떠나야 할 사정이라도 있는가?”

강일위가 처연히 웃으며 고개를 저었다.

“소생은 본시 천하를 주유하고자 떠난 몸이니, 그 누가 있어 오라 하겠습니까? 그러나 비록 오라는 곳은 없어도 천하 모든 곳이 불초의 갈 곳이기도 합니다.”

두천학이 흠칫하였다.

“알고 보니, 자네는 천지를 유람하며 견문을 넓힐 셈이로군. 그렇다면 오히려 잘 되었네. 이 우형은 그래도 강호에서 약간의 경험이 있으니 소제에게 들려줄 겸 한턱 쓰기로 하겠네!”

강일위는 잠시 머뭇거렸다.

“초면의 형님께 신세를 끼칠 수야…….”

“무슨 소리인가? 강호의 영웅들은 본시 그처럼 사소하게 마

음 쓰지 않는다네. 더구나 이곳은 절경으로 유명한 남창 대도
로 그 중에서도 월색 아래의 야경이 일품이라네. 마침 좋은
장소를 알고 있으니, 모처럼 마음 맞는 그대와 더불어 잠시
즐기려 할 뿐일세."

두천학이 다시 호쾌하게 말했다.

"더 이상 머뭇거릴 것 없네. 어서 가세."

강일위도 더 이상 사양하기 어려워 그의 뒤를 따랐다.

크고 작은 두 인영은 이윽고 어둠 속에 묻혀 사라져 갔다.

그런데 언제부터인가 무심한 듯하면서도 차갑고 예리한 눈
길로 끝까지 그들을 주시하던 한 인영이 있었다. 남루한 의복
을 입고 산발한 머리를 바람결에 휘날리는 팔순(八旬) 가량의
노인이었다.

노인은 먹이를 찾아 수면 위를 떠돌던 물새들도 보금자리로
돌아간 그곳에 석상처럼 우뚝 서서 이제 막 사라져 간 두 사
람을 바라보고 있었다.

"흐흐흐~!"

그는 지척에서도 들리지 않을 만큼 낮고 음산하게 웃었다.

그러다가 그는 훌쩍 몸을 날려 흡사 유령인 듯 어둠 속 어
딘가로 사라져 버렸다.

제8장

강호 십대 고인(江湖十代高人)

1

** 만월루(滿月樓).

이 누각이야말로 천하제일미호(天下第一美湖)인 파양호(鄱陽湖)의 호반과 면해 있어 가히 선경(仙境) 속의 건물을 방불케 하는 곳이었다.

그 경관에 못지않게 술과 음식의 맛 또한 일품이어서 가히 남창 제일의 주루라 불릴 만하였다. 그 때문에 자연히 이곳에는 언제나 많은 사람들로 붐볐고, 그 대부분이 일대의 명망 있는 유명 인사들이었다.

무적신수 두천학과 강일위가 이곳에 당도하였다.

주루 안에서 점소이가 달려나와 반갑게 그들을 맞았다.

"헤헤! 어서 오십시오. 두 분 손님."

두천학이 고개를 끄덕이며 몇 냥의 철전을 던져 주었다.

"특별히 좋은 자리를 내주게."

두천학의 후한 인심에 점소이는 입을 벌리며 좋아했다.

"여부가 있겠습니까요. 마침 좋은 자리가 있으니 소인을 따라오십시오."

그가 서둘러 두 사람을 안내했다.

주루 안은 비록 넓었으나, 이미 손님들로 꽉 차 있었다. 손님들은 제각기 달빛 어린 호반의 풍경에 취해 흥이 고조된 상태였다.

점소이가 안내한 자리는 창문 앞쪽이라 풍경을 감상하기에 매우 좋은 자리였다.

창문을 통해 싸늘한 추풍(秋風)이 들어왔다. 실로 가슴 밑바닥까지 씻어 내릴 만큼 청량한 바람이었다. 그러나 그것은 이미 계절이 깊어간다는 것을 알려주고 있었다.

두 사람은 자리에 앉았다.

싸늘한 추풍과 함께 창문으로부터 밝은 야색이 어렸다.

어느덧 넓은 하늘에 월광이 충천하니 파양호 수면에 흔들리는 그 빛은 가히 일품이었다.

두천학이 문득 끓어오르는 흥취를 누르지 못해 호기롭게 말했다.

"파양호는 정녕 선경 중 선경이로다!"

강일위도 무심히 창밖으로 눈길을 돌렸다.

야색이 꿈결처럼 빛나는 넓은 하늘 위에서 달빛이 농염하게 내리비추고 있었다. 달빛은 출렁이는 물살에 부딪치니 파양호 전체가 정녕 은파(銀波)를 이루고 있었다. 이는 실로 탄복할 만한 절경이라 강일위도 황홀한 표정이 되었다.

그 사이 술과 안주가 날라져 왔다.

달콤하면서도 새콤한 향취가 풍겼다. 고아한 백자 술병으로부터 풍기는 향취였다. 거기에 담긴 분주(分酒)라 불리는 술은 이곳 남창의 특산으로 맛과 향취가 일품이었다.

두천학이 먼저 일 배를 권했다.

"본시 술 석 잔이면 대도(大道)에 통하고, 한 말이면 자연과 합치된다 하였네. 절경을 눈앞에 두고 어찌 한 잔의 술을 함께 나누지 않을 수 있으리오."

이에 강일위는 얼굴을 붉혔다.

"아! 실은 저……, 저는 아직 술을 입에 대본 일이 없어서 전혀 마시지 못합니다."

"소제는 너무 사양하지 말게. 사실 분주는 너무도 달콤하여 마시다 보면 취기를 감당하지 못할 정도이네. 그러니 몇 잔쯤이야 사양할 필요는 없지 않은가?"

이에 강일위도 비로소 응하였다.

"그럼."

이윽고 술잔을 입으로 가져가 보니 생각보다 달콤하고 향기가 있었다.

"비록 이백과 비교할 바는 못 되더라도 역시 술은 흥취를 돋우는군요.”

두천학이 호기롭게 응수했다.

“자네의 그 높은 기상은 과연 나를 놀라게 하는군.”

그들은 술과 안주를 들며 남창 일대의 풍물에 관해 두루 애기를 나누었다.

창밖 월야의 풍정(風情)은 더욱 절경을 이루었다.

이때, 두천학이 문득 말하였다.

“나, 무적신수 두천학이 비록 학문일도(學門一道)에 어두워 익히 아는 시구 하나 없네. 그러나 시성(詩聖) 이백의 두 구절 시구만은 깊이 뇌리에 새겨져 있네.”

이어 그는 목청도 낭랑히 옛 시를 읊었다.

종사협골향(縱死俠骨香),

불참세상영(不慙世上英).

유생불급유협인(儒生不及遊俠人),

백수하유복하익(白首下由復何益).

비록 죽어도 협골은 향기롭고,

천하영웅에 부끄럽지 않으리.

유생은 협객만 못하다.

백발이 되도록 방장 내리고 책만 읽은들 무슨 소용이 있겠는가?

이는 본시 어려서부터 무협을 좋아하던 이백이 썩은 유생들을 비웃기 위해 지은 시였다.

이에 강일위는 내심 생각이 기우는 바가 있었다.

사실 그 자신은 오랫동안 학문과 접해 왔으나 약간의 회의를 지니던 중이었다. 그는 유생들의 비열함을 익히 알고 있던 터라, 강호인들의 깊은 정과 넘치는 의기가 내심 마음에 들었다.

의형 동방휘가 그렇고 눈앞의 두천학의 정감과 호탕함에 비하면, 심약한 유생들이 따를 바가 못 되었다.

이에 강일위는 자연 그들을 동경하는 마음마저 들었다.

이때 무적신수 두천학은 또 한 편의 시구를 읊었다.

염부유중의(簾夫唯重義),

준마불노편(駿馬不勞鞭).

인생귀상지(人生貴相知),

하필금흥전(何必金興錢).

고결한 선비는 오로지 의를 높이고,

준마는 채찍을 받아도 뛰어 달린다.

인생은 서로 지기됨이 귀하노라.

어찌 돈 따위가 문제이겠는가?

이는 또한 강일위가 신세진다고 마음 쓸까 봐 짐짓 읊는 시였다.

비록 노소의 차이는 있어도 의기투합하여 지인(知人)을 사귐에 금전 따위가 문제는 아니었다. 사실 두천학의 이 두 구절 시구는 너무도 정확히 강일위의 심정을 간파한 것이었다.

강일위는 점점 두천학에게 깊은 호감을 느꼈다.

갑자기 강일위가 술잔을 높이 들었다.

"진정 영웅의 기상이 넘치는 두 구절의 시구입니다. 소제 감히 한 잔 술로써 경배코자 하오니 과히 허물치 마십시오."

말과 함께 그는 한 잔의 술을 단숨에 들이켰다.

무적신수 두천학은 크게 흡족했다.

"과연 이 우형의 안목만은 아직 녹슬지 않았군. 오늘 이처럼 영웅의 기상을 지닌 동생과 만나게 될 줄이야! 이 기쁨을 어찌 한 잔의 술로 다 표할 수 있겠나? 이 옥배로써 삼천 배를 들더라도 자네 같은 동생과 만난 기쁨을 나타내지 못하겠네."

넓은 하늘의 달빛은 더욱 교교하였다. 야색 또한 더욱 짙어가니 이곳 주루 일대의 여기저기에도 휘황한 궁등(宮燈)이 밝혀졌다. 많은 궁등은 각양각색의 색깔로 밝게 빛났다.

술에 취하고, 정감에 취하고, 또한 불빛에 물들어 그들의 얼굴은 어느새 타는 듯 붉어졌다.

그들의 마주치는 눈길 또한 깊은 정감이 어렸으니, 그들 사이의 화기애애한 정담은 시간이 흘러도 끝날 줄을 몰랐다.

이때 강일위는 한편으로 약간의 불편한 마음도 없지 않았다.

이렇듯 허물없어지고 보니 두천학이 필시 자신의 내력을 물어보리라 짐작했기 때문이었다. 그러나 자신에게는 이렇다 할 내력이 없었다. 굳이 있다면, 오직 동방휘를 만났던 인연뿐이었다. 하지만 의형에 대해서만은 섣불리 얘기하고 싶지 않음이 그의 솔직한 심정이었다.

그런데 의외로 두천학은 강일위의 내력에 관해 시종일관 묻지 않았다.

그 역시 강일위의 내력이 궁금하지 않은 것은 아니었다.

그는 강일위가 애써 밝히려 하지 않음을 알고 구태여 묻지 않는 것이었다.

무적신수 두천학, 그는 강일위에게 강호상의 많은 얘기를 들려주었다. 그러다가 갑자기 그가 말을 멈추었다.

갑작스런 행동에 강일위가 의아해했다.

두천학의 소맷자락이 폭풍처럼 펄럭였다.

동시에 그 손에 들렸던 잔이 한 줄기 암경을 싣고 어둠 속으로 빨려들 듯 날아갔다.

"친구가 계속하여 암중에 감시함은 나 두천학을 너무 얕보는 행위이지 않은가?”

순간 어둠 속으로부터 한 가닥 괴이한 웃음소리가 들려왔다. 동시에 섬광처럼 번뜩이며 하나의 옥배가 날아들었다.

두천학은 아연 흠칫하였다.

이때 어둠 속 멀리에서 한 가닥 괴성이 은은히 들려왔다.

“무적신수 두천학, 그대가 이토록 몰인정하고 야박할 줄은 몰랐네. 기왕 잔을 주려면 미주(美酒)나 철철 넘치게 부어 줄 일이지 어찌 빈 잔을 권한단 말인가? 그대가 이렇듯 노부를 조롱하는 이상 노부는 너무도 야박함이 섭섭하여 여기에 있을 흥미조차 잃었네. 그러나 명심하게. 다음에 다시 만날 때에도 이처럼 박대한다면, 노부는 필경 그대가 평소 자랑하던 미염(美髥)을 뽑아버리고 말겠네!”

말이 끝나기 무섭게 어둠 속의 괴인영은 홀연히 흔적조차 없이 사라지고 말았다.

이때 무적신수 두천학은 무심히 손아래 옥배를 바라보다가 기절초풍할 듯이 놀랐다.

“앗!”

시리도록 희게 빛났던 옥배가 어느 사이인가 한 가닥 붉은 빛에 둘러싸이더니 곧 핏빛으로 변하는 것이었다.

그가 손을 움직여 옥배를 건드리려 했다.

팟!

찰나, 옥배는 소리와 함께 산산이 부서져 가루로 화하는 것이었다.

"아니, 이것은?"

이번에야말로 그는 이를 데 없이 경악했다.

시종일관 주시하고 있던 강일위도 크게 놀랐다. 강호의 경험이 전혀 없고, 따라서 숱한 무림의 좌도 방문지술도 견식하지 못했던 그가 놀람은 너무도 당연했다.

그러나 강일위는 곧 생각을 가다듬었다.

문득 의형인 벽안마영 동방휘의 모공구결이 영감처럼 떠오르며 그로 미루어 조금 전의 기사(奇事)도 능히 있을 수 있으리라 짐작되었다.

'그렇다! 이는 분명 극고의 내가기공(內家奇功)에 의해 일어난 일임에 틀림 없다.'

이때, 무적신수 두천학의 얼굴은 매우 신중했다.

강일위가 그에게 물었다.

"그는 누구였던가요?"

두천학은 대답 대신 쓸쓸히 웃었다. 그러다 곧 혼잣말인 듯 깊이 탄식하였다.

"모를 일이로다! 이처럼 옥배를 붉은 빛으로 변모시켜 가루로 화하게 할 수 있는 사람은 천하에서 오직 세 사람뿐인데……?"

"그들이 대체 누구입니까?"

무적신수 두천학이 그 물음에 대답했다.

"태양신군(太陽神君)."

"그는 어떤 인물입니까?"

"태양신군, 그의 이름은 본시 갈천상(葛天常)이라 하네. 그는 진정 천하무림에서 가장 뛰어난 인물인바 그의 독문절학인 태양건천신공(太陽乾天神功)이야말로 천외오존 중 현천자(玄天子)의 현천무극태원강기(玄天無極太元剛氣)와 쌍벽을 이룰 정도일세."

이때 강일위는 두천학의 말 중 천외오존이라는 말에 흠칫하였다. 그러나 내색하지 않고 곧 다시 물었다.

"그렇다면 나머지 두 인물은 어떤 인물입니까?"

강일위의 질문에 무적신수 두천학의 안색이 갑작스레 변하였다.

"강 소제, 그들에 관하여 논하는 것이야말로 무림에서 가장 꺼리는 금규(禁規)에 속한다네."

┊ 2 ┊

강일위가 흠칫하였다.

이에 두천학은 애써 미안함을 감추려는 듯 급히 화제를 바꾸었다.

"어쨌든 이 잔을 되돌려보냈던 자가 태양신군이 아님은 분명하네."

그러다 돌연, 무슨 생각이 떠올랐는지 갑자기 두천학의 안색이 창백해지며 손마저 부들부들 떨었다.

'아아, 나의 짐작이 한낱 기우이기를! 만일 그렇지 않다면 이는 정녕 상상만 하여도 몸서리쳐지는 일이다.'

두천학은 자신의 생각을 애써 부정하려는 듯 세차게 고개를 저었다.

'그래, 나의 짐작은 한낱 기우임에 틀림없다. 어찌 그럴 리가 있는가? 절대로 그럴 리 없다.'

마치 넋이 나간 사람처럼 뜻 모를 말을 지껄이다가 깊은 침묵에 잠겼다. 심연처럼 깊고, 납덩이처럼 무거운 침묵이었다.

강일위는 이런 침묵을 견딜 수 없었다.

마침내 그가 침묵을 깨뜨리고 물었다.

"형님께서 조금 전 일신(一神)이니 천외오존이니 하였는데, 그들은 대체 어떤 인물들입니까?"

그는 자신의 의형인 동방휘가 그들 천외오존과 깊은 은원관계였음을 되살리고 물었다.

이때 무적신수 두천학은 자신이 너무도 심각하였던 것 같아 얼굴 가득 민망함을 떠올렸다. 이어 그는 씁쓸히 웃었다. 그는 한 줄기 탄식과 함께 힐끗 아직도 야색 교교한 창밖을 바라본 후에 나직이 입을 열었다.

"사실 그들에 관해 얘기하자면 먼저 당금 무림에 군림하고 있는 열 명의 고인에 대해 얘기하지 않으면 안 될 것이네."

"열 명의 고인?"

"그렇다네. 강호에서는 그들을 일러 강호 십대 고인이라 부른다네."

강일위로서는 호기심이 동하지 않을 수 없었다.

그러나 그가 묻기 전에 무적신수 두천학이 먼저 말을 이었다.

"일컬어 일신(一神), 쌍기(雙奇), 삼괴(三怪), 사일(四逸)이 바로 그들일세!"

창문 사이로 밀려드는 바람이 더욱 싸늘하였다.

그러나 강일위는 두천학의 얘기에 귀를 기울이느라 바람의 차가움마저 느끼지 못하였다.

일신(一神)은 바로 태양신군(太陽神君)을 일컫는 말이었다.

태양신군 갈천상(葛天常)은 당금 천하무림을 찬란히 비추는 절세적 인물이었다. 그는 흡사 암흑을 밝혀주는 만월과도 같았다.

천외오존이 홀연히 무림에서 자취를 감춘 이후 그들로부터 진전(眞傳)을 물려받은 남궁세가의 남궁전(南宮全)을 무림인들은 중원제일인으로 받들었다.

그는 천하무림인들의 호응에 부응하여 악이 선으로 전도된 헝클어진 강호무림의 정도(正道)를 진작시켰다. 그러나 영웅은 외로움을 느꼈는지, 십 년 후 홀연히 자취를 감춰 은거해 버렸다.

태양신군 갈천상은 전대(前代)의 최강자가 사라진 무림에 홀연히 모습을 드러냈다. 그의 지닌바 일신 절학은 측량하기 어려울 정도로 고강하였다.

당시 강호에서 그와 겨루어 승부를 논할 자를 도저히 찾을 수 없을 정도였다.

그야말로 무적무풍지대(無敵無風地帶)였다.

어느 사이 그에게는 태양신군이란 칭호가 붙게 되었다.

이것은 중천에 뜬 태양과 같이 그가 중원 무림인들에게 드높은 존재로 부각 되었기 때문이었다.

그러나 그는 신비에 싸여 사문 내력이나 흉중에 어떠한 생각이 있는지 아는 사람은 아무도 없었다.

심지어는 그가 지닌 일신절학이 어느 정도인지조차도 아는 사람이 없었다.

다만 한 가지 그에 대한 전설이 강호에 전해지고 있는데, 그것은 태양신군이 소년 시절 우연히 한 부의 전대기서(前代奇書)를 습득하였다는 것이다.

쌍기(雙奇), 이들 두 명의 고인은 태양신군보다 출현이 늦어서 그렇지 어쩌면 태양신군을 능가하는 고절하고 무서운 무공을 지닌 인물인지도 몰랐다.

그들은 바로 벽안마영(碧眼魔影)과 혈영잔심수(血影殘心手)였다. 이들 두 인물은 비록 강호 출도의 선후가 있으나 공통점이 한 가지가 있었다.

그것은 바로 이들의 정체가 진정 운무(雲霧)에 싸인 신전(神電)인 양 전혀 강호인들의 추측조차 불허한다는 사실이다. 그러나 그들의 행적은 너무도 극단적인 대조를 이루고 있었다.

벽안마영은 그의 이름이 무엇인지 사문이 어디인지 강호인들은 전혀 아는 바가 없었다.

그 푸른 눈의 절정 고수가 지닌 일신절학은 신화경(神化境)

에 이르러 그 누구라도 그와의 대결에서 삼 초 이상을 넘긴 사실이 없다는 말만 전해지고 있었다.

벽안마영은 강호에 모습을 드러낸 일 년 동안 대강남북(大江南北) 이만여 리를 종횡하였지만, 단 한 명의 적수도 찾을 수가 없었다. 그러나 그의 명성을 더욱 드높게 한 것은 그의 신화경에 이른 일신의 절세 신공이 아니라 그의 뛰어난 성품이었다.

그와 싸운 무수한 고수들은 목숨을 잃기는커녕 그 어느 누구도 그에게 원한을 품지 않았다.

패배의 쓰라림을 받은 인물들은 무공도 무공이지만 결국 그의 영웅적인 기개와 겸허한 자세에 진심으로 그를 존경하기에 이른 것이었다.

벽안마영, 그는 천외오존 이래로 가장 존경받는 인물이었다.

이때, 무적신수 두천학이 벽안마영의 이야기를 마치고 탄식을 토해냈다.

"아! 노부는 지난 오 년간 선사(先師)가 남긴 한 가지 절예를 연성하느라, 강호 출입을 하지 않았다. 그로 인해 노부는 이 젊은 기협의 면모를 직접 볼 수 없었다. 노부는 진정 그와 한 번 대면해 보고 싶었는데……."

두천학의 눈가에는 아쉬움의 여운이 있었다.

‘아, 이분 노형님께선 오 년간이나 강호에 나서지를 않으셨었구나! 그러니 등 뒤의 범천뇌강검을 모르는 것도 무리는 아니군.’

생각을 굴리는 그의 귀에 무적신수 두천학의 호쾌한 말이 들어왔다.

“그러나 이 우형이 다시 강호에 나온 이상 짧은 시일 내에 그 신비한 벽안 청년을 만날 행운이 있을 것이네.”

그러나 무적신수 두천학은 이 순간 강일위의 가슴에 만감의 비애가 교차하고 있음을 모를 것이다.

‘노 형님! 안타깝게도 당신은 영원히 그분을 뵐 수가 없을 겁니다. 그는 이미 운소산의 이름 없는 묘지에 누워 있으니 말입니다.’

이 순간, 강일위의 두 눈에는 그의 가슴에 비감이 교차하는 괴로움이 격랑처럼 일고 있었다.

한편, 강일위의 얼굴에 스쳐가는 격동의 빛을 발견한 무적신수는 그가 벽안마영의 이야기에 강한 흥미를 나타내는 것이라고 단정하고 그냥 지나쳐버렸다.

무적신수의 이야기는 계속되었다.

혈영잔심수, 그 또한 강호에 모습을 드러낸 것은 십 년에 불과했다. 그러나 그가 나타난 이후 강호는 온통 공포에 떨어야만 했다.

그의 신물인 잔심사망금전(殘心死亡金錢)이 모습을 드러내면 그곳은 피와 죽음뿐이고 원한의 귀곡성이 들릴 뿐이었다.

그가 그토록 처참한 살인을 자행하는 이유는 알려진 바 없었다. 다만 그의 사망명부(死亡名簿)에 오른 인물은 정사(正邪)를 막론하고 죽음을 면할 수 없다는 사실을 알고 있을 뿐이었다.

그는 단 한 번도 타인에게 모습을 드러내려 하지 않았다.

오직 살인의 목적을 달성한 후 종적도 없이 사라지는 살인마(殺人魔)였다.

삼괴(三怪).

이들은 바로 마검진인(魔劍眞人), 태백신군(太白神君), 백발모모(白髮某某) 등 세 명을 일컫는 말이었다.

마검진인의 진실한 호(號)는 마운자(魔雲子)로 공동파의 유일무이(唯一無二)한 장배인물(長輩人物)이었다. 백 년 전 수라제천의 혈수(血手)에 강호가 피로써 씻길 때 공동파 또한 예외는 아니었다.

문하의 사백여 명의 제자들은 처절한 생의 종말을 고하였고, 그 참상은 필설로 형용할 수 없는 참혹한 것이었다.

그러나 단 한 사람의 생존자가 있어 공동일문의 맥을 잇게 되었으니, 그가 바로 마검진인이었다.

흡사 한 마리 불사조가 잿더미 속에서 소생하듯 그는 백 년 사이에 잿더미로 화했던 공동파에 어느 사이 옛날의 성휘를 드리우게 한 장본인이었다.

태백신군 고운봉(高雲峯).

그를 일컬어 일명 권마라고도 한다. 그 이유는 바로 그가 지닌 일신의 절학인 분천연환뇌격신권(奮天連環雷擊神拳) 때문이었다.

무림에는 수많은 권격절예(拳擊絶藝)가 있으나 현 강호상에서 태백신군 고운봉의 격명절학(擊名絶學)인 분천연환뇌격신권을 능가하는 권법은 찾을 수 없었다.

태산을 허물 듯한 권경(拳勁), 번개가 내려치는 듯한 섬전같이 빠른 연환의 권초는 가히 절세적이었다.

이 초식은 단 삼 초에 불과했다. 그러나 태백신군 고운봉이 이 삼 초를 연이어 펼치면 상대는 시간이 흐를수록 강맹해지는 그 위력에 굴복하지 않을 수 없었다.

백발모모.

그녀 또한 현 무림의 가장 높은 배분의 선배 인물 중의 일인으로 수라제천에 의해 멸문지화를 겪은 모산파(牟山派)의 유일한 계승인이었다.

당시 십여 세로 구사일생(九死一生) 위기를 벗어난 그녀는 기연을 만났다.

그것은 수백 년 이래로 개방의 가장 걸출한 인물로 일컬어

지는 귀룡신개(鬼龍神丐) 화유천(華維遷)이 남긴 한 부의 무
학 비급을 그녀가 얻은 것이었다. 그녀는 이 비급으로 개방의
비전절기인 비천귀룡파운십팔장초(飛天鬼龍破雲十八杖招)를
연성할 수 있었다.

사일(四逸).

무적신수(無敵神手) 두천학(杜天鶴),

무영신투(無影神偷) 엽검영(葉劍英),

생사판관(生死判官) 사필(史筆),

귀문수재(鬼門秀才) 마옥기(馬玉奇) 등 이들 네 명의 고인
들이 현 무림의 십대고인 중의 나머지 자리를 차지하는 인물
들이었다.

무영신투 엽검영은 명호가 말해 주듯 그의 출몰은 그림자조
차 남김이 없다. 또한 그가 자신 앞에 나타나도 상대는 그가
무영신투라는 사실을 전혀 눈치채지 못한다.

그가 얻고자 마음먹은 물건은 이미 주인이 바뀐 것이나 마
찬가지였다. 진정 무영신투는 천하제일의 소매치기였다.

또한 천하무쌍의 역용대가(易容大家)였고, 그의 일신의 경
공일도는 무영무성(無影無聲)의 경지에 이르러 현 무림의 누
구보다도 뛰어났다.

특히 무영유성신법(無影流星身法)은 강호인들 사이에 경공
절학으로써는 무림의 일절로 칭송하기에 이르렀다.

생사판관 사필은 점혈(點穴), 일도에서 천하독보(天下獨步)라 일컫을 만했다.

다섯 손가락이 한 번 스치면 위력이 산을 허물고 남을 듯할 정도였다. 진기를 운행하고 신지를 모음은 사필이 제일이었다.

오지찰경여산(五指擦勁如山), 운기응신사필신지(運氣凝神史筆神指)는 언제부턴가 무림인들이 그를 칭송하는 말이었다.

점혈 수법만 가지고 논한다면 그는 틀림없이 천하제일 고수일 것이다.

귀문수재 마옥기.

그가 일신에 지닌 기학은 가히 천하에서 따를 자가 없다 해도 과언이 아니었다.

고금의 각종 기문진학(奇門陣學)과 토목건축지학(土木建築之學)에 더하여 귀신도 예측하지 못할 심계(心計)는 그가 인간임을 의심케 할 정도였다.

이러한 까닭에 그 누구도 그와 적대관계를 맺기를 원치 않았다.

그것은 그가 천하에서 가장 상대하기 어려운 인물임을 너무나 잘 알고 있기 때문이었다.

┊ 3 ┊

무적신수 두천학이 말을 마쳤다.

그러자 강일위가 의아한 듯 물었다.

"형님은 어찌 사일 중 세 사람밖에는 말해 주시지 않습니까?"

두천학이 크게 웃었다.

"하하하! 소제, 쑥스럽게 어찌 그런 것을 묻는가? 그 한 사람이 바로 나인데, 어찌 나 스스로 나에 관해 이러쿵저러쿵하겠는가?"

"아아!"

강일위는 비로소 깨닫고 고개를 끄덕였다.

강일위는 눈앞에 앉은 이 호방한 인물이 십대 고인 중의 한 사람이라는 사실에 새삼 감개무량하였다.

이때 두천학이 다시 말했다.

"비록 노부는 일신에 지닌 절예도 없이 허명만으로 십대 고인 중의 말석을 차지하고 있으나, 나머지 아홉 사람이야말로 한결같이 뛰어난 인물들이네. 오죽했으면, 그 우열조차 구별하기 어려울 정도라네. 그러나 그들도 천외오존이 잠적하기 전까지는 별로 두각을 나타내진 못했었네.”

이어 무적신수 두천학은 천외오존에 관해 상세히 말해 주었다.

“천외오존은 공문이성과 천산삼정으로 구성되네. 소림 유일의 계승자 기승 망아 선사와 조사금탕지에 스스로 뛰어들어 절학을 얻은 현천자를 일컬어 공문이성이라 하지. 그리고 서역 천산의 일대검종(一代劍宗)인 천산신검 상관청봉, 대막의 패주인 백타령주 독고진, 남만의 패주이자 만독(萬毒)을 구사하는 독중지성 만천기 등 삼 인이 바로 천산삼정이라네.”

무적신수 두천학은 계속하여 강일위에게 천외오존의 내력에 대해 말해 주었다.

그런데 이때, 천외오존을 회상하며 잠시 감동에 젖는 두천학과 달리 강일위는 크게 격동해 마지않았다.

지금까지의 모든 이야기야말로, 강일위는 난생처음 듣는 무림의 고사(古事)들이었다.

그는 곰곰이 백 년 전 수라제천의 무공은 과연 어떠했을까를 상상해 보았다. 그러나 수라제천의 무공이야말로 그 유래조차 없이 뛰어났기에 강일위로서는 도저히 상상조차 하기 어려웠다.

한편 수라제천에 의하여 자행되었던 무수한 살육의 모습을 생각하니, 강일위는 모골이 송연하기도 하였다.

또한 천외오존이 그토록 뛰어나다면, 혼자서 그들을 상대했던 의형의 무공절예를 생각하자 새삼 의형의 은혜가 깊이 아로새겨짐을 느꼈다.

강일위는 구음절맥의 고질이 있었기에 나이 이십을 넘기지 못해 요절할 운명이었다.

의형 동방휘는 이러한 자신의 고질을 고쳐주어 실로 재생의 길을 걷게 했다. 그뿐만이 아니라 그의 모든 것을 전수해 주어 운명마저 바꾸어 주었다.

일순 강일위의 가슴속에서 마치 불꽃과 같은 뜨거움이 타올랐다.

'그렇다! 나는 결코 의형의 은혜를 잊지 않으리라.'

또한 강일위는 무림에서의 의형의 위치를 비로소 깨닫고 새삼 크나큰 자부심을 느꼈다.

그런데 이때, 무적신수 두천학은 일말의 의혹을 품었다. 면전의 강일위가 갑자기 크게 격동하는 것이 느껴졌기 때문이었다. 이는 분명 그가 자신으로부터 천외오존에 관해 듣고 난 직후였다. 그러나 두천학은 심중의 의혹을 결코 겉으로 드러내지는 않았다.

'이 아이가 천외오존에 대해 듣고 이렇듯 격동함은 무슨 까

닭이 있으리라. 그러나 노부는 그의 내력을 알길 없으니 저 소형제의 정체가 진실로 궁금하구나.'

잠시 후, 무적신수 두천학은 태연히 말했다.

"소형제, 강호무림은 이렇듯 언제나 파란의 세월을 맞고 또 보낸다네. 그런데 소형제는 장차 어디를 향해 떠날 셈인가?"

순간 강일위의 얼굴에는 짙은 우수의 그늘이 드리워졌다.

그러자 강일위의 숨은 기개가 드러났다. 무적신수 두천학은 그의 얼굴을 보면 볼수록 진정 탄복을 금치 못했다.

'비록 정체를 알길 없으나 갈수록 신비로운 느낌이니 필시 하늘이 내린 절세 기재로다!'

강일위는 이내 얼굴에서 쓸쓸함을 거두었다. 그리고 본연의 담담한 자태로 되돌아오며 말했다.

"정처 없이 나선 길입니다. 특별히 갈 곳이 있는 것도, 또한 갈 곳을 정한 것도 아닙니다. 다만 반드시 찾아뵈어야 할 분 이 계십니다."

비록 표정은 담담하였으되 그 음성은 여전히 쓸쓸하였다.

무적신수 두천학은 문득 한 가닥 호기심이 동했다.

"소형제가 찾는 그분이란 어떤 분인가? 이 형은 그래도 강 호에서 꽤 오래 지냈으니 혹 도움이 될지도 모르겠네!"

이에 강일위도 일말의 기대가 생기는 모양으로 선뜻 대답했 다.

“그분은 바로 저의 부친이십니다.”

강일위는 이렇게 대답하는 한편, 그 옛날 언젠가 부친이 교교한 월색 아래 한 가지 무학 수련에 열중하던 일을 떠올렸다.

‘그렇다! 만약 아버님 역시 일신에 무학을 지니셨던 분이라면, 이 두 노형으로부터 일말의 단서를 얻을지도 모르겠다.’

이때 두천학 역시 그의 부친이 누구인지 알아낸다면 강일위의 내력 또한 알 수 있으리라 짐작하고 내심 한 가닥 기대를 걸었다. 그리하여 자신도 모르게 조급하게 물었다.

“부친의 존함이 어떻게 되는가?”

강일위도 어느덧 기대에 부풀어 선뜻 대답했다.

“그분의 함자는 강옥성(康玉聲)입니다.”

“강옥성!”

두천학이 흠칫 놀랐다. 의외로 두천학은 강옥성이란 이름을 난생처음 들었기 때문이었다.

두천학은 당혹감마저 느꼈다. 목전의 강일위가 일신에 절학을 지닌 것이 틀림없었다. 만일 그것이 가전의 절학이라면, 그 부친 또한 무림의 고명한 인물이어야 했다. 그럼에도 불구하고 두천학은 강옥성이란 이름이 생소했다.

일순 그는 한 가닥 씁쓸한 심정을 금치 못했다.

이는 강일위 역시 마찬가지였다.

이때 두천학이 물었다.

"그대 부친은 언제 집을 떠나셨나?"

"바로 삼 년 전의 일이었습니다."

"그렇다면 소형제가 집을 떠난 이유 역시 오직 부친을 찾고자 해서였나?"

"그렇습니다."

두천학이 가볍게 고개를 끄덕였다.

"이 의형이 자네의 부친에 대해 아는 바가 없어 정말 미안하네. 그러나 자네는 결코 실망하지 말게. 비록 천하가 넓다 하나 지성으로 찾아 헤매면 언제인가 기어이 부친과 상봉하게 될 것이네."

강일위는 처연한 심정으로 쓸쓸히 대답하였다.

"노형님의 위로에 깊이 감사드립니다."

무적신수 두천학은 내색하지 않으면서 시선을 거두지 않았다.

이 눈앞의 소년은 정녕 갈수록 신비로웠다. 자신이 처음으로 보았을 때만 해도 전혀 무공을 익히지 않은 듯싶었다. 그러나 이미 그가 신공을 펼치는 것을 직접 목격했다. 게다가 그의 암경 속에는 강유(强柔)가 절묘하게 교합되어 있었다. 그래서 두천학은 강일위가 필시 절정의 내가공력을 지녔으리라 짐작했다.

그러나 그 정도의 내가공력은 비록 절세의 기재라 할지라도 나이가 어리다면 지니기가 지극히 힘들었다.

"노부가 단언하건대 자네는 기어이 자신의 목적을 달성할 뿐 아니라 필경 강호에서 가장 뛰어난 인물이 될 것이네. 이 노형은 이 같이 뛰어난 자네와 인연을 맺게 되었음을 이 한 잔의 술로써 자축하고자 하네."

말을 마치자마자 두천학은 단숨에 술잔을 들이켰다. 강일위도 깊은 수심에서 깨어나 문득 한 가닥 호기가 치솟았다.

"형님의 두터운 우의에 고마움이 뼈에 사무칩니다. 그 호의에 조금이라도 보답하고자 소생도 이 잔을 들으오리다."

과연 그도 잔을 높이 들었다.

"그대는 진정 통쾌함을 아는 남아 중의 남아로다."

강일위는 단숨에 잔을 들이켰다.

비록 술맛은 부드러웠으나 식도를 넘어가는 즉시 불덩이 같은 뜨거움이 치솟았다. 순식간에 그의 얼굴은 석양의 노을인 듯 홍조로 물들었다.

두천학이 그를 바라보며 크게 웃었다.

"그대는 이제야 비로소 영웅문(英雄門)에 입문한 셈일세."

"원! 노형님도, 과찬의 말씀입니다. 어찌 한 잔의 술을 마시고 영웅임을 자처하겠습니까?"

"자네는 그런 말 말게. 본시 예로부터 영웅은 주색을 멀리하지 않았네. 게다가 이백도 말하기를, 한 되 술은 도(道)에 통하고, 한 말 술이면 성현의 길에 이른다 하였네.”

이에 강일위의 마음도 더없이 호쾌해졌다. 이어 권하고 받으며 잔을 거듭하니, 취흥은 더욱 도도해지고 호쾌한 웃음소리 또한 더욱 드높아졌다.

그런데 바로 이때였다. 그들이 미처 눈치채지 못한 이 순간, 그들이 앉은 곳으로 소리 없이 다가오는 몇 사람이 있었다.

달은 어느덧 중천에 이르러 있었다. 그 빛 또한 더욱 밝았다. 만추의 야색(夜色)과 함께 월광은 주루의 안까지 환히 비추었다.

그 달빛 아래 소리 없이 다가오는 세 사람의 면모가 확연히 보였다.

앞장 선 인물은 현의장포(玄衣長袍)의 중년인이었다. 그의 얼굴은 단아했고, 두 눈에는 형형한 정망이 충만해 있었다. 이로 보아 일신에 비범한 절예를 지닌 내가고수임에 분명하였다.

그 뒤로 일남일녀가 따르고 있었다.

그런데 그들은 남창 번화가에서 말을 타고 질주했던 두 소주(少主), 위청화와 남옥상이었다.

이윽고 지척에 이른 현의장포인이 호탕하게 말했다.

"두 대협께서 실로 오 년만에 강호에 다시 모습을 보이셨구려. 오 년만에 남창을 방문하셨는데, 어찌하여 본 장에 들르지 않으셨소이까? 이야말로 너무 섭섭한 일 아니겠소?"

그때에야 두천학은 서서히 몸을 돌려서 현의장포인을 바라보았다. 두천학은 한눈에 그를 알아보며 유쾌하게 답했다.

"위세도 당당한 쌍룡장의 부장주께서 한낱 이름 없는 두모의 출현 때문에 이렇듯 몸소 왕림하시다니."

사실 두천학은 조금 전부터 그들의 출현과 상대가 누구라는 것까지 알고 있었다.

이 비범한 신색의 위엄 깃든 현의장포인이 바로 쌍룡이의(雙龍二義) 중 일인(一人)인 만리추풍 남중현이었다.

이때 만리추풍 남중현은 예의 날카로운 시선을 강일위에게로 향하였다.

"이분 소협이 위 현질과 시비가 있었던 바로 그 소협……."

순간 그는 미처 말을 끝맺지도 못하고 무척 놀랐다.

"앗!"

그의 비명과 같은 소리에 주위에 있던 다른 모든 사람의 시선이 일제히 쏠렸다.

만리추풍 남중현이 일개 소년을 대하고 놀라니 무적신수 두천학으로서도 영문을 알길 없었다.

이때, 남중현의 시선은 강일위의 등 뒤 한 자루 고검에 못박혀 거두어질 줄을 몰랐다.

두천학이 궁금함을 참지 못해 다급히 물었다.

“아니 남형제! 대체 무슨 일인가? 나의 소형제가 지닌 검과 그대와는 무슨 내력이라도 있단 말인가?”

그러나 남중현은 그 말 따위에는 아예 대꾸할 생각조차 하지 않았다. 그는 한 가지 생각에 너무도 골몰해 미처 그 말을 듣지조차 못했다.

돌연 그의 얼굴이 엄숙하게 변하며 한 가닥 싸늘한 한광마저 어리었다.

“소형제에게 묻겠네. 그대는 벽안마영과 어떤 관계인가?”

일순, 그 말을 들은 좌중의 모든 사람들이 아연 경악하였다. 그들은 혹 자신들이 잘못 듣지나 않았는지 의심할 정도였다.

강일위 또한 그의 말처럼 돌발적이고도 직설적인 질문에 가슴이 섬뜩하였다.

그러나 강일위는 남중현의 시선이 자신이 지닌 검 위에 시종일관 못박혀 있음을 보고 깨닫는 바가 있었다.

범천뇌강검(梵天雷剛劍).

이 한 자루 고검이 벽안마영의 물건이란 것을 이미 남중현이 알고 있는 이상, 강일위는 더 이상 의형과의 인연을 부인할 수 없으리라는 것을 깨달았다.

그리하여 그는 처연히 대답하였다.

"그분은 나의 의형이십니다."

남중현은 의외라는 듯 탄성을 발했다.

"아!"

순간 무적신수 두천학 역시 경악을 금치 못했다.

"강 소제! 그대가 벽안마영의 의제라니, 그 말이 진정인가?"

강일위는 침중하게 고개를 끄덕였다.

"그렇습니다. 그러나 소제가 이 일을 속이려 했던 것은 아닙니다. 다만 소제는 의형과 나와의 관계를 구태여 밝힘이 왠지 그분의 뜻을 거역하는 것만 같아 말하지 않았을 뿐입니다."

"그런가? 그런 사정이 있었던가?"

두천학은 야릇한 배신감에 쓸쓸히 웃었다.

그러나 그는 이 일에 관해 더 이상 강일위를 추궁하지 않았다.

본시 강호 무림은 은원의 얽힘이 복잡하기 마련이다. 하여 강호인들 중에는 자신과 타인과의 친분 관계를 필요 이상은 밝히지 않는 경우가 많았다.

무적신수 두천학은 이런 사정을 잘 알기에 더 이상 말하지 않았었다. 그러나 그도 사람인 이상 일말의 서운함은 역시 어쩔 수 없었다.

제 9 장

소년 영웅 강일위

‖ *1* ‖

만리추풍 남중현이 어색한 침묵을 깨뜨리며 말했다.

"나는 파양호 안에서 위 현질이 그 누군가에게 봉변을 당했다고 들었소. 그래서 강호에서 위 현질을 능가할 만큼 뛰어난 젊은 고수가 누구인지 궁금했소. 또한 두 대협께서도 오랜만에 나타나셨다 하기에 이렇듯 바쁘게 달려왔소. 그런데 뜻밖에도 이처럼 귀한 분을 만나 뵙게 되어 영광이외다."

그는 여전히 웃는 얼굴로 뒤쪽의 위청화를 돌아보았다.

"위 현질, 자네가 이분 소협과 대결하여 패배했음은 너무도 당연하네. 뿐인가? 이분 소협이 진정 벽안마영의 의제인 이상 이런 분과 대결했다는 자체가 오히려 무상의 영광일세."

순간 위청화의 얼굴은 붉으락푸르락 가관이었다. 그러나 제아무리 광망하고 오만한 그일지라도 눈앞에 두 선배 고인을 두고는 감히 발작하지는 못했다.

그러니 자연 더 죽을 맛이었다.

이때 남옥상은 아무도 모르게 강일위를 향하여 한 가닥 경이의 시선을 보냈다. 그녀는 가슴속이 속절없이 설레이는 것을 진정하기 어려웠다. 그녀는 처음 강일위를 보았을 때부터 왠지 강하게 그에게 끌림을 느꼈다. 그런데 그가 절학을 지니고도 과시하지 않았다니, 진정한 영웅의 기상이 엿보여 더욱 깊은 정을 느끼게 되었다.

강일위를 바라보는 남옥상의 눈빛에는 자연 헤아릴 수 없이 수많은 정감이 듬뿍 어렸다.

이 순간 다른 사람은 몰라도, 위청화는 그녀의 심상치 않은 눈길을 결코 놓치지 않았다. 불꽃처럼 타오르는 질투심에 그는 남모르게 몸을 떨었다.

이처럼 젊은 세 사람의 미묘한 감정을 아는지 모르는지, 만리추풍 남중현은 호기롭게 웃었다.

"하하하! 이렇듯 귀한 두 분을 모처럼 뵈었는데 어찌 이렇듯 한낱 길가의 주루 따위에서 모시겠습니까. 청컨대 두 분은 누추하나마 본 장원을 방문해 주시지요."

이에 두천학이 물었다.

"하하하! 남 형제의 초대는 실로 영광이오. 그런데 남 형제, 그대는 이분 강 소제가 벽안마영과 관계있음을 어찌 알았소? 그리고 그대와 벽안마영과는 어떤 친분이 있었소?"

"사실 이런 얘기를 하자면 본 쌍룡이의의 창피한 면모가 드러날 것이오. 그러나 우리들 자신은 부끄럽다기보다 솔직히 그 일을 경이롭게 받아들였소."

두천학이 그를 바라보았다.

강일위 또한 의아한 마음이었다.

남중현이 곧 말을 이었다.

"반 년 전, 나와 의형 번천신검 위공량은 한 신비 인물의 방문을 받고 파양호의 한 섬에서 서로의 무공을 비견했던 일이 있었소."

두천학은 언뜻 짐작 가는 바가 있었다.

"아니, 그렇다면 그대들 쌍룡이의 두 사람은 벽안마영과 일전을 겨루었단 말이오?"

"허허허! 글쎄 그것으로 과연 일전을 겨루었다 할 수 있을지 모르겠소. 어쨌든 우리가 그와 대결했던 것만은 사실이오."

두천학도 강일위도 뚫어져라 그를 바라보았다.

"당시 우리 두 사람은 스스로 창안하여 절세적 위력이라 자부했던 양의전도합벽검진(兩儀顚倒合壁劍陣)으로써 대결하였소. 그러나 우리의 검진은 그의 삼 초도 받아내지 못하고 불과 이 초만에 두 사람의 검이 모두 상대의 손에 박탈당하였소. 이는 실로 우리 쌍룡이의의 일생일대의 수모인지라 의형과 나는 깊은 원한에 사무쳤소. 그리하여 패배를 인정하는 한편 수모를 당하느니 차라리 죽이라고 하였소."

"으음!"

두천학이 무거운 신음을 뿜었다.

"어찌 원한이 없겠소. 정녕 그의 무공은 신화경에 이르러 있었고, 우리는 속절없이 일패도지 당했으니 실로 원한이 뼛속 깊이 새겨졌소. 그러나 벽안마영 그는 너무도 높은 영웅의 기개를 지닌 인물이었소. 그는 단숨에 승리하고서도 전혀 무례하지 않고 예로써 우리를 대했었소. 그러하니, 원한은 씻은 듯 사라지고 오히려 깊은 인상을 남겨주었소. 동시에 그는 신령과 같은 자태여서 우리는 자신도 모르게 존경심이 솟구쳤소."

이어 남중현은 결론을 내리듯 말했다.

"당시 우리가 생각한 것은 그의 일신절학이야말로 과거 수라제천 이래로 가장 뛰어나리라는 것이었소. 모르긴 해도 태양신군조차 막상 그와 절학을 비교한다 해도 결코 그를 능가하지 못할 것이오."

이 말을 듣는 순간 두천학의 얼굴에 경이의 표정이 가득 어리었다.

"벽안마영의 무공이 그토록 뛰어났단 말이오?"

사실 두천학으로서는 남중현의 이런 말이 좀처럼 믿어지지 않았다. 그는 지난 오 년간 강호를 떠나 폐관연공 하였다가 다시 나타난 것이 불과 얼마 전이었기 때문이었다.

"내가 그런 인물을 아직까지도 만나보지 못하다니 실로 아쉽고도 애석하도다. 그러나 우리가 서로 강호를 주유하는 한 언제이고 다시 만날 날이 있으리라."

이 순간 강일위의 마음은 크게 격동되었다.

'두 노형님, 당신은 영원히 나의 의형을 만나지 못할 겁니다. 그분은 이미 죽어 유주현 묘역의 한 구석에 묻혀 있는 처지입니다. 그러나 그분의 모든 것을 이어받은 내가 살아 있는 한 의형의 위엄은 끊이지 않을 것이니, 나는 언제이고 반드시 대망을 성취할 것입니다.'

강일위는 또 한 차례 비장한 결의를 가슴속에 굳혔다.

이때, 남중현이 다시 말하였다.

"지난 오 년간 두 대협을 강호에서 뵙지 못했는데, 드디어 홀연히 그 자태를 드러내셨으니 이로 보아 필시 금라마천수(金羅摩天手)를 완벽하게 연성하신 것 아니겠소."

두천학의 신색에 갑자기 위엄이 깃들었다.

"그렇소! 본시 금라마천수야말로 선사께서 천하를 뒤집을 수 있었던 사문의 최상의 절예였소. 그런데 나는 태만하여 이를 연성하지 않았던 이유로 지난날 태백신군에게 패하고 말았소. 그러나 노부가 마침내 금라마천수를 익힌 이상 과거처럼 천여 초도 필요 없이 백 초만 겨루어도 능히 태백신군을 격패시킬 자신이 있소."

말을 하고 있는 그의 얼굴에 은은하나마 한 가닥 노기마저 떠올랐다.

사실 오 년 전, 그는 무림 삼괴 중의 일인인 태백신군과 한 사건을 빌미로 겨룬 일이 있었다. 용호상박의 천여 초 대결 끝에 안타깝게도 그는 패배하였다. 무적신수라는 그의 명호가 실로 무색해지던 한 순간이었다.

이에 그는 통한을 품고 관외(關外)의 험산 암동에 은거해 오 년 동안 고련하였다. 그리하여 마침내 그의 사부가 남긴 절세 무학 금라마천수를 최상의 경지까지 터득했던 것이다.

남중현은 그와 친분이 있어 호형호제하는 사이였던지라 이러한 사정 또한 익히 알고 있었다.

그러나 남중현은 기쁨의 찬사에 앞서 마음 한구석에 일말의 근심을 금치 못했다.

'이제 그가 신공을 연성한 이상 반드시 과거의 패배를 설욕코자 할 것이니 이로써 강호에 소요가 일어나면 어찌하랴!'

그러나 그는 내색치 않고 크게 웃었다.

"하하하! 두 대협의 성취에 본인 또한 기쁘오이다. 어쨌든 귀빈을 이런 곳에서 모실 수 없으니 두 분은 어서 본장으로 가시지요."

강일위는 선뜻 내키지 않았다. 아무래도 위청화의 표독한 눈길이 마음에 걸렸다. 그래서 강일위는 조용히 말했다.

"후배는 바삐 가야 할 곳이 있어 사양코자 합니다."

그러자 두천학이 전음으로써 재빨리 말했다.

-소형제, 쌍룡장은 일대의 세력이 있는 곳인지라 필시 도움이 될 만한 견문을 얻을 것이네. 구태여 사양 말고 함께 가도록 하세.-

두천학의 말에 강일위도 더 이상 사양하기 어려웠다.

이때, 남중현이 점소이를 불러 호기롭게 말했다.

"이분 손님들의 술값은 쌍룡장에서 지불할 것이네."

두천학이 정색했다.

"그 무슨 소리, 노부가 어찌 술값 정도를 남에게……."

"두 노형, 쌍룡장을 어찌 보시고 손님으로서 술값마저 지불하려 하십니까?"

그 간곡함에 두천학도 더 이상 어쩌지 못했다.

주루에 있던 손님들은 물론, 주루에서 일하던 이들도 남중현의 출현에 당황하고 있었다. 그들이 주루를 나서자 주인 이하 모든 점원이 문밖까지 따라 나와 공손히 배웅하였다. 그 모습은 마치 천자가 친히 왕림하였다가 떠나는 모습을 연상케 했다.

주객들 또한 쌍룡장의 이대 주인 중 한 사람인 남중현이 손수 이곳까지 나왔다 가는 것에 무척이나 놀랐었다.

또한 그들의 대화에서 두천학의 정체를 알았고, 남루한 차림의 소년이 신비의 인물 벽안마영의 의제라는 것을 알고는 저마다 쑤군쑤군 화제의 꽃을 피웠다.

　달빛 쏟아지는 주루의 문 앞에는 한 대의 마차가 기다리고 있었다. 네 필의 말이 끄는 사두마차(四頭馬車)는 화려하기 이를 데 없었다. 휘황하게 붉은 빛으로 칠해진 위에 봉황과 학의 조각이 살아 있는 듯 생생하였다.
　그들은 마차 앞에 이르러 서로 먼저 탈 것을 권했다.
　몇 번의 사양 끝에 강일위가 타고 두천학, 남중현 등의 순서로 타자 마차는 지축을 울리며 출발했다.
　마차의 내부 역시 외양에 손색없이 무척이나 화려했다.
　작은 등이 흔들릴 때마다 물결처럼 출렁이는 불빛 아래에 강일위는 담담히 앉아 있었다.
　남중현이 불현듯 물었다.
　"소협, 나의 추풍탈명십이산수는 사문(師門)으로부터 내려오는 절예로 노부가 수십 년 강호를 행도(行道)하며 수없이 겪었던 생사격전의 경험을 배합한 것이오. 뿐만 아니라 나의 의형과 상의하여 각파의 절예까지 골고루 배합했던 것이오. 비록 천하제일이라 할 수는 없으나 그처럼 수십 년 고련 끝에 창안한 독문장법을 어찌 단 한 번 보고 익힐 수 있었소?"
　남중현은 이 점이 시종일관 믿기 어려웠다.

그러자 두천학이 엄숙한 얼굴로 말했다.

"남 형제가 믿지 못함은 오히려 당연하오. 노부 역시 직접 목격하고서도 한동안 믿을 수 없었으니 말이오. 그러나 여기 강 소제가 진정 벽안마영의 의제라면 능히 있을 수 있는 일 아니겠소?"

두천학은 더 이상 의심하지 않는 눈치였다.

사일(四逸) 중 일 인으로 강호 십대 고인 중 하나인 그가 직접 눈으로 보았고, 의심하지 않는데 어찌 더 이상 의심할 수 있겠는가.

"도대체 어떻게 그런 일이 있을 수 있단 말인가?"

어둡지도 밝지도 않은 불빛 아래 강일위의 모습은 조금 전과 달라보였다.

그는 언뜻 보아 병색이 깊은 듯 파리하나, 준미한 얼굴을 지니고 있었다. 게다가 그의 눈빛은 우수와 외로움이 깃들어 물기에 젖은 듯했다. 또한 그의 높은 코는 태산의 고봉인 듯 우뚝 선 기상을 말해 주고 있는 듯했다.

남중현은 그의 모습에 무척이나 감탄을 하고 있었다.

'천하에 이 같은 기재가 있었을 줄이야!'

사실 그는 이제까지 강호의 후기 고수들 중 위청화 정도의 인재는 그리 흔치 않으리라 믿어 왔었다.

그러나 오늘 눈앞의 강일위를 보니, 천하제일이라 믿었던 위청화는 초라해 보였다.

두 사람은 마치 봉황과 참새를 한 자리에 놓고 비교하는 듯 너무도 큰 차이가 있었다.

남중현은 자신도 모르게 한숨을 쉬었다.

'휴우! 정녕 놀라운 일이다. 어찌 이럴 수가 있단 말인가?'

마차는 월광 아래 물결소리도 잔잔한 파양호반의 연도를 흐르는 물살에 뒤질세라 달리고 있었다.

밤안개가 운무처럼 표표히 흐르고, 그 사이로 비치는 월야의 야색은 실로 신비한 경관을 이루었다.

2

　이윽고 마차는 남창(南昌) 교외 양계하(楊谿河)에 이르렀다. 뒤로 멀리 이름 모를 산악의 그림자가 병풍처럼 둘러서 있고, 호반의 물소리마저 바로 곁에서 속삭였다. 또한 늘어진 가지의 버드나무 숲이 마치 그림처럼 펼쳐져 있었다.

　만추, 흐르는 밤안개, 바람마저 차가운 야색 사이를 비집고 수줍은 듯 나무 사이사이로 스며드는 달빛이 보는 이를 황홀하게 했다.

　이때, 월하의 안개 사이로 성곽인 양 웅장한 장원의 면모가 보였다. 그것은 장원이라기보다 차라리 한 채의 웅장한 궁궐이었다. 높은 담 위로도 첩첩이 늘어선 고루거각들이 한껏 위용을 자랑하고 있었다.

　쌍룡장(雙龍莊).

　과연 대강 남쪽을 주름잡는 대 세력의 본산지로서 추호도 손색이 없었다.

　지축을 흔드는 굉음과 함께 마차가 그 앞에 멎자 기다렸다는 듯 대문이 소리 없이 열렸다. 한 대의 사두마차는 소리 없이 미끄러져 들어갔다. 대문 안으로 장정 여덟 명 정도가 어깨를 나란히 하고 걸을 만한 넓은 청석길이 있었다.

마차의 바퀴 소리가 월하의 적막을 깨뜨리며 울렸다.

강일위는 주렴 사이 밖으로 무심코 시선을 돌렸다.

"아!"

그는 탄성을 질렀다.

지나가던 쌍룡장의 위사들이 걸음을 멈추고 일제히 발검(拔劍)의 예(禮)를 취하고 있었다. 그리고 그 수효가 무려 백여 명에 달하니, 달빛 아래 번쩍이는 검날의 빛과 함께 그 엄숙하고 정연함이 실로 장관이었다.

'쌍룡장의 기개가 이러하니 그 위세 또한 능히 짐작이 가는구나!'

강일위는 새삼 쌍룡장의 위세를 실감하였다.

마차는 이윽고 외원(外院)을 지나 내전 앞에 이르러 멈췄다.

일행이 내려서자, 커다란 웃음소리와 함께 한 금포중년인이 정중히 맞이하였다.

"어서들 오시지요."

그의 전신에서 무형의 위엄이 살벌하게 뻗어 나왔다.

네모난 듯 각진 얼굴에 눈매가 유난히 날카로웠고 사자안

(獅子眼)을 방불케 하였으며, 끊임없이 형형한 안광을 뿜고 있었다. 실로 일대 영웅의 기상을 유감없이 풍기고 있었다. 다만 쉽사리 눈에 띄지는 않으나 한 가닥 사기(邪氣)가 흐르고 있었다. 그것만 제외한다면 그는 정녕 제왕의 상(相)이었다.

'이 사람이 바로 강남 일대 패주와도 같은 번천신검 위공량이로구나!'

강일위는 첫눈에 상대의 정체를 간파했다.

번천신검 위공량이 빠르게 공수의 예를 취했다.

"두 대협! 오 년만에 이렇듯 재회하게 되니 반가움이야 두말할 것 없고, 필시 신공절예도 성취하셨겠구려."

두천학 역시 공수의 예로써 답하며 겸손한 태도를 보였다.

"비록 지난 오 년간을 노력하였으나 헛되이 육신만 늙었을 뿐, 아무런 성취도 얻지 못하였소이다. 그보다 오히려 위 현제의 신위가 눈에 띄게 높아지셨으니, 필경 신공을 얻으신 모양이구려."

"별말씀을……."

이때 돌연, 번천신검 위공량의 두 눈에서 번뜩 한 가닥 기이한 빛이 흘렀다.

"이분 소협이 화아(華兒)의 버릇을 고쳐 주셨던 장본인이신가요?"

두천학이 빙그레 웃음 띤 얼굴로 강일위를 소개했다.

“그렇소! 뿐만 아니라 이분 강 소제는 벽안마영의 의제이기도 하오!”

“뭐라고요?”

번천신검 위공량은 경악한 눈빛을 띠었다.

그는 이 병색마저 깊어 보이는 남루한 소년이 벽안마영의 의제라고 하니 믿을 수 없었다. 그는 전광석화처럼 한 가닥 암경(暗經)을 내쏘았다.

이에 강일위는 소스라치게 놀랐다.

팟!

어찌 손써 볼 사이도 없이 강일위는 대여섯 걸음 물러나고 말았다.

그러나 더욱 놀란 것은 위공량이었다.

한 가닥 암경을 격사시킨 순간, 그것이 육 성(六成)의 공력임에도 불구하고 뭔지 모를 상대의 반탄지력(反彈之力)에 부딪쳐 오히려 자신이 흔들렸던 것이다.

뿐만 아니라 그의 몸은 선 채로 한 치 가량이나 청석(靑石) 깊이 박혔다.

실로 경천동지할 일이었다.

이 같은 일은 암경이 쏘아진 순간, 은연중 강일위를 감싸고 있던 범천금륜호신강기가 무심결의 탄자결(彈字訣)에 의해 튕겨져 나갔기 때문이었다.

위공량의 놀람은 이에 그치지 않았다.

자신에 비해 상대는 비록 다섯 걸음 물러났으나 추호의 부상도 입지 않았다.

'능히 천 근의 무게에 해당되는 노부의 암경을 받고도 끄떡없다니!'

그는 실로 경천동지할 만큼 놀랐다.

그러나 그는 강호에서 온갖 풍상을 겪은 노회한 인물이자 위세 드높은 쌍룡장 장주였다. 순식간에 놀람의 빛을 지우고 태연스레 사과의 말을 했다.

"노부가 이런 실수를 저지르다니! 소협, 정말 미안하오."

이때, 강일위는 위공량이 필시 자신에게 암수를 펼쳤다고 생각하여 반격하였다. 그러나 그가 사과하자 강일위의 분노는 곧 사그라졌다.

"아! 도리어 후배가 예(禮)에 벗어난 듯합니다."

비록 찰나의 일이었으나 이 자리의 모든 사람은 전후 사정을 모두 짐작하고 있었다. 때문에 두천학은 거의 노골적으로 낯을 찌푸리며 생각했다.

'쌍룡장, 이곳의 두 주인 중 남중현은 누구보다 인의심(仁義心)이 두텁다. 반면 위공량은 비록 악행을 저지르지 않았다 해도, 내심 야욕에 불타는 일대 효웅이다. 조금 전의 행위 역시 결코 선의로 해석할 수는 없다. 내가 권하여 강 소제가 여

기까지 오게 된 것이 자칫 화근을 자초하지 않을까 걱정이로
다.'

그러나 그는 곧 마음속으로 냉소를 뱉어냈다.

'흥! 그가 만일 다시 암수를 쓰려한다면 나 무적신수 두천학
이 결코 용서치 않겠노라.'

두천학은 갈수록 강일위에게 깊은 정을 느꼈다. 그래서인지
작은 일에도 걱정을 떨칠 수 없었다.

'그가 비록 벽안마영의 의제로 일신에 무상절학(無上絶學)
을 지녔다 해도 강호의 경험이 전혀 없다. 그러니 위공량과
같은 일대 효웅이 악심을 품는다면 방비하기 어려울 것이다.'

위공량은 마치 아무 일도 없었던 듯 호기롭게 말했다.

"밤바람이 이토록 찬데 귀빈을 어찌 밖에서 맞으리오. 자,
여러분! 어서 들어갑시다."

그가 앞장서서 성큼성큼 걸어 들어갔다.

수백, 수천의 궁등이 밝혀져 휘황찬란한 낭하를 지나자 거
대한 의사청(議事廳)이 나타났다. 그곳 역시 수백 개의 등불
이 타오르고 있어 대낮처럼 밝았다. 등불 아래 성대한 주안상
이 차려져 있었다. 또한 주안상 앞에는 많은 무림인들이 기라
성처럼 둘러앉아 있었다.

그들이 들어서자, 그곳에 모였던 이십여 명의 무림인들이
일제히 형형한 안광을 던졌다.

그러다 갑자기 그들의 눈빛이 기이하게 변했다.

의사청의 인물들이 일제히 일어서서 일제히 포권의 예를 취했다. 그들은 같이 들어서는 일행 중 무적신수 두천학을 보았기 때문이었다.

두천학이 흠칫 가벼이 놀라 안색이 살짝 변했다.

이들 중 의외의 인물들이 있었기 때문이었다.

오랫동안 강호에서 모습을 보기 힘들었던 몇몇 절정 고수들이었다.

'나도 감히 경시하기 어려운 무림 일대의 흉마들이 어찌 이곳에 모여 있단 말인가?'

그의 표정을 눈치 챈 듯 위공량이 짐짓 호기롭게 말했다.

"소제가 두 형에게 무림동도들을 소개시켜 드리겠소."

순간 놀란 듯 커다란 웃음소리가 그들 사이를 가로막았다.

"하하하! 두 형과 헤어진 게 불과 엊그제 같은데 세월은 물처럼 흘러 어언 이십여 년이 지났구려. 그러나 두 형의 모습은 예나 다름없이 홍안청정(紅顔靑靜)한데 나 구양돈은 이렇듯 늙어 머리에 서리가 앉았소이다. 이것만 봐도 진정 두 형의 그간 무학 성취가 어느 정도인지 능히 짐작되는구려."

무한한 내공이 실려 지축을 흔들 듯 침중한 음성이었다.

그 목소리의 장본인은 홍안백발의 마의도인(麻衣道人)이었다.

이 말에 두천학 또한 얼굴 가득 미소를 떠올렸다.

"구양 형과 이런 자리에서 이십여 년 만에 재회하게 될 줄이야 내 진정 어찌 알았겠소. 헌데 구양 형의 지금 말은 겸손이 너무 지나치시구려."

그의 목소리는 더욱 호기롭고 광대해졌다.

"구양 형의 적발(赤髮)은 천하에 널리 알려져 유명하였는데 어느새 온통 백설인 듯 희게 변했구려. 생각해 보니, 이는 세월의 흐름 때문만은 아닌 것 같소. 이것은 필시 구양 형의 적린풍화신공(赤燐風化神功)이 화경(化境)에 달했기 때문일 것이오."

"두 형의 예리한 안광에는 예나 지금이나 당하지 못하겠소!"

철담은협(鐵膽隱俠) 구양돈(歐陽惇).

능히 일절(一絕)이라 이를 만한 그의 화기조예(火器造詣)는 남해(南海) 벽력궁(霹靂宮)의 궁주 장화천(張火天)과 쌍벽을 이룰 정도였다.

비록 당금 천하를 떨치는 강호 십대 고인 중의 일 인은 아니라 해도 구양돈의 일신절학은 결코 그들에 못지않았다.

그가 십대 고인 중에 포함되지 않았던 것은 두문불출하여 그 모습을 드러내지 않았기 때문이었다.

그런 그가 오늘밤 쌍룡장의 이 자리에 있음은 필시 심상치 않았다.

이때, 번천신검 위공량이 나서서 말했다.

"언제까지나 이렇듯 서 있을 게 아니라 자리에 앉아 천천히 회포를 풀도록 합시다. 아! 먼저 이분 강 소협부터 여러 군웅 동도들에게 소개시켜 드리지요."

강일위는 여러 군웅들을 바라보며 짙은 호기심에 가득 차 있었다.

과연 이 자리의 인물들이야말로 당금 무림을 진동시키는 유명 고수들이 망라되었다 해도 과언이 아닐 정도였다.

조금 전 두천학과 인사를 나누었던 철담은협 구양돈을 필두로 혈선탈명(血扇奪明) 진위령(秦威嶺)이 있었다. 이어 관동쌍패(關東雙覇)라 불리는 철탄퇴(鐵彈腿) 거무송(巨武松)과 쌍검광객(雙劍狂客) 마천웅(馬天雄)이 자리 잡고 있었다.

그 뿐만이 아니었다. 남강(南彊) 일대에 패주를 자처하는 남강일효(南彊一梟) 주광선(朱珖宣)과 기련쌍악(祁蓮雙惡) 장씨 형제(張氏兄弟) 즉, 잔혼귀검(殘魂鬼劍) 장진(張進)과 날수독심(辣手毒心) 장량(張良) 또한 이곳에 함께하고 있었다.

이들이 단신으로 강호에 나타난다 해도 능히 천지를 놀라게 할 거물급의 최절정 고수들이었다.

그 외에도 태호검객(太湖劍客) 손정학(孫正學)을 비롯하여 벽면호(壁面虎) 황호청(黃虎靑) 등 강남 일대의 모든 유명 고수들이 망라되어 있었다.

　그들 중에서 유난히 강일위의 눈길을 사로잡는 인물이 있었다. 차가운 안광 외에 한 가닥 야릇한 냉소가 얼굴에서 지워지지 않는 한 냉면청년이었다. 아무리 보아도 약관을 면치 못한 나이인데 이렇듯 노회한 인물들과 동석할 수 있다는 것이 그의 호기심을 불러일으켰다.

| 3 |

　그는 점창파(點蒼派) 장문인의 사제인 신검수재(神劍秀才) 냉청하(冷淸河)였다.

　알고 보니 강일위는 그에게 눈길이 더욱 끌렸다.

　신검수재 냉청하.

　그는 당금 무림에 실로 혜성처럼 출현한 일대 기재였다.

　본시 점창파는 구파일방의 하나로 그 위세가 어느 정대문파에 못지않았다. 그러나 백 년 전 수라제천의 혈겁 당시 점창파도 예외 없이 몰락의 비운을 겪지 않으면 안 되었다.

　그로부터 백 년이 지나는 동안 어느덧 수라제천이 가져다준 상처도 아물어 갔다.

　그러나 쇠락했던 각 대문파가 모두 중흥의 기운을 떨쳤으나, 점창파만은 영영 쇠락의 기운에서 벗어나지 못했었다.

　그러나 혜성처럼 나타난 신검수재 냉청하로 말미암아 점창의 세력은 하루아침에 사해(四海)를 떨쳐 울렸다.

　한편, 강일위를 바라보는 신검수재 냉청하의 눈길 또한 심상치 않았다.

그의 얼굴에 한 가닥 싸늘한 빛이 흘렀을 뿐 아니라 그것은 거의 본능적인 적대감이기도 했다.

강일위는 생각했다.

'나는 이 인물을 특별히 경계하지 않으면 안 되겠다.'

강일위는 일일이 이들과 모두 인사를 나누었다. 그러나 이들 인물들의 내력을 자세히 알 길이 없었다.

다만 그들의 형형한 안광과 무형 중에도 뻗어 나오는 위엄에서 필경 그들이 평범한 자들이 아니라 생각했다.

쌍방의 소개를 끝낸 위공량은 두천학과 강일위를 상석으로 안내했다.

두천학은 구양돈을 제외하고 이들 중 제일 배분이 높았으므로 상석에 앉음이 당연했다.

그러나 강일위는 달랐다. 그럼에도 두천학은 태연히 그를 상석으로 안내했다. 이에 좌중의 군웅들은 일제히 놀란 빛을 띠었다.

비록 노골적으로 표하지는 못해도 암중 흉흉한 기운이 넘쳐 흘렀다.

산전수전을 다 겪은 두천학이 이를 모를 리 없었다. 그러나 그는 끝내 태연자약했다.

이때, 군웅들의 흉흉한 시선이 모조리 강일위에게 집중되었다. 비록 인사를 나누었어도 그 내력을 모르니, 군웅들은 끝까지 이 병색 짙은 소년의 정체가 궁금했다.

더구나 위공량마저 나이 어린 그에게 공손히 대하였으니, 중인들은 이를 온당치 못한 대우라 여겼다.

이를 진작부터 알고 있던 두천학이 득의의 웃음을 지으며 태연하게 말했다.

"여러분! 노부가 이분 강 소협에 대해 약간의 설명을 하겠소."

두천학은 한 차례 좌중을 쓸어보다가 이윽고 겸손하면서도 자연스럽게 말했다.

"이분 나의 소형제는 비록 나이는 어리지만, 벽안마영의 의제입니다."

그의 말이 미처 끝나기도 전에 여기저기서 경악에 찬 외침이 터져 나왔다.

"앗!"

"그…… 그럴 리가!"

그러나 중인이 모두 경악하는 중에도 구양돈은 미동도 않고 형형한 시선으로 그를 바라보았다. 사실 그는 처음 강일위를 보는 순간부터 감추어진 재질을 간파하고 있었다. 그러다 벽안마영의 의제라는 사실을 알고 보니, 내심 통감하는 바 있었다.

'어쩐지 범상치 않은 자질이 엿보인다 했더니, 과연 이런 신분 내력을 지녔었구나.'

그리고 문득 구양돈은 칠 개월 전의 한 가지 일을 떠올렸다.

당시 그는 한 신비인의 방문을 받고 겨룬 일이 있었다. 그런데 그의 절학은 아무 위력도 발휘지 못하고 상대의 단 삼초 아래 격패당하고 말았다. 그는 이에 크나큰 수치를 느꼈다.

그러나 상대는 승리에 광망하기는커녕 오히려 자신의 절학 중 허실을 일일이 지적해 주는 것이었다.

그 순간 구양돈은 마치 어둠 속에서 한 가닥 광명을 만난 듯 단숨에 무공이 배나 증진된 것 같았다.

이에 그가 감사를 표하려고 하자, 상대는 홀연히 사라졌다. 알고 보니 그가 상대한 자가 바로 벽안마영이었다.

그런데 오늘 마주 선 소년이 그의 의제라니, 구양돈은 실로 야릇한 감회에 사로잡히고야 말았다.

이곳의 인물들의 놀람은 실로 대단했다.

사실 이 자리의 인물들 치고 벽안마영과 한 번쯤 대결해 보지 않았던 사람은 없었다. 또한 그들은 벽안마영과의 일전에서 예외 없이 패배하였다.

그러나 벽안마영은 비록 승리하였으나 조금도 기뻐하지 않았다. 그는 오히려 상대의 허실을 자상히 보완해 주는 자비심을 보여 주었다.

이런 일들로 벽안마영과 겨룬 자들은 졌음을 결코 부끄럽게 여기지 않았다. 그들은 오히려 벽안마영을 은연중 존경하고 있었다.

구양돈은 강일위에게 한없이 반갑다는 표정을 지어보였다.

"알고 보니 그대가 바로 벽안마영의 의제구려! 사실 나 구양돈은 평소부터 벽안마영을 존경하였소. 게다가 수 십 년 지기인 두 형이 그대를 소형제라 부르는 이상 나 역시 형제지교로써 대함이 마땅할 것이오. 자, 소형제! 어서 이리와 앉으시오."

그는 짐짓 자애롭게 상석을 권하였다.

그런데 경이와 찬탄으로 물들었던 좌중의 소요를 깨고 돌연 터져 나오는 일성의 냉소가 있었다.

"흥! 소생은 방금 구양 대협의 그 말씀에 찬동치 못하겠소. 무림의 대선배로서 한낱 애송이에 불과한 자를 형제지교로써 대하다니! 이는 엄중한 무림의 배분 질서를 보아서도 결코 바람직하지 못하외다."

이어 그는 강일위를 정면으로 쏘아보았다.

"흥! 그대가 그처럼 깊은 내력을 지녔다면, 나 냉청하와 정식으로 겨루어 본 후에 다시 배분을 논하기로 하자."

신검수재 냉청하의 이처럼 돌발적이고 완강한 태도에 구양돈이 분노해 마지않았다.

강일위 또한 불쾌함을 누르지 못했다. 그러나 그는 꾹 눌러 참고 어색한 태도만을 보였다.

이때, 한 가닥 전음이 그에게로 날아들었다.

─강 소협 참게. 무림에 본시 사대 검문이 있는데 이는 무당(武當), 화산(華山), 공동, 점창(點蒼)을 가리키네. 점창은 네 파에서도 가장 미약한 존재였다네. 그러나 신검수재 냉청하의 출현으로 말미암아 단숨에 그들을 능가하여 일약 선두에 서게 되었네. 뿐만 아니라 점창의 위세가 오히려 하늘을 찌를 정도라네.─

강일위는 이 전음의 장본인이 남중현임을 알았다.

전음이 계속해서 이어졌다.

─뿐만 아니라 그는 비록 나이는 어리되 점창 당금 장문인의 사제이니, 이는 그가 수백 년간 실전되었던 사문의 비학 조양검법(朝陽劍法)을 터득하였기 때문일세. 그래서 그가 강호에 나온 지 불과 반년도 안 되어 그의 손에 패한 유명 고수의 수효가 대강남북에서 헤아릴 수 없을 정도였다네. 그러니 그와 충돌함은 백 가지 손해는 있을지언정 한 가지 이익도 없을 것이네.─

이처럼 간곡한 충고에 강일위는 고개를 끄덕였다.

이때, 장주인 위공량이 좌중의 어색함을 깨뜨리고자 짐짓 크게 소리쳤다.

"자, 자! 이럴 것이 아니라 군웅동도 여러분은 자리에 앉아 실컷 취흥이나 즐깁시다."

이로써 일촉즉발의 긴장이 간신히 해소되었다.

이윽고 술이 한 순배 돌아갔다.

이때, 냉청하가 다시 말하였다.

"소생, 냉모가 조금 전의 무례를 사과코자 강 소협에게 일배를 권하고 싶소."

좌중에서 요란한 박수가 일었다.

과연 냉청하는 강일위를 향하여 넌지시 잔을 권하였다. 강일위는 아직 술에 익숙하지 않기에 이를 사양하고 싶었으나, 그럴 수도 없었다.

"그대가 벽안마영의 진정한 의제라면 이 정도쯤의 재간은 있을 것이로다."

마지못해 자리에서 일어서 받으려는데, 돌연 술잔이 한 가닥 암경에 실려 유성처럼 날아들었다.

너무도 창졸간의 일이었다.

강일위가 비록 일신에 깊은 내공을 지녔을지언정 이런 경우에는 미처 어찌해야 좋을지 몰랐다.

"앗!"

강일위는 크게 놀라 안색이 창백하게 변했다. 술잔은 이미 그의 코앞까지 날아들었다.

이에 냉청하는 노골적인 경멸의 표정을 띠었다.

'흥! 이 정도의 암기수법조차 받아내지 못하는 게 어찌 벽안 마영의 의제 운운하는가? 정녕 가소로운 일이로다.'

그의 입가에 싸늘한 냉소가 감돌았다.

팟!

그러나 다음 순간, 술잔은 그와 지척의 거리에서 무엇인가에 통겨 산산이 부서져 버리고 말았다.

파팟!

동시에 불꽃이 작렬하듯 물방울이 사방으로 튀었다.

그때문에 강일위는 물론, 근처에 있던 사오 명의 고수들이 꼼짝없이 술 벼락을 뒤집어 쓸 판이었다.

쏴악!

그런데 홀연히 사방으로 흩어졌던 술 방울이 한 곳으로 모이는 것이다. 그리고 마치 한 가닥 유성의 꼬리처럼 두천학의 입으로 들어가는 것이었다.

"강 소제, 이 술은 특별히 맛이 좋군."

강일위는 간신히 곤경을 모면하였다.

이때, 구양돈이 전음을 보내왔다.

―소형제, 술잔이 몸에 닿지 않고 깨어졌던 것으로 보아 자

네 일신의 절학은 의심할 여지없네. 다만 아직 경험이 없어 그 완급을 조절치 못했음이 실수였네. 만일 그대가 일단 분자결(分字訣)로써 그 안의 암경을 해소시킨 후 흡자결(吸字訣)을 펼쳤다면 능히 허공섭물의 절예를 보일 수 있었을 것이네.-

어둠 속에서 광명을 보듯 강일위는 자연스럽게 깨닫는 바가 있었다.

구양돈이 이번에는 좌중이 모두 들을 수 있을 만큼 큰 소리로 말했다.

"손가락 하나 까닥치 않고 날아오던 술잔을 파해 시키다니! 과연 벽안마영과 의형제가 아니라면 감히 흉내조차 내지 못했을 절기네. 그 수고를 기리기 위해 노부가 한 잔 권할 테니 소형제는 부디 사양치 말게."

구양돈은 넘치도록 술을 따라 강일위에게 권하였다. 이는 실추된 강일위의 체면을 세워주려는 의도였다.

그는 다시금 전음을 보내왔다.

-노부의 이 잔에는 아무런 암경도 실려 있지 않은 즉, 자네는 추호도 염려 말고 받도록 하게!-

강일위가 잔을 받아들었다. 정녕 아무런 경력도 실려 있지 않았다.

구양돈과 무적신수는 서로 마주보며 그들만의 뜻 깊은 미소를 나누었다.

그러나 이때, 냉청하는 마음속에서 끓어오르는 분노를 참지 못했다.

'일개 애송이 따위에게 내 어찌 이대로 물러서겠냐?'

갑작스레 냉청하가 침울하게 가라앉은 목소리로 말했다.

"소생이 일 배를 권했음은 너무도 유명한 벽안마영의 의제 되는 분을 만났기에 반가움의 뜻을 표하려 했던 것이었습니다. 헌데 오히려 무례를 범하게 되었습니다. 이는 일부러 그리 하려 했던 것이 아니니, 양해해 주십시오."

그의 눈빛이 형형히 빛났다.

좌중은 다시 물을 끼얹은 듯 긴장하였다.

냉청하가 다시 말을 이었다.

"여기 계신 분들은 모두 무학에 일가(一家)를 이루신 분들이나 그 어느 분도 벽안마영과 겨루어 이기지 못했다고 알고 있소이다. 동시에 오직 그의 장식만을 대해 왔을 뿐 검초에 대해서는 전혀 면식의 기회가 없었습니다. 그분의 의제되는 분이라면, 응당 그 무학도 이어 받았을 터라 생각됩니다. 오늘 여기 벽안마영의 의제께서 왕림하셨으니, 소생에게 벽안마영의 절세 검초 몇 식을 보여주기를 청하옵니다. 그리한다면, 필시 이 자리에 계신 선배 동도들과 소생의 안계를 넓혀 주는 절호의 기회가 될 것입니다."

논리 정연한 말이 끝나자 좌중에서 가벼운 흥분이 감돌았
다.

사실 그들 또한 벽안마영의 검식이 과연 어느 정도인가 간
절히 견식하고 싶던 중이었다. 이런 심정은 심지어 구양돈이
나 두천학마저 동감이었다.

┆ 4 ┆

뭇 시선들이 일제히 강일위에게로 향하였다.

모두가 은근히 재촉하는 듯한 눈치였다.

이에 강일위는 심히 난처하였다. 비록 자신이 의형의 절학을 몇 식 이어받았다고 하나 그것을 단 한 번도 펼쳐보지 않았다. 게다가 검초식의 위력이 어느 정도인지조차 알지 못했던 터라 쉽게 자신이 생기지 않았다.

그러나 이 자리를 모면할 길이 달리 있는 것도 아니었다.

자연 그는 머뭇거리며 대체 어찌해야 옳을지 궁리하기 시작했다.

이때, 두천학 또한 강일위의 눈빛에 담긴 한 가닥 난처한 표정을 보았다.

그가 짐짓 말하였다.

"강 소제, 자네가 구태여 검을 뽑을 것까지는 없네! 여기 계신 동도들은 다만 자네가 이어받은 벽안마영의 절학 신위를 견식하고 싶을 뿐이니, 구태여 견식이 아니라도 절학 중 한 가지만 펼치면 될 것이네.”

이 말이 강일위의 난처함을 모면할 의도라는 것쯤은 좌중의 인물 정도라면 모두 파악할 수 있었다.

일순 냉청하의 얼굴에는 한 가닥 차가운 경멸의 빛이 떠올랐다.

이를 본 강일위의 가슴속에서 미묘하게도 한 가닥 호승심이 불길처럼 치솟았다.

강일위는 들끓는 감정을 참지 못하고, 돌연 광소를 터뜨렸다.

“으하하하!”

넓은 위사청에 일진 광소가 마치 폭풍처럼 휘돌았다.

이어 강일위는 단호히 선언하였다.

“두 노형님! 구태여 그럴 필요 없습니다. 소생이 비록 미천한 재주이나마 오직 한 초식을 펼칠까 합니다. 다만, 그것이 오히려 좌중에 계진 여러 고인의 혜안을 버릴까봐 심히 걱정될 뿐입니다.”

강일위는 본래 겉으로 부드러우나 내심은 드높은 혈담을 지닌 외유내강의 성정(性情)이었다. 그때문에 냉청하가 보내온 모멸의 태도를 참치 못했다.

강일위가 검초를 펼쳐 보이겠다고 단언하자 군웅의 시선은 일제히 그에게로 모아졌다. 일거수일투족조차 놓치지 않을 수십 개의 예리한 시선이었다.

강일위는 벽안마영으로부터 전수 받았던 삼 초의 검식 중 그가 펼칠 수 있는 유일의 검결을 새삼 뇌리에 떠올렸다. 아직은 마음이 산만하여 좀처럼 자신이 서지 않았다.

그러나 이미 공언한 이상 피할 수는 없었다.

강일위는 벌떡 일어서서 조용히 앞으로 걸어 나갔다.

이윽고 군웅들의 중앙 앞쪽에 서서 진탕되는 가슴을 진정하느라 조용히 눈을 감았다.

의사청 내의 분위기는 무겁게 가라앉았다.

이 순간 강일위의 굳게 감은 망막 앞으로 그에게 검결을 전수하던 벽안마영의 모습이 떠올랐다.

죽음을 눈앞에 두고 마지막 한 방울의 기력마저 다하여 검결을 전수하던 처절했던 벽안마영 동방휘의 모습이었다.

'과연 내가 해낼 수 있을 것인가?'

강일위는 의형의 모습을 떠올리자, 이런 불안과 함께 한 가닥 짓누르던 중압감이 깨끗이 사라졌다.

'그렇다! 내 어찌 의형의 명예에 누를 끼치리!'

일순 그는 전력으로 구결을 외워 전신 공력을 한껏 끌어 모았다. 그러자 단전으로부터 방죽 터지듯 한 가닥 신비로운 기운이 치솟더니 쾌속하게 전신으로 번져 갔다.

범천금륜신공(梵天金輪神功)!

마침내 희세의 이 무상신공이 그의 임의대로 끌어올려지는 순간이었다.

찰나, 의사청 내에 일 점 바람도 없었는데 강일위의 장삼이 깃발처럼 펄럭였다. 침묵과 긴장에 싸여 있던 좌중으로 일말의 놀라움이 파문처럼 확산되었다.

그러나 좌중은 아직 물을 끼얹은 듯 조용했다.

그런데 이때, 영겁의 바위인 양 굳게 잠겼던 강일위의 두 눈이 번쩍 떠졌다. 그와 동시에 폭발하듯 신비 절세의 광망이 작렬하였다.

그가 조용히 손을 뻗어 검 자루에 얹었다.

스스릉!

예리한 금속성이 중인의 심금을 울리며 파고들었다.

강호인이 단 한 번도 대하지 못했던 벽안마영의 한 자루 기형고검(奇形古劍)이 마침내 신비의 모습을 드러내는 순간이었다.

그러나 좌중의 군웅들은 적이 실망을 금치 못했다.

이들 모두는 강호에서 내로라하는 유명 고수들이었다. 그런데 강일위가 검을 뽑는 순간 그들은 직감적으로 그것이 대단치 않으리라 간파하였다.

하지만 그들의 실망은 결코 더 이상 지속되지 않았다.

삼라만상이 찰나적 한 순간에 변천하듯 강일위의 표정이 너무도 급격하게 변하였기 때문이다.

스르르릉!

자운(紫雲)을 뚫고 승천하는 용의 울음인 양 싸늘한 발검 소리가 메아리 지차 군웅들의 가슴은 일시에 싸늘히 얼어붙었다.

또한 강일위의 얼굴에도 감히 직시할 수 없는 위엄이 떠올랐다.

군웅들은 자못 그의 위용에 숨결마저 죄어지는 듯하였다.

그들은 스스로 경솔했던 판단을 후회하였다.

심상치 않던 기대감에서 그들 모두가 아연 얼어붙은 듯 긴장하였다.

그 누구도 범접하기 어려운 무상의 위엄이 강일위의 얼굴에서 더욱 짙어갔다.

양손으로 쥔 한 자루의 검은 대지를 찍어 누르듯 아래로 향해 있었다. 이윽고 서서히 치켜 올려졌다. 그러나 마치 수천 근의 태산 같은 무게라도 지닌 듯 선뜻 들어지지 않았다.

강일위의 얼굴은 타오르는 불꽃같이 붉었다. 또한 그 얼굴에서는 쉴 새 없이 땀이 흘렀고, 전신마저 격렬하게 떨었다.

곁에서 지켜보던 사람들이 안타까우리만큼 그는 검의 무게를 감당치 못했다.

그러나 아무도 두 번 다시 강일위를 비웃지 않았다.

이는 필시 경천동지의 검초가 펼쳐질 서막이라고 본능처럼 예지하고 있었기 때문이다.

강일위는 더욱 부르르 떨었다.

비 오는 듯 땀으로 젖은 그는 전신의 모든 혈관이 터질 듯 팽팽히 튀어나왔다.

"우아아아~!"

돌연, 길고도 벽력같은 일성 사자후(獅子吼)가 천지간을 뒤흔들었다.

찰나 그들은 하늘을 찌를 듯 높이 솟는 한 자루 기형 고검의 형상을 비로소 똑똑히 직시하였다.

양쪽 검날이 구불구불 휘었으니 차라리 한 자루 부엌칼만 못하다고도 할 수 있었다. 그 위에 검 자루는 먹물을 입힌 듯 칙칙하고 검어 진정 이상한 모양이었다.

꽈르르!

다음 순간, 지축을 뒤흔드는 굉음과 함께 무섭도록 눈부신 한 가닥 금광이 허공에 원을 그렸다. 연이어 그것은 상상할 수도 없이 쾌속하게 도는 한편 급격하게 사방으로 확산되었다.

그것은 맹렬하게 회전하는 하나의 거대한 금빛 수레바퀴를 연상하게 하였다.

달빛마저 얼어붙는 장내 엄숙의 한 순간, 중인은 그 눈부심에 황홀한 듯 넋을 잃었다.

더구나 강일위는 촌각의 여유도 없이 금륜의 중앙을 향해 상상을 불허할 정도로 쾌속하게 일 검을 뻗었다.

일진의 눈부신 금빛 검기가 뿜어지며 고색창연했던 고검 전체가 황금의 섬광으로 불을 토하는 듯했다.

중인은 차라리 눈을 감았다.

그리고 모두가 그 웅장하고도 현란한 신위에 전율해 마지않았다.

그러나 이 일련의 검초 시범은 그리 오래 가지 않았다.

중인이 두려움 속에서도 치미는 호기심을 이기지 못하여 눈을 떴을 때, 압권을 이루던 신비와 장중의 일막 경관은 환상인 듯 사라졌다. 오직 강일위만이 홍조 띤 얼굴로 태산처럼 서 있을 뿐이었다.

태풍 전야의 적막 같은 고요가 잠시 의사청을 가득 내리 덮었다.

"오오!"

"아아!"

이윽고, 얼마 후에야 여기저기서 희열을 누르지 못하는 탄성이 뿜어져 나왔다. 그러나 그들은 말을 단 한 마디도 하지 않았다. 아니 그들은 할 수 없었다.

다만 그들은 조용히 아직도 가라앉지 않는 흥분과 희열을 삭힐 뿐이었다.

잠시 후, 구양돈이 열에 들뜬 적막을 깨뜨리며 소리쳤다.

"이는 진정 두 번 다시 볼 수 없던 천상신기(天上神技)로다! 노부가 감히 단언컨대 이 정도의 검강절학을 펼칠 인물은 강호에서 오직 천외오존 중의 천산신검 상관청봉뿐이리라."

그는 앞으로 걸어 나오며 강일위를 향하여 정중히 포권의 예를 취했다.

"노부, 오늘에야 비로소 어두운 눈을 뜨게 되었으니 소형제에게 감사드리네."

비로소 제정신이 든 뭇 군웅들도 일제히 탄복하며 찬사를 아끼지 않았다.

"과연 벽안마영 의제로서 추호도 손색이 없도다!"

이때, 냉청하는 안색이 창백히 변한 채 들끓는 한 가닥 시기심을 어쩌지 못했다. 그러나 그는 내색치 않고 태연히 말했다.

"나, 냉모도 진심으로 감복해 마지않았소."

그러나 이는 입에 발린 소리였다. 그는 절대로 감복하지 않았다.

두천학은 이를 미리 눈치 채고, 냉청하가 다시 강일위를 난처하게 할 것 같아 급히 말했다.

"소형제, 그대의 검초는 과연 하늘도 놀라고 땅도 흔들릴 지경이었네. 이는 진정 벽안마영의 의제가 아니라면 감히 흉내조차 낼 수 없던 것이었네. 그러니 이제 여러 군웅의 의심은 깨끗이 풀어졌네.”

두천학은 이로써 더 이상 왈가왈부 못하도록 쐐기를 박아두자는 심산이었다.

이때, 모든 사람들이 찬사를 보내도 유독 위공량만은 굳게 침묵을 지키고 있었다.

더욱이 그의 눈가로 한 가닥 기이한 빛이 섬광처럼 스쳤다 사라짐을 좌중의 중인은 아무도 눈치 채지 못했다.

그러나 다음 순간, 위공량은 이내 정색하며 태연히 웃었다.

“강 소협, 노부도 오늘 실로 크나큰 견식을 얻었소. 이제 그대와 같은 벽안마영의 진전의제(眞傳義弟)가 출현한 이상 강호 정파무림은 실로 백 년의 동량(棟梁)을 얻었다고 자부하오. 더욱이 아직 약관의 처지이니 부단히 진전을 거듭한다면 앞으로의 그 성취는 진정 측량조차 하기 어려울 것이오.”

그 말에 다른 사람도 이구동성으로 모두 동감하며 찬사를 보냈다.

누군가 강일위에게 술 한 잔을 권했다.

이때, 강일위는 주체키 어려운 열기에 들떠 있었다.

비록 일신에 의형의 삼 초 절학을 물려받았다 하나 아직 그가 펼칠 수 있는 것은 오직 일 초뿐이었다. 그러나 강일위는 조금 전까지도 자신이 과연 이를 펼칠 수 있을지 의문이었다. 그리하여 불안하고 초조했는데, 그 최초의 발검 전개를 이처럼 성공하고 나자 적이 흥분하지 않을 수 없었다. 동방휘의 범천뇌강삼식(梵天雷剛三式)은 본시 낙뢰(落雷), 뇌제(雷帝), 왕림(枉臨)이었다.

그 중 강일위가 방금 펼쳤던 것은 그 발검기수식인 제일 초 낙뢰였다. 그런데 그로써도 능히 무림 절정의 강호 유명 고수들을 탄복시켰던 것이다.

그랬기에 강일위는 타오르는 열기에 파묻혀 사양치 않고 권하는 잔을 받았다. 단숨에 들이켜고 보니 일 배 또 일 배, 자신도 모르게 권하는 대로 삽시간에 서너 순배를 연거푸 들이켰다. 일순, 취기가 그의 가슴속 가득 괴며 또한 새삼스레 의형에 대한 은혜가 사무쳤다.

'동방 형님, 형님의 위대하심을 의제는 오늘 더욱 분명히 알았습니다. 소제 필경 형님의 명예를 추호도 손상시키지 않겠습니다!'

이때, 군웅들은 벽안마영의 신비했던 행적을 되살리며 새삼 화제의 꽃을 피웠다. 그러나 냉청하만은 끝내 그들의 찬사에 동조할 수 없었다. 홀연히 그가 차디차게 내뱉었다.

"비록 벽안마영의 일신지학이 뛰어나다 해도 강호에 천외오존의 발자취가 아직 지워지지 않고 있는 이상 어찌 그를 두고 천하제일을 운운하리까?”

이에 구양돈이 약간 못마땅한 듯 말하였다.

“냉 소협, 이는 자네의 경솔한 판단일세. 벽안마영은 아직 약관의 나이임에도 이처럼 신화의 경지에 달했으니, 세월이 지나면 천외오존을 능가할 것이 틀림없네.”

“그렇더라도 역시 천외오존을 능가하기는 어려울 것입니다.”

이때, 강일위는 참을 수 없이 격동되는 심경이었다.

천외오존은 무림에서는 비록 구성으로서 존경받으나 강일위에게는 양두구육의 위선자들로 인식되어져 있었다.

그는 갑자기 천외오존에 대하여 끊을 수 없는 증오의 불길에 사로잡혔다.

제 10 장

한밤에 들려온 신비한 소성(簫聲)

┊ 1 ┊

　돌연 벽력같은 광소가 의사청 내부를 뒤흔들었다.

　"으하하하! 천외오존, 그들은 양두구육의 위선자이거늘, 그들 따위를 어찌 나의 의형에 비교하리오."

　취기가 흥분에 젖어 그의 음성은 마치 사자후를 방불케 하였다. 동시에 강일위는 격앙된 음성으로 한 구의 시구를 읊조렸다.

　강일위가 이처럼 광호(狂豪)할 줄은 두천학조차 실로 의외였다.

　"강 소제, 자네는 감히……."

　사실 천외오존은 백 년 이래 무림의 구성(求星)이었던지라 정사를 막론하고 그들을 비방함은 무림 제일의 금기였다.

　흉흉한 살기가 돌풍처럼 휘돌았다.

　강일위도 비로소 깨닫고 흠칫 놀랐다.

　일시에 술이 깨는 듯한 기분이었다.

　'아차, 내가 그만 실수를 범했구나.'

그는 급히 변명하였다.

"양해하시오. 소생은 그저 의형 벽안마영을 생각하며 흘려보낸 한 마디였을 뿐입니다."

이 말에 좌중의 분위기는 어느 정도 가라앉았다. 그러나 어딘가 서먹서먹하고 어색한 분위기였다.

위공량이 주인답게 어색한 분위기를 무마하려 했다.

"아직 술과 안주가 많이 남았으니, 우리는 주연을 계속토록 합시다."

두천학이 얼른 말했다.

"군웅동도 여러분, 이분 강 소제는 본시 술을 못하던 처지에 오늘 갑자기 과음하고 보니 본의 아닌 실수를 저질렀소. 그가 기왕 해명한 이상 널리 양해해 주기 바라오."

이어 그는 강일위를 향해 즉시 전음으로 말했다.

─강 소제! 이 자리에는 지금 강호의 유명 고수들이 망라되어 있다 해도 과언이 아닐세. 그들로부터 미움을 산다면 장차 크나큰 화근을 자초하는 셈일세.─

더불어 그는 나직이 충고했다.

─자네는 아직 강호의 경험이 없어 잘 모를 테지만 그 누구도 천외오존에 관하여 비방한다면 목숨을 부지하기 어렵네. 그들은 이미 백 년 이래로 무림의 구성으로서 군림하고 있는지라 천외오존을 비방함은 곧 무림의 공적으로 간주되어 스

스로 묘혈을 파는 것일세. -

강일위가 주위를 돌아보니 여전히 냉랭한 시선들이 모두 자신에게 집중되어 있었다.

'아! 내가 술에 취해 실수를 범하고 말았구나.'

강일위는 천외오존의 비열했던 행동을 이미 들어 알고 있었기에 그들에 대한 증오의 생각을 누를 수 없었다.

'반드시! 그 날이 언제든, 나는 기필코 천외오존의 비열함을 만천하에 명명백백히 밝히고야 말리라.'

자연 그의 얼굴에 한 가닥 결연한 표정이 서렸다.

두천학이 이를 알아채고 내심 의아함을 떨치지 못했다.

'침착했던 강 소제가 비록 과음했다 해서 이토록 광오할 수 있을까? 혹시 그가 천하인이 모르는 천외오존의 비밀을 알고 있는 것은 아닐까? 그렇다면 그 비밀은 대체 무얼까? 대체 강 소제는 어떤 내력을 지녔기에 종적조차 남기지 않던 강호 최고의 신비 인물 벽안마영의 의제가 되었으며, 어린 나이에 어찌 그토록 심후한 공력을 얻을 수 있었을까? 아아, 모를 일이로다! 진정 모를 일이로다!'

두천학은 점점 더 깊어만 가는 의혹에 스스로 어찌할 바를 몰랐다.

동시에 두천학은 이곳 쌍룡장의 심상치 않은 분위기와 함께 신비로운 존재 강일위의 출현은 거대한 혈풍의 조짐인 것 같다는 불길한 예감이 들었다.

그것은 거의 본능과도 같은 예감이었다.

두천학은 애써 불안한 예감을 떨쳐버리려 했다. 두천학은 이내 정신을 차리고, 이 상황에서 자신이 선행해야 할 일에 대해 생각해 보았다. 생각이 정리되자 위공량을 바라보며 말했다.

"위 현제, 강 소제가 술이 많이 취한 듯하니 먼저 자리에 들게 해 주시오!"

위공량이 기다렸다는 듯 고개를 끄덕였다.

그는 보일 듯 말 듯 한 가닥 미소와 함께 시비를 불렀다.

"이분 공자를 선기헌(璇機軒)으로 안내하여 편히 쉬시도록 하라."

두 명의 시비가 곧 그를 안내했다.

강일위도 이미 취했음을 자인한지라 말없이 뒤따랐다.

이때, 두천학은 왠지 모르게 불안한 심정이라 멀어져 가는 강일위의 뒷모습을 초조한 시선으로 바라보았다.

강일위는 시비들을 따라 긴 회랑을 지났다.

강일위는 갈수록 취기가 더욱 오르는 듯한 기분이었다. 회랑 양 편에는 무수히 많은 금등이 밝혀져 단청과 어울려 현란함을 이루고 있었다.

이윽고 회랑의 통로를 지나자 꽃향기 그윽한 화원이 나타

나고 앞 저편으로 월형문(月形門) 하나가 달빛 아래 그윽하게
서 있었다.

시비들은 바람이 스치듯 소리도 없이 월형문을 지났다.

강일위는 묵묵히 그 뒤를 따랐다.

사사사삿!

바람 스치는 소리가 기이하게 들려왔다. 거기다가 발아래
낙엽 밟히는 소리가 들려왔다. 이윽고 눈앞에 울창한 죽림이
보였다.

월광이 대나무 사이를 비추니 그 교교한 빛이 외로움을 불
러 일으켰다.

장막을 헤치듯 달빛 사이를 헤치며 강일위는 죽림 안으로
들어섰다.

죽림 속에 한 채의 아담한 정사(亭舍)가 신선의 거소인 듯
고즈넉하게 누워 있었다.

강일위가 들어서니 달빛이 그곳까지 따라 들어왔다.

정사의 실내 삼면에는 책이 가득 꽂혀 색다른 분위기를 풍
겼다. 오직 실내의 한쪽 벽만 비어 있었다. 그곳에는 한 폭의
산수도(山水圖)가 걸려 있었고, 아래에는 단아한 침상 하나가
놓여 있었다.

화려한 치장도, 다른 가구도 놓여 있지 않은 채, 단출하고
무척 정갈한 분위기였다.

그 위에 달빛마저 따라와 은은히 비추는지라 강일위는 잠시 색다른 기분에 사로잡혔다.

시비 중 하나가 비로소 입을 열었다.

"이곳이 바로 장주님의 서재인 선기헌입니다. 혹시 공자께서 분부하실 일이라도 있다면, 저희를 부르십시오."

강일위는 고개를 끄덕이며 짧게 대답했다.

"아니, 나는 이제 그만 쉬고 싶으니 두 분은 물러가 주시오."

강일위의 부탁에 시비 중 하나가 옥병 하나를 내려놓으며 대답했다.

"그럼, 소녀들은 물러갑니다. 이것은 장주님께서 특별히 분부하셔 준비한 설차(雪茶)이니, 혹시 갈증이 나신다면 드시도록 하십시오."

"알겠소, 고맙소!"

두 명의 시비는 공손히 절하고 소리 없이 물러났다.

강일위는 피곤하여 바로 침상에 누웠다.

그런데 그때 갑자기 술기운이 머리끝까지 올라왔다.

"윽!"

강일위는 토할 것만 같아 급히 밖으로 뛰쳐나갔다. 밖으로 나오기 무섭게 폐부로부터 오물이 가득 쏟아져 나왔다.

얼마 후에야 비로소 속이 개운해지는 것 같았다.

그러나 이번에는 정신이 아득해지며 어지러운 기분이 들었다. 강일위는 궁여지책으로 급히 신공을 일으켰다. 이어 동방휘로부터 전수 받은 내가구결(內家口訣)을 외웠다.

그러자 오래지 않아 단전으로부터 솟구친 한 가닥 신비로운 기운이 은은하게 그의 몸을 감쌌다. 그것은 마치 구름 위를 걷는 듯, 쾌적하고 산뜻한 기분이었다.

"휴우! 내가 분수도 모르고 과음하여 만용을 부렸구나."

새삼 파도 같은 수치심이 몰려들었다.

"비록 처음 마셔본 술이지만, 너무도 큰 실수를 저질렀구나. 게다가 이렇듯 혼미한 상태일 때, 만약 그 누군가가 나의 생명을 노리기라도 한다면 진정 개죽음을 면치 못했으리라."

돌이켜보니 섬뜩한 기분이었다. 그는 자신도 모르게 한 차례 부르르 몸을 떨었다.

달빛이 비추는 대나무 사이로 한 가닥 삭풍이 휘젓고 지나갔다. 모진 바람에 아직 푸르름을 잃지 않은 죽엽마저 우수수 소리를 내며 떨어졌다.

이미 겨울의 문턱에 들어서기 시작한 화원과 창백한 달빛을 보니, 문득 단장의 비애가 느껴졌다.

'아아! 천지간에 혈육은 다 어디에 있고 이렇듯 나 혼자만이 서 있는가?'

실로 벼랑 앞에 홀로 선 듯 뼈를 깎는 듯한 외로움이 걷잡을 수 없이 밀려왔다.

그는 자신만을 홀로 두고 일찍이 세상을 등지신 어머니를 원망도 했다. 또한 삼 년 전 집을 나가신 이래 종적조차 알 수 없는 아버지를 떠올려도 보았다. 게다가 생애 처음으로 부모 외에 잠깐의 정을 느끼게 해 주었던 의형 동방휘를 생각해 보기도 했다.

그러나 지금은 그들 중 누구도 자신의 곁에 없었다.

그런 생각을 하다 보니 자연스레 비애에 젖었다.

하지만 마음 한편으로 동방휘의 명성에 대해서는 새삼 놀라움이 밀려왔다.

'아! 나는 오늘에야 형님의 진정한 명성을 깨달았도다. 비록 그분은 떠나셨으나, 분명히 내 가슴속에 살아 계시다. 내가 의형의 화신을 자처하는 한 나는 절대 혼자가 아니다. 또한 나는 형님의 드높은 명성을 헛되게 하지 않을 것이다.'

강일위는 문득 사무치는 만정(萬情)에 등 뒤의 한 자루 고검을 손에 쥐고 사람을 대하듯 어루만졌다.

'이 한 자루의 애검에서 아직도 형님의 숨결이 생생히 느껴지는 듯하구나! 동방 형님, 소제는 기어이 이 검에 숨겨진 비밀을 풀어 기필코 당신의 유업을 이루겠습니다.'

강일위가 만 가지 정한에 사로잡혀 있을 때 갑자기 인기척이 들려왔다.

2

강일위는 놀라 급히 뒤돌아봤다.

달빛을 등 뒤로 받으며 해연히 나타난 인영은 낯익은 모습의 두천학이었다.

"강 소제, 그대는 왜 아직 잠들지 않고 있는가?"

강일위가 쓸쓸히 대답했다.

"소제는 조금 전의 실수와 여러 가지 생각을 하고 있었습니다. 그런데 두 노형님, 소제가 단언하건데 천외오존은 천하인의 추앙을 한몸에 받을 이유가 추호도 없습니다."

그 말에 두천학은 깊이 탄식해 마지않았다.

"도대체 자네의 정체가 무엇인가? 또한 천하인이 모르는 천외오존의 비리(非理)란 대체 무엇인가?"

그 말에 강일위는 갑자기 침통한 표정을 지었다.

"아아! 두 노형님, 이 일은 의형의 삶과 죽음에 직접 관련 있는 일인지라 이것만은 소제 감히 말씀드리지 못하겠습니다."

이에 두천학은 필시 깊은 사연이 있음을 짐작하고 더 이상은 말하지 않았다. 그러나 그는 다시 한 번 탄식을 금치 못했다.

"알겠네, 노부가 그 일에 대해서만은 더 이상 거론치 않겠네. 그러나 소형제, 자네는 한 가지 명심하게. 자네는 차후 어디에서도 천외오존에 대해서만은 함부로 경솔히 비난하지 말게. 그들을 비난함은 스스로 묘혈을 파는 격이니, 자칫 무림의 공적으로 간주되기 쉽네."

이어 그는 의미심장한 어조로 한마디 덧붙였다.

"비록 일신에 절학을 지녔다 해도 거친 풍상의 강호를 행도하려면 한 푼의 무공에 아홉 푼의 경험을 지녀야 한다네. 그런데 자네는 너무도 경험이 없어 이 점이 바로 큰 근심일세. 더욱이……."

말이 여기에 이르자 두천학은 갑자기 음성을 낮추었다.

"노부는 지난날 이곳 쌍룡장의 쌍룡이의와 절친했다고 자부하네. 그런데 오 년의 은거 후에 다시 찾아와 보니, 무언가 심상치 않은 변화가 있는 듯하네. 특히 번천신검 위공량은 때때로 이상한 변모를 보이니, 노부는 그의 흉중을 짐작치 못하겠네."

또 한 차례 삭풍이 스치고 지나갔다. 떨어지는 죽엽이 춘풍의 꽃송이인 양 휘날리고 달빛조차 찢기어 흩어졌다.

두천학이 더욱 목소리를 낮춰 말했다.

"더구나 이곳에는 모습조차 잘 드러내지 않던 정사 양 파의 고수들이 때 아니게 운집해 있으니, 뭔가 이상한 예감이 드네. 그들이야말로 현 무림에서 십대 고인을 제외하고는 가장 뛰어난 인물들이라고 말할 수 있네. 필경 나 때문에 모인 것은 아니니, 그 목적이 무엇인지 큰 의혹일세. 형세가 이러하니, 자네는 부디 조심하게. 내가 공연히 자네를 이곳까지 데려와 위험을 자초하는가 하여 몹시 불안하네."

강일위가 비로소 대꾸했다.

"소제는 노형님의 충고 명심하고 각별히 조심할 것이니 너무 심려치 마십시오."

"알겠네. 그럼 편히 쉬게."

두천학은 두어 번 고개를 끄덕인 후 곧 신형을 날려 월하의 죽림 속으로 사라졌다.

강일위도 위공량의 서재인 선기헌 실내로 들어왔다.

갑자기 갈증이 밀려왔다. 그래서 조금 전 시비들이 놓고 갔던 설차 한 잔을 따라 막 입가로 가져갔다.

그런데 돌연 어디선가 한 가닥 피리 음률이 그윽하고도 부드럽게 들려왔다.

그것은 누군가 부는 소성(簫聲)이었다. 천상의 소리인 듯 그윽하고 청아했다. 더구나 바로 지척에서 귀에 대고 부는 듯 아주 가깝게 들렸다.

순간 강일위는 입술에 대었던 찻잔을 자신도 모르게 내려놓았다.

그리고 취하듯 피리 소리에 이끌렸다.

음률이 계속되는 동안, 강일위는 완전히 그 소리에 사로잡히고 말았다.

피리의 높고 낮음의 음률에 따라, 그리고 길고 짧음에 따라 희·노·애·락의 온갖 감회에 젖어 들었다.

그 피리 음률이 정한(情恨)의 소리로 변하면, 그 역시 단장의 슬픔에 빠져들었다.

피리 연주가 계속됨에 따라 그의 생각도 무수히 교차되었다. 그러다 돌연 강일위가 일어서 서서히 몸을 움직였다.

그의 귓전으로 들려오는 소성의 음률은 마치 그를 손짓해 부르는 듯 하였기 때문이다.

강일위는 넋을 잃고 음률이 흐르는 대로 따라 움직이니 마치 몽유병자와 같았다.

강일위는 정신없이 안개 사이사이 월광을 헤치며 유유히 어디론가 걸어 나갔다.

이윽고 그는 쌍룡장의 높은 담 앞에 이르러 추호의 망설임도 없이 훌쩍 담을 넘었다. 아무런 무게도 느끼지 않는 가볍고 경쾌한 몸짓이었다.

밖으로 나오니 안개는 더욱 짙었다.

달빛에 어려 푸르스름한 안개 속을 그는 마치 헤엄치듯 헤쳐나갔다.

피리의 음률은 그의 귓전에서 여전히 계속되고 있었다.

누구의 연주인지 알길 없었으나, 절색 미녀의 유혹인 듯 강일위를 한없이 이끌리며 기이한 감흥에 젖어들었다. 그런데 갑자기 체내 깊숙한 곳으로부터 한 가닥 신비로운 기운이 샘솟았다.

그는 쌍룡장의 높은 담을 넘자마자, 순식간에 십여 리를 달렸다. 그러다 보니 탈진되어 숨이 턱에 닿았다. 그럼에도 불구하고 멈출 줄 몰랐다. 한 가닥 신비로운 소성이 은연중 그에게 무형의 힘을 불어넣어 주고 있었기 때문이다.

달렸다 멈추고, 다시 달리고를 반복하는 사이 어느덧 한 가지 경공요결을 익히게 되었다. 그래서 얼마 후에는 마치 본래부터 절세의 경공을 익혔던 듯 아무 거리낌 없이 내달릴 수 있었다.

그는 안개가 흐르는 월하의 어둠 속으로 한 마리 야조인 듯 까마득히 사라져 갔다.

| 3 |

우수수!

바람이 불었다.

바람 소리와 함께 차가운 물기가 촉촉이 뺨으로 느껴져 왔다.

파양호의 은빛 물결이 달빛 아래 은비늘처럼 부서지고 있었다. 그 호반으로 드넓은 갈대밭이 있었다.

그 황금의 깃털인 양 갈색으로 빛나는 갈대 사이로 한 줄기 인영이 표연히 나타났다. 그 인영은 강일위였다.

이곳은 쌍룡장으로부터 백여 리 떨어진 곳이었다. 그러나 그가 쌍룡장을 떠난 지는 불과 차 한 잔 마실 만한 시간밖에 흐르지 않았다.

이는 너무도 신비로운 일이었다.

의문의 피리 소리가 은은히 울려와 강일위의 혼백을 사로잡았다. 그런데 이 피리 소리로 인해 강일위는 잠재되어 있던 본신의 내공을 격발시켰다. 그의 공력은 어느새 배가 증가되어 이 갑자의 공력에 달해 있었다.

강일위가 이곳 호반의 갈대밭에 이르렀을 때, 들려오던 피리 소리가 갑자기 멈추더니 더 이상 들려오지 않았다.

"흑!"

피리 소리가 그치자, 강일위는 비로소 정신을 차렸다.

"여기가 대체 어디인가?"

정신없이 무언가에 홀려 이끌려온 그가 모르는 것이 당연했다. 그는 그저 우수수 불어오는 바람에 차갑고 촉촉한 물기가 느껴져 고개를 들었다. 그런데 그의 눈앞에는 예상치 못하게 호반의 갈대밭이 펼쳐져 있었다.

비록 달빛은 밝았으나, 안개 또한 천상의 운무인 듯 표표히 흘러 주위는 황량하기 이를 데 없었다.

계속하여 바람이 불었다. 갈대의 평원이 파도 부서지듯 황금빛으로 물결쳤다.

강일위는 갈대밭을 보는 순간, 소스라치게 놀랐다.

"여기가 대체 어디인가?"

허공을 아무리 둘러보아도 교교한 달빛과 푸르스름한 안개뿐이었다. 그리고 그의 발밑으로 출렁이는 갈대밭과 저 멀리 차갑게 빛나는 파양호의 물결만 보일 뿐이었다.

주위 경관은 신비스러웠지만, 지극히 황량하여 강일위는 새삼스러운 외로움을 느꼈다.

“나는 지금 어디에 서 있는가?”

또다시 천 길 단애의 벼랑에 홀로 선 듯 아득한 고독감이 뼈저리게 밀려왔다.

“아아! 때 아니게 이 무슨 심약한 생각인가.”

강일위는 애써 자책하며 주위를 둘러보았다.

달빛과 안개, 바람, 갈대, 그리고 속삭이듯 부서지는 물결 뿐 사람의 자취라고는 흔적도 없었다.

“내 어쩌다 인적도 없는 이런 곳까지 정신없이 달려와서 홀로 서 있을까? 그 진원지를 알 수 없던 한 가닥 신비로운 피리 소리는 어디서 누가 흘려보낸 것일까?”

그는 깊은 생각에 잠겼다.

그러나 알 수 없었다.

오직 무심코 전해지는 것 같던 그 소리가 은연중 무엇인가를 일깨우는 것 같던 느낌만이 희미하게 남겨져 있었다.

강일위는 월하의 안개 속에 홀로 서서 다시금 곰곰이 생각에 잠겼다.

그러다 갑자기 그는 한 가닥 탄성을 내질렀다.

“아!”

비록 웅후한 진기가 잠재되었으나, 그의 내가기혈(內家氣血)은 뒤틀려 원활하지 못했다. 언제부터인지 그의 내가기혈이 봇물 터진 듯 거침없이 체내를 질주하고 있었다.

그는 신비로운 생각이 들었다.

또한 무의식중에 행하였던 것을 되살려 되풀이하자, 전신이 가볍고 쾌속하게 솟구쳤다.

그는 누군가 피리의 힘을 빌려 그 안에 무상의 신공요결(神功要訣)을 실려 보냈기 때문이라고 생각했다.

'누가 내게 이런 은공을 베풀었단 말인가?'

강일위의 놀람은 여기에서 끝나지 않았다. 그가 부지불식간 한 차례 손을 뻗었다. 그는 의형 동방휘로부터 전수 받았던 범천뇌강삼식을 검 대신 장(掌)으로 구사해 보았다.

그러자 실로 놀라운 일이 벌어졌다.

쏴악!

일순 해일이 덮치는 듯한 소리와 함께 거대한 무형의 잠력이 갈대밭으로 쏟아져 나갔다.

쏴쏴쏴쏴아!

순간 십여 장 일대의 무성했던 갈대가 일제히 한 방향으로 쓰러져 누워 버렸다.

강일위는 자신이 취했던 행동의 결과가 눈앞의 현실로 나타났지만 쉽사리 믿어지지 않았다.

경악의 순간이 지나고, 기쁨과 희열이 소용돌이처럼 가슴을 누벼 주체하지 못하고 있었다.

그런데 갑자기 안개 속 어딘가에서 신비로운 웃음이 울려 퍼졌다.

"하하하~!"

그 웃음소리는 옥반에 명주알 굴리듯 맑고 청아했다. 듣기만 해도 심금이 울려 심혼을 황홀하게 하는 교소였다.

이에 강일위는 슬며시 뒤돌아섰다.

그의 등 뒤 안개 속으로부터 마치 주렴을 걷고 나서듯 한 줄기 백영(白影)이 나타났다.

강일위는 흠칫했다. 그는 맑았던 웃음소리로 미루어 필시 천상의 선녀도 무색할 미인이라 생각했다.

그런데 안개를 헤치고 나타난 인영은 백의유삼을 입은 미청년(美靑年)이었다.

"아아!"

그러나 강일위는 가슴이 얼어붙듯 했다. 비록 천상선녀(天上仙女)는 아니었지만 그의 용모는 가히 절세적이었다.

강일위는 눈이 부셔 그 신비로운 자태의 백의유삼 청년을 감히 주시할 수조차 없었다. 하지만 너무도 아름다워 바라보지 않고는 견딜 수 없었다.

천하의 그 어느 장인이 필생의 심혈을 기울인다 해도 이보다 더 아름다운 세공품을 깎아낼 수는 없을 것이다.

그의 살결은 백옥도 무색하리만치 희고 투명했다. 오히려 너무도 투명하게 빛나 섬뜩한 차가움이 느껴질 정도였다.

게다가 그의 두 눈은 진정 믿을 수 없이 맑고 검게 빛났다. 비록 도원경의 명경지수일지언정 이렇듯 맑을 수는 없을 것 같았다. 그의 두 눈은 보는 이의 혼백까지 송두리째 빼앗을 지경이었다.

또한 그 아래 콧날은 마치 얼음산인 듯 차갑고 곱게 솟아나 그 어느 비밀의 화원에 피어난 한 송이 얼음 꽃을 방불케 했다.

강일위의 뇌리 속에 문득 일막의 환상 어린 장면이 떠올랐다.

그것은 녹야원(鹿野園)에 달빛 어리고, 그 아래 한 마리 사슴이 향기를 뿜은 채 고고히 서 있는 전설의 광경이었다.

강일위의 환상처럼 지금 그 앞에 서 있는 백의유삼의 미청년이야말로 진정 속세에 물든 인간은 아니었다.

강일위는 이 순간 상대의 전신에 은은히 서리는 서기(瑞氣)에 취하여 차라리 눈을 감아야 했다.

그러나 눈을 감아도 백의유삼 미청년의 신비로운 아름다움이 뚜렷하게 떠올랐다.

비록 천상의 선녀라도 이보다 아름답지는 못할 것이다. 그 옛날 일국(一國)의 국운을 좌우했던 전설적 미인 서시(西施)라도 이보다 더 농염한 미색(美色)을 발하지는 못했을 것이다. 정녕 얼음을 삼킨 듯 심장도, 혈관도 얼어붙는 경이의 아름다움이었다.

더욱이 그의 손에 한 자루 투명한 벽옥소(壁玉簫)가 있어 푸르른 안개와 함께 가히 신비로운 자태였다.

취한 듯 넋 나간 듯 얼마 동안을 멍하니 서 있던 강일위가 한참 후에야 비로소 더듬거리며 입을 열었다.

“다……, 당신은 누…… 누구…… 시오?”

백의유삼의 절세 미청년이 한 가닥 신비롭게 웃으며 낭랑히 대꾸했다.

“소협, 나의 신분에 관해서는 구태여 묻지 마시오. 그것은 시간이 흐르면 자연 알게 될 것. 그보다 나는 당신의 위험을 구하고자 봉황백옥소(鳳凰白玉簫)로써 이곳까지 당신을 오게 한 장본인이라는 것만 알아두시오.”

강일위는 새삼 놀랐다.

“아! 그렇다면 공자께서 바로 나를 이곳까지 오게 했구려.”

그는 잠시 멍한 기분이 되었다.

만월이 안개 사이를 헤치며 꿈결같이 흐르고 있었다.

백의유삼 청년이 신비롭게 웃었다.

안개 사이의 그는 정녕 꿈속에서나 볼 수 있는 환상의 한 송이 꽃이었다. 그는 가볍게 고개를 끄덕이며 긴 한숨을 내뱉었다.

“비록 당신의 일신에는 측정하기 어려운 절학이 있다고 하나 당신은 아직 강호의 무서움을 모르고 있소.”

안개가 풀풀 흩어져 나갔다.

“본시 강호인이란 대개가 웃는 얼굴 뒤에는 칼을 숨기고 있기 십상이오. 당신이 이 같은 강호의 속성을 잘 헤아려 대처한다면 별로 적이 없을 것이오. 하지만 일단 허점을 보이면 모든 사람이 적이 되고 말 것이오. 그러나 당신은 짧은 시일 안에 무적의 천하고수로 군림할 천부적 재질이 있음도 또한 인정하오.”

강일위는 정녕 상대의 정체가 궁금했다.

“대체 그대는 누구시오?”

제11장

천상몽환현기보(天上夢幻玄機步)

1

"소협! 그대가 벽안마영 동방휘의 검을 물려받았다면, 그 검초식도 당연히 물려받았겠지요?"

강일위의 가슴이 무너지듯 철렁하였다. 그는 의형인 벽안마영의 이름 석 자 동방휘를 강호 천지에서 오직 자신밖에 모르는 줄 알았다.

그러나 백의유삼 청년은 대수롭지 않다는 듯 가볍게 웃음마저 지었다.

"그 정도로 놀랄 것까지는 없소. 본시 나는 그대와 인연이 있는 사람이오. 그런데 소협! 동방휘는 지금 어디에 있소?"

강일위는 고슴도치 털 세우듯 긴장하여 경계했다.

그러자 백의유삼 청년은 안개 속(霧中)의 월색(月色) 속에서 쓸쓸히 웃었다.

"소협, 그대가 말하지 않아도 나는 이미 알고 있소. 동방휘! 그는 이미 생사(生死)를 달리하여 땅속 어딘가에 홀로 누워 있지 않소?"

순간 강일위는 너무 놀라서 말문이 막혔다. 그러나 백의유삼의 미청년은 가벼운 미소를 머금으며 말했다.

"놀라지 마시오! 동방휘, 그의 분신(分身)과도 같은 애검(愛劍)이 그의 손을 떠나 소협 수중에 있는데 어찌 그 생사를 짐작하지 못하겠소."

순간 강일위는 또 한 번 가슴이 무너짐을 느꼈다.

"대……, 대체 공자께서는……."

청의유삼 미청년은 이러한 강일위의 태도가 자신의 말을 인정하는 것이라고 생각했다. 그는 나직이 고개를 저으며 그 얼굴에 가득 슬픔의 빛을 떠올렸다.

"음! 동방휘 그는 역시……."

강일위는 무엇에 홀리기라도 한듯 안개 속의 상대를 멍하니 바라볼 뿐이었다.

마치 여인처럼 다소곳이 머리를 숙였던 상대가 살며시 시선을 들었다.

순간 강일위는 그 시선에 전신이 모조리 빨려들 것만 같은 이상한 마력을 느꼈다.

이상하리만큼 기이한 침묵이 흘렀다.

강일위의 심정은 극도로 혼란스러웠다.

저 헤아릴 수 없이 아름다운 용모며, 신비의 자태와 예리한 통찰을 지닌 상대를 그는 도무지 알길이 없었다.

신비의 백의유삼 청년이 이윽고 입을 열었다.

"비록 그 주인은 바뀌었을지언정 누구라도 그 검을 지닌 인물은 나와 끊을 수 없는 숙명적인 인연이 있소."

강일위는 흠칫했다. 그의 말이 도대체 무엇을 뜻하는지 짐작조차 할 수 없었기 때문이다. 다만 신비로운 알수 없는 이 상대로부터 특별한 적의를 느낄 수 없는 것만은 확실했다.

신비의 청년이 홀연히 침묵을 깨뜨리고 조용히 물었다.

"그대가 과연 동방휘의 절학을 익혔다면 어느 정도까지 성취를 이루었는가?"

강일위는 자신도 모르게 말하고 말았다.

"부끄럽게도 소생은 그분의 삼 초 검결과 한 가지 신공을 전수 받았을 뿐입니다."

백의유삼 청년이 감탄 어린 표정을 지었다.

"검결과 신공! 그대가 비록 단 두 가지뿐이라고 하나, 그것은 정녕 무상의 최상이요. 그러니 능히 천하제일이라고 할 수 있소. 그러나 천하는 역시 넓고도 넓으며, 무학의 비의(秘意) 또한 헤아릴 수 없으리 만큼 깊고 오묘하오. 그렇기에 그것만으로는 완벽히 천하를 질타하기 어렵소."

흐르는 안개 속에서 호반의 축축한 물기가 전해져 왔다.

그가 말을 이었다.

"그대가 명실상부 천하제일인이 되기까지 이대로는 많은

시일이 걸릴 것이오. 때문에 나는 봉황소에 한가닥 천음전력(天音傳力)의 수법을 실어 그대 체내의 잠력을 극도로 격발시키려 했소. 그러나 이것만으로는 역시 최대의 성과를 거둘 수 없었소. 하지만 그대는 이제 능히 이 갑자 정도의 내공을 지니게 되었을 것이요. 만약 시일이 흐른다면 그대는 필경 대성할 수 있소.”

이에 강일위가 갑자기 호기롭게 분명하게 외치듯 말했다.

“나 강일위는 분신쇄골 각고의 고련을 거듭하여 반드시 의형에 못지않은 뜻을 이루고야 말 것입니다.”

백의유삼 청년이 빙그레 웃으며 고개를 끄덕였다.

“좋은 결심이오! 그러나 그리되기 위해서는 역시 그대의 결심처럼 험난한 고련을 각오해야 할 것이요. 다만 동방휘의 애검이 그대 수중에 있는 이상 대성(大成)의 바람이 결코 지나치지 않소. 거듭 말하니, 그 검을 잘 간수하고 지키기 바라오.”

두 말 할 필요도 없었다.

이 한 자루 기형 고검은 의형의 유일한 유품이었다. 그의 숨결과 간곡한 정이 스며 있으니, 강일위에게는 가장 중요한 물건이었다.

강일위는 굳게 고개를 끄덕였다. 또한 거듭 스스로 맹세하였다.

"나는 반드시 이 검에 숨은 비밀을 밝혀내어 형님의 유업을
성취하리라."

백의유삼 청년은 강일위의 굳건한 표정을 보고 크게 웃었
다.

"진정 믿음직한 그대의 모습, 과연 동방휘의 의제로서 부끄
럽지 않소. 그대가 가상하여 그대에게 한 가지 선물할 것이니
나를 자세히 보라."

말이 끝나기 무섭게 돌연 백의유삼 청년의 몸이 수십 개 환
영으로 변하였다.

"헉!"

강일위는 백의유삼 청년의 귀신같은 신법을 보고 크게 놀랐
다.

백의유삼 청년의 수십 개 환영은 순식간에 강일위의 몸을
감싸고 빙빙 돌았는데, 그 모습은 꿈결인 양 환상에 젖게 했
다.

그러나 이런 환상의 모습은 잠깐이었을 뿐, 금세 본래의 모
습으로 되돌아왔다.

안개 속에 의연히 선 그를 분명히 보았지만, 강일위는 꿈을
꾸는 듯한 기분이었다. 이를 일깨우기라도 하듯 상대가 천상
의 옥음으로 낭랑히 말했다.

"그대가 만일 이를 깨닫는다면 천하 그 누구도 대적하지 못

할 것이요. 이는 천상몽환현기보(天上夢幻玄機步)로써 당금 무림에 현존하는 무공 중 능히 최대의 절학이라 할 수 있기 때문이요. 여기에 내가 봉황백옥소에 천음전력을 실어 전수했던 천상유혼신법(天上遊魂身法)을 함께 연성하시오. 그리하면, 비록 천하제일인(天下第一人)을 자부할 수 없을지라도 현 무림에서 그대를 당할 자 또한 결코 흔치 않을 것이요.”

물 흐르듯 유유히 말하고 난 그는 이윽고 작별을 고했다.

“그럼 난 이만! 다음에 다시 만날 때는 부디 절학을 성취하였기를 바라겠소.”

말이 끝나기 무섭게 그는 짙은 운무 속으로 표연히 사라지려 했다.

그러자 갑자기 강일위는 다급한 마음이 들었다.

“잠깐!”

꿈결처럼 사라지려던 그가 흠칫하며 뒤돌아보았다.

강일위는 일말의 슬픔마저 담긴 음성으로 다급히 말했다.

“정체를 안 밝혀 주시려거든 이름만이라도 알려주시오.”

백의유삼 청년의 얼굴에도 언뜻 물방울과 같은 한 가닥 슬픔이 어리었다.

이어 그는 축축한 음성으로 말했다.

“소협, 지금의 나는 절대 아무것도 밝힐 수 없는 처지요, 다만 그대와 나는 이미 끊을 수 없는 인연으로 이어졌으니 훗날

싫어도 필히 만나야 할 숙명적 사이요. 그러니 조급히 생각지 말고 인연이 닿을 때까지 최대한 절학을 깨우치시오. 그리고 그때까지 나를 잊어서도 안 되오.”

“내가 어찌 당신을 잊을 수 있겠습니까? 아마 영원히 잊지 못할 것입니다.”

“좋소! 나 역시 그대의 방금 그 말을 잊지 않고 기억하리라.”

그가 새삼 예의 신비로운 눈빛으로 강일위를 바라보았다.

그 눈길을 받는 순간 강일위는 이상한 열정과 흥분에 휘감겨 전율과 같은 격동을 느끼고 있었다.

그러던 중 상대가 돌연 눈앞에서 사라져 버렸다.

단지 한 가닥 섬광만이 번뜩했을 뿐인데 그의 신형은 이미 흔적조차 없었다. 그 자리에는 다만 안개만이 달빛을 안고 강물처럼 흐르고 있을 뿐이었다.

안개 속 어디선가 물결소리가 들려왔다.

강일위는 넋을 잃은 듯 멍한 표정이었다. 정녕 이제까지의 모든 일들을 믿기 어려웠다.

일 막의 꿈이었던 듯했다. 그러나 이는 분명 사실이었고, 조금 전까지 눈앞에 있던 백의유삼 미청년 또한 생생히 살아 있던 사람이었다.

그러나 좀처럼 믿기 어려웠다.

강일위는 한동안 꿈결을 헤매듯 망연한 표정이다가 길게 한숨을 내뱉었다.

안개 속으로 스며드는 달빛이 유난히 시리도록 푸른빛을 띠고 있었다. 그 달빛에 어린 자신의 그림자를 바라보다가 흠칫 놀랐다.

조금 전까지 신비의 백의유삼인이 있던 자리에 뚜렷이 수십 개의 발자국이 남아 있었다. 그것은 정확히 사십구(四十九)개의 발자국이었다.

그때였다.

안개 속 어디에선가 한 가닥 옥음이 낭랑이 들려왔다.

"그것이 바로 천상몽환현기보의 보법이요. 다시 말하건대 여기에 천상유혼을 곁들인다면, 그 위력은 능히 경세적이요. 그대는 즉시 신공을 일으켜 이를 체득하고 깨닫는 즉시 지워 흔적을 남기지 마시오."

강일위는 여전히 꿈을 꾸듯 아연하였으나, 분명 환각이 아니었다.

그는 소리쳐 불러보고 싶었으나, 안개 속 그 어디에서도 신비인의 옥음은 두 번 다시 들려오지 않았다.

강일위는 심신을 가라앉히기 어려웠다.

마침내 강일위는 신비인의 자취를 찾는 것을 포기하고 발아래 사십구 수의 보법에 시선을 던졌다.

'그 신비의 인물을 언제 다시 만날까? 그와 나는 숙명적 인연이라니, 그것 또한 무엇을 의미하는 것인가? 아! 나는 진정 신비로운 기연을 만났음에 틀림없다.”

묵묵히 발아래를 내려다보는 그의 심경은 한없이 착잡하였다.

“아! 어쨌든 그가 나를 위해 사십구 수의 보법을 남겼으니, 거절하지 못하겠구나.”

그는 즉시 지면의 족적대로 신형을 움직이기 시작했다.

천상몽환현기보는 과연 절세적 신비의 보법이었다.

비록 그 수가 불과 사십구 보뿐이지만, 그 변화야말로 진정 천변만화였다.

강일위는 천상몽환현기보의 오묘함에 경탄하며 점차 이상한 열기에 싸여갔다.

호반의 습기 위로 표표히 흐르는 안개 사이를 서릿발처럼 교교한 월영(月影)이 쏟아졌다.

그 아래 마치 신들린 듯 천상몽환현기보의 성취에 몰입한 인물, 강일위가 있었다.

삭풍이 불적마다 무성한 갈대가 소리 내어 울었다.

만추(晚秋)의 적막한 밤은 더욱 깊어갔다.

¦ 2 ¦

여전히 교교한 월색이 야공(夜空)에 흩뿌려져 있었다.

그러나 시간은 흘러 여명(黎明)이 아침이 다가옴을 알려 주었다. 때맞추어 짙었던 밤안개는 이제 서서히 걷히고 있었다.

대신 새벽 공기를 가르는 바람이 유난히도 차가웠다. 세찬 바람이 지나간 갈대밭은 달빛 아래 더욱 황금빛으로 물들어 흡사 숱한 무희들의 군무와 같았다.

갈대가 우거진 이곳 파양호 호반에 물결치는 그 사이로 작은 배 한 척이 파랑(波浪) 따라 출렁이고 있었다.

그것은 한 폭의 산수도(山水圖)를 떠올리게 하는 정경이었다.

뱃전에 갈의장삼(葛衣長衫)을 입은 백발노인이 있었다. 그는 등이 굽은 곱사등이었다. 그러나 칠척장신(七尺長身)이었고, 그 얼굴에 감추어지지 않은 위맹함이 있었다.

그는 칼날처럼 예리하고 형형히 빛나는 안광을 흘러내고 있었다. 그러나 그의 표정에는 누군가를 기다리는 듯 초조함이 역력히 배어 있었다.

바람이 불 때마다 물결이 뱃전에 부딪치며 찬 물보라가 튀어 올랐다.

그러나 갈의장삼의 백발 곱사등 노인은 전혀 개의치 않고 여전히 초조함으로 일관했다.

이때 갑자기 달빛 흐르는 은파(銀波) 위를 한 줄기 인영이 스치듯 미끄러져 오고 있었다.

눈부시도록 흰 백영이었다. 백영은 순식간에 날아와 훌쩍 배 위로 올라섰다.

곱사등 노인은 그때서야 반색을 했다.

"소주께서는 그를 만나셨습니까?"

백의인영이 가볍게 고개를 끄덕였다.

곱사등 노인이 다시 물었다.

"그가 지닌 것이 범천뇌강검이 틀림없던가요?"

백의인은 이번에도 말없이 고개만 끄덕였을 뿐이다.

잠시 후 백의인은 신비가 담긴 그윽한 눈길을 은빛 수면 위로 던지며 말했다.

"구타자, 당신의 말은 틀림이 없었어요! 그가 지닌 검이야말로 벽안마영의 애검 범천뇌강검임을 내 눈으로 똑똑히 확인했어요."

돌연, 곱사등이 노인의 두 눈이 형형한 안광을 내뿜었다.

"그렇다면, 소주께서는 어찌하여 검을 취하지 않으셨소이까?"

새벽녘 월광 아래에서 백의인의 얼굴이 심하게 흔들렸다. 백의인은 태도로 보아, 이 순간 마음속에서 극심한 갈등을 하고 있는 것 같았다.

그가 깊은 탄식을 흘렸다.

"내가 꼭 그 검을 얻어야 한단 말인가? 그것이 없으면 절대로 안 된단 말인가? 진정 원망스럽도다! 내 어찌 힘없는 그에게서 검을 강탈할 수 있으리오! 그리하면 그것이야말로 전대(前代)의 조사(祖師)들께서 맺으셨던 언약을 저버리는 결과가 아닌가?"

바람 따라 아직 걷히지 않은 밤안개가 이리저리 날아다녔다. 잠깐 그의 자태는 안개 속에서 사라졌다. 그러나 안개가 흩어지더니, 그의 모습은 그대로 그 자리에 있었다.

그는 독백인 듯 나직이 말을 이었다.

"더구나 그 한 자루 검을 그가 진정 벽안마영 동방휘로부터 얻었다고 합니다. 비록 그 자신은 천룡대법사(天龍大法師)의 직계 진전을 받지 못했더라도, 결국 나와 끊지 못할 숙명적 인연을 지니고 있는 것이 아닙니까?"

그는 다시 길게 장탄식했다.

"앞으로 언젠가 그와 내가 생사지투를 벌여야 할지 모를 운명이라해도 나는 첫 만남에서 결코 그의 생명을 끊을 수는 없었어요!"

이 말에 구타자라 불린 곱사등이 노인은 두 눈에서 무서운 광망을 폭사시켰다.

"소주, 어찌 그리 심약하십니까? 비록 지금의 그는 그 날개가 어리고 연약해 허공을 날지 못하나, 나중에 그 날개가 힘을 얻어 굳세어진다면 마치 대붕이 날개를 펼쳐 구만 리(九萬里)를 단숨에 덮듯 실로 천하를 떨쳐 울릴 인물이라 확신합니다. 어찌 이를 알면서도 화근의 뿌리를 제거하지 못하십니까? 소주, 오늘의 이 유약한 마음으로 인하여 결국 노주(老主)의 오랜 갈망마저 져버리게 된다면 노주께서는 필경 단호히 소주에 대한 기대마저 저버리지 않을 수 없을 것입니다."

실로 화가 난 음성이었다.

그러나 백의인은 의외로 담담했다.

"구타자, 더 이상 그에 관하여 말하지 마세요. 이 일은 오직 나 유벽선(俞碧仙)이 알아서 처리 할 것입니다."

순간 그의 얼굴에는 한 가닥 우수의 빛이 쓸쓸히 스치고 지나갔다.

백의인은 조금 전 강일위에게 일 식의 보법을 남기고 홀연히 사라졌던 신비의 인물이었다.

그런데 그가 자신이 유벽선이라 하니, 그렇다면 그는 여인이었단 말인가?

비록 입고 있는 백의는 남장이었다 하더라도 그의 빛나는 용모는 필경 천하제일 미인의 모습이었다.

달빛에 어린 그녀의 모습은 진정 숨 막히도록 아름다웠다.

유벽선이라는 여인의 정체는 무엇이며, 또한 그녀는 왜 수심이 가득한 모습인가?

침묵 속에서 바람소리, 물결소리, 그리고 갈대의 굽이치는 소리만이 적막을 헤집고 있었다.

얼마 후 유벽선이 쓸쓸히 입을 열었다.

"나 유벽선은 사부의 기대가 얼마나 큰지 잘 알고 있어요. 또한 나의 막중한 임무도 잊지 않았어요. 이것은 나의 운명이 어떠하리라고 이미 결정지어진 것이니, 나는 결코 그 운명을 거역하지 않겠어요. 그러나 오늘만은 저에게 운명을 강요하지 마세요. 제발!"

그녀의 말속에는 어느덧 울음마저 머금어져 있었다.

"구타자, 당신도 저 허공의 달을 좀 보세요. 저 달! 교교히 빛나는 저 월색이야말로 얼마나 아름다운가요? 나는 저 달 앞에서만은 어떤 비운도 느끼지 않으며 악심(惡心) 또한 품을 수 없어요. 오직 어린 시절의 티 없이 맑았던 동심 그대로일 뿐이에요."

그 말에 구타자도 더 이상 말하지 않았다.

잠시 후, 구타자는 탄식과 함께 고개를 흔들며 물었다.

"오늘밤의 소주는 평소와 크게 다르니 대체 무슨 까닭인가요?"

유벽선은 그의 말이 들리지 않는지 대답이 없었다.

그녀는 우수에 찬 표정으로 묵묵히 여명이 깃들기 시작한 허공을 바라볼 뿐이었다.

구타자는 침묵을 깨고 고개를 끄덕이며 말했다.

"소주, 잘 알겠습니다. 더 이상 아무 말씀도 드리지 않으리다."

그가 물속에 잠겼던 노를 꺼내 젓기 시작했다.

백의의 절세 미녀 유벽선은 여전히 우수의 표정으로 달빛어린 허공을 바라볼 뿐이었다.

순간 강일위의 모습이 그녀의 망막에 되살아나고 있었다.

비록 자신보다 나이가 약간 어려 보였으나 이상하게도 그로부터 느껴야 했던 감정은 미묘했다.

그것은 그가 천하의 기재였기 때문인지, 아니면 자신과 숙명적인 인연 탓인지, 그녀의 마음은 너무도 혼란스러웠다.

그러면서 그녀가 바라보고 있는 달빛과 같은 달빛 아래에서 천상몽환현기보를 연습하고 있을 강일위의 모습을 떠올렸다.

그는 너무도 맑아 뛰어들고 싶은 충동을 일으키는 명경지수와도 같은 눈동자를 지니고 있었다.

유벽선은 한 점의 티끌도 한 가닥의 사심도 없이 맑고 깊었
던 그의 눈빛이 잊혀지지 않았다.

신비로운 의혹만을 남겨놓고 그들이 탄 한 척의 배는 월파
(月波) 속으로 사라져 갔다.

이윽고 안개가 그들의 모습을 완전히 감추었다.

새벽의 여명도 불과 얼마 남지 않았다.

삭풍에 마지막 남은 만월의 잔광이 부서지듯 흩뿌려졌다.

┊ 3 ┊

강일위는 신비의 백의인을 두 번 다시 볼 수 없음을 알고 바로 천상몽환현기보의 연성에 몰입했다.

달빛 아래, 어느덧 한 식경 가까이 지났다.

점점 보법의 이치를 깨닫게 되자 자신도 모르게 감탄했다.

"정녕 신묘한 보법이로다. 어찌 인간의 지혜로 이처럼 오묘하고 불가사의한 보법을 창안해 낼 수 있단 말인가?"

너무도 탄복하여 시간의 흐름조차 잊고 있었다.

그의 몸은 온통 땀으로 젖어 있었다. 그가 어느 정도 그 이치를 깨달았을 때는 전신이 온통 땀투성이였다. 그러자 강일위는 정좌하고 운공조식을 취했다.

차 한 잔 마실 시각이 지나자 피로했던 몸은 씻은 듯 말끔해졌다.

그는 일어나 아직도 그 자국이 선명한 지면의 사십구 수 족적을 깨끗이 지워버렸다.

"자, 이제부터 어떻게 한다?"

　그는 쌍룡장으로 돌아가고 싶은 생각은 없었다. 두천학이 그에게 쌍룡장의 수상한 낌새를 귀띔 해 준 것이 떠올랐다. 또한 조금 전 신비의 백의인도 자신을 위기에서 구하고자 쌍룡장에서 벗어나게 했다고 말했었다. 쌍룡장은 머물기에 적당한 장소가 아니라고 판단했다.

　또한 쌍룡장주 위공량에 대해서도 꺼림칙한 마음이었다.

　강일위는 마음을 굳혔다.

　"말없이 떠나 두 소형에게는 미안하지만 어쩔 수 없다. 나는 쌍룡장으로 돌아가지 않을 것이다."

　문득 쌍룡장에 자신의 보따리를 그냥 두고 왔음이 생각났다. 그러나 씁쓸히 웃었다.

　'그 보따리 속에는 겨우 헌옷 몇 벌뿐이다. 그것에 미련을 두고 다시 돌아갈 필요는 없지 않은가?'

　강일위는 생각을 정하고 나니 마음이 한결 가벼워졌다.

　그는 다시 생각에 잠겼다.

　무적신수 두천학에 의해 자신은 현 강호의 정세에 대해 대충 알게 되었고, 십대 고인들은 아니더라도 그들 못지않은 유명 고수들도 직접 만났다.

　그러나 철담은협 구양돈을 제외하고는 다른 강호 고수들에 대해서는 별 호감을 느낄 수 없었다.

　강일위는 십대 고인들에 대하여 더욱 호기심이 일어났다.

강호 십대 고인(江湖十代高人).

그 중에서 벽안마영은 자신의 의형이니 두 말 할 것도 없었다. 또한 무적신수 두천학 또한 이미 형제지교를 나누었으니 굳이 거론할 것이 없었다.

그러나 강일위는 나머지 여덟 명의 인물들은 과연 어떤 인물들인지 적지 않게 궁금했다.

한편으로는 그들이 비록 뛰어났다 해도 자신 또한 결코 그들에 뒤떨어지지 않으리라는 자부심이 솟아났다.

그리고 그는 의형 동방휘의 검초 한 식으로 쌍룡장의 유명 고수들을 경악시킨 것을 떠올렸다.

더욱이 자신은 이제 신비의 백의인물로부터 그 변화를 예측할 길 없는 신비의 보법까지 전수 받았다.

“흥! 나는 언젠가 그들 십대 고인들과 겨루어 결코 형님에 못지않은 명성을 날릴 것이니 두고 보아라.”

그는 갑자기 치솟는 호승심에 사로 잡혔다. 동시에 스스로의 힘만으로 드넓은 천하를 주유해 보리라 마음먹었다.

“가자! 드넓은 천하가 손 벌려 그 품에 나를 안으려 기다리고 있도다.”

휘이익!

돌연, 그는 적요의 야색을 뒤흔드는 긴 휘파람 소리를 날렸다.

순간 한 줄기 섬광이 번뜩하는가 싶더니, 그는 이미 유성인 듯 월하의 안개 속으로 표연히 사라졌다.

제 **12** 장

첫 번째 살인

푸른 하늘빛이 칼날처럼 싸늘했다. 그 하늘을 떠도는 몇 점의 구름마저 짙은 추색에 젖어 가슴을 에이는 만추의 어느 날이었다.

날씨는 청량하건만 이따금 부는 바람이 옷깃을 여밀 만큼 차디찼다.

하남(河南) 관도.

삭풍이 불 때마다 황진(黃塵) 자욱한 관도 위를 한 길손이 외로이 걷고 있었다. 그는 남루한 청의 차림의 소년이었다.

이미 먼 길을 걸어온 듯 그의 행색은 초라했고, 그나마 먼지로 얼룩져 있었다.

그러나 자세히 보면 그의 얼굴은 가히 절세적이었다.

날카롭게 뻗친 검미(劍眉)는 옥 같은 피부에 먹으로 찍어 그은 듯했다. 게다가 한 쌍의 성목(星目)은 무한한 혜지(慧智)를 담은 듯 영롱히 빛나고 있었다.

또한 우뚝 솟은 콧날과 주사(朱沙)를 칠한 듯한 붉은 입술은 완연한 영웅의 기상이었다.

그는 진정 천하제일의 미장부라 해도 과언이 아닐 정도로 뛰어난 얼굴이었다.

황진 자욱한 관도 위에는 삭풍이 불 때마다 우수수 낙엽이 떨어져 뒹굴고 있었다. 실로 황량한 정경이었다.

입동으로 치닫는 계절의 문턱이야말로 뭇 사람들에게 슬픔과 비애를 남겼다.

더구나 집 떠나 멀리 타관을 헤매는 나그네의 심경은 더욱 그랬다.

그러나 관도에서 멀리 떨어진 곳은 계절의 황량함에는 아랑곳없이 너무도 평화로운 정경이 펼쳐져 있었다.

약 백여 호의 인가(人家)가 마치 그림인 듯 이마를 맞대고 있는 촌락이 있었기 때문이다.

간간이 개 짖는 소리와 쫓기는 듯 다급한 닭들의 헤치는 소리, 그리고 떠들썩한 아이들의 음성이 들려왔다.

관도와 촌락 사이에는 이제 막 추수를 끝낸 넓은 경작지가 있었다.

소년은 문득 걸음을 멈추었다.

그의 뇌리로 아련히 두고 온 옛집이 떠올랐다.

부친이 재혼하기 전까지만 해도 그의 집은 평화로웠다.

그러나 그 안락했던 평온은 어느 날 아침 무참히 깨어져 버렸다.

 그는 아련한 향수에 젖어 이끌리는 듯 자신도 모르게 평화로운 촌락 쪽으로 걸음을 내딛었다.

 하지만 마을이 발아래로 보이는 언덕에 이르자 문득 씁쓸히 웃었다. 자신은 평화롭게 안온함을 즐길 처지가 아니었다. 자신의 운명은 예상치 못할 풍운과 격랑에 처해 있었기 때문이다.

 남루한 청의의 소년, 그는 강일위였다.

 강일위는 언덕에 앉아 발아래 마을을 바라다보았다.

 다시금 아련한 옛 생각에 빠졌다.

 어려서는 부모의 사랑을 듬뿍 받았고, 더불어 총명한 신동으로 인근 사람들의 칭송을 한몸에 받았다. 그 시절은 분명 그립던 시절이다. 그러나 두 번 다시 돌아오지 않을 것이다.

 그리고 지금 자신의 발걸음은 풍진 세파의 강호를 향하고 있었다.

 애증과 갈증, 암투와 음모, 살육과 피의 소용돌이가 뒤섞인 곳이 강호였다. 생사의 기로조차 예측키 어려운 문자 그대로 험준무비의 강호였다.

 한편, 강일위는 새삼스레 동방휘의 은혜를 뇌리에 떠올렸다.

 당시 그는 무서운 음모 속에서 가까스로 탈출하였으나, 너무도 막막하여 오직 죽고만 싶었다. 그때 의형을 만나지 못했다면, 오늘의 자신은 결코 살아 있지 못했을 것이다.

의형은 천애의 고질이었던 구음절맥을 치유하여 일신에 상상할 수 없던 절학을 지니게 해 주었다.

죽어서 뼈가 가루가 될지언정 강일위는 의형의 은혜에 보답하지 못할 것이다.

그러나 강일위는 지금 한 가지 소박한 꿈이 있었다. 실종된 부친을 찾고, 의형 동방휘의 간절했던 유업 또한 이루는 것이다. 그리고 그 일들을 마치고 나면, 반드시 하고 싶은 일이 있었다.

"향리에 묻혀 전처럼 소박하고 평범하게 생을 마치리라."

이제 십육 세 소년이 장차의 일까지 마음 쓴다는 것은 멋쩍은 일이다.

강일위도 이를 깨닫고 멋쩍게 웃었다.

"비록 나를 기다리고 있는 것이 고난과 시련뿐일지라도 두려워하지 않고 맞설 것이다."

그는 자신의 결심을 굳히며 나태해지려는 마음에 채찍질을 하였다.

"으아악~!"

그런데 이때, 만공(滿空)을 찢는 일성 비명 소리가 들려왔다. 만추의 삭풍마저 꿰뚫듯 날카로웠다.

날카로운 소리로 미루어 보아 이는 분명 여인의 음성이었다. 더구나 그 비명 속에는 처절함이 담겨 있었다. 아마도 죽음 직전에 놓인 듯했다.

강일위는 놀라며 한 차례 부르르 몸을 떨더니, 어느새 빛나는 한 줄기 섬전으로 화해 쾌속하게 쏘아져 나갔다.

비명이 들렸던 곳은 그리 멀지 않았다.

강일위가 있던 곳으로부터 약 백여 장쯤 떨어진 곳이었다.

비명의 진원지를 찾다 보니, 음울한 죽림(竹林)에 다다랐다. 고집스럽게 푸름을 잃지 않던 대나무 잎들이 삭풍에 몸을 떨고 있었다.

죽림 중심 속 반원 삼 장 가량의 공터에서 진정 몹쓸 인간의 만행이 벌어지려는 찰나였다. 보기에조차 흉험한 세 장한이 한 소녀를 겁탈하려 하고 있었다.

소녀는 필사적으로 저항하고 있었다.

그러나 한낱 어리고 연약한 소녀인지라 도저히 흉악한 자들의 손길을 벗어날 수 없었다.

그녀가 입고 있던 옷은 이미 갈가리 찢겨졌고, 그나마 강제로 벗겨져 반라의 상태였다. 가장 소중히 감추어야 할 여인의 상징인 두 젖무덤조차 드러나 있었다.

소녀는 유난히 하얗고 붕긋한 젖무덤을 필사적으로 가리려 했다.

그러나 흉한의 손길이 너무도 억세 그 어린 소녀가 끝까지 막아내기에는 역부족이었다.

그녀는 기진맥진하여 혼절하기 직전이었다.

실로 더러운 발에 한 송이 아름다운 꽃송이가 무참히 짓밟히려는 순간이었다.

야수와 같이 흉포한 자는 본시 냉막한 얼굴에 욕정에 사로잡혀 실로 흉악무도했다. 등 뒤에 선 두 명의 흉한도 이글거리는 눈빛으로 느물거리고 있었다.

그들은 하남일대에서 악명을 떨치고 있는 녹림 무리들이었다.

영웅건(英雄巾)을 쓴 두 흉한이 흑면귀(黑面鬼) 마충(馬沖)과 적면귀(赤面鬼) 마질(馬侄)이었다.

그들은 위기에 처한 소녀를 향해 이죽거렸다.

"계집애야, 잠시 후면 뼛속까지 녹아드는 쾌감을 맛볼 텐데 웬 앙탈이 그리 심하냐? 더구나 그 분은 흑봉방(黑蜂幇)의 하남분타주 흑살장(黑煞掌) 환우곤(桓宇坤) 나으리시니, 계집애야 너는 오히려 영광인 줄 알아라."

유유히 서 있던 그들마저 이 말과 함께 달려 나가 소녀의 양 팔을 각각 휘어잡았다.

"아악!"

순간 자지러지는 비명과 함께 그나마 가려졌던 소녀의 몸이 적나라하게 드러났다.

실로 욕정을 자극할 만큼 봉긋이 솟은 젖무덤이 희고 팽팽한 탄력으로 사내들의 욕정을 더욱 부채질했다.

흑살장 환우곤이 지그시 음침한 눈길을 보냈다.

"흐흐흐! 이처럼 궁벽한 곳에 너처럼 쓸 만한 계집이 있을 줄이야 내 어찌 알았겠느냐?"

소녀는 필사적으로 저항하다가 마침내 간절히 애원했다.

"사…… 살려주세요! 제발……."

비록 흐트러진 몸매였지만, 그녀는 남자들이 탐낼 만큼 아름다운 용모였다.

그녀의 나이는 십칠팔 세쯤으로 보였다.

흑단 같은 머릿결은 유난히도 윤기가 흘렀고, 수려한 이목구비가 흡사 한 송이 연꽃을 연상하게 했다.

더욱이 백옥인 듯 희고 대리석처럼 매끄러운 그녀의 속살마저 거의 절반이나 드러났으니 진정 눈부시도록 아름다웠다.

적면귀 마질이 중얼거렸다.

"이런 곳에서 이처럼 반반한 계집을 만나시다니, 분타주님은 정녕 여복도 많으십니다."

"네 말이 옳다. 나 또한 이처럼 아름다운 계집은 처음이로구나."

흑살장 환우곤은 충혈된 눈으로 번들거리는 욕정과 함께 서서히 마수를 뻗쳤다.

마침내, 찌익 하는 소리와 함께 그녀의 마지막 남았던 옷이 찢겨지자 가장 소중한 부분마저 거침없이 드러나려는 순간이었다.

"으하하하!"

그런데 이때, 어디선가 사위를 진동시키는 광소가 터져 나왔다. 잇따라 화살처럼 날카롭게 꽂히는 한 줄기 음성이 있었다.

"멈춰라!"

그와 동시에 그들 앞으로 하나의 인영이 번뜩 모습을 드러냈다. 전신이 얼음장인 듯 싸늘한 그는 강일위였다.

이제 막 한껏 탐하려던 욕정에 찬물이 끼얹어지자 세 장한은 대노했다.

흑살장 환우곤이 형형한 신광을 폭사시키며 싸늘히 내뱉었다.

"흥! 어느 놈이기에 감히 죽고 싶어 기를 쓰는 것이냐?"

강일위는 싸늘히 웃었을 뿐 대꾸하지 않았다.

그의 전신으로부터 무서운 위엄이 폭사되었다.

이에 흑살장 환우곤은 흠칫하며 중얼거렸다.

"으윽! 전신으로부터 풍기는 무형강기! 이 애송이는 보통은 결코 아니로군."

이때, 흑면귀 마충과 적면귀 마질은 노기등등하여 성난 맹수처럼 으르렁거렸다.

"분타주, 이 젖비린내 나는 놈은 우리가 해치우겠소."

말이 떨어지기 무섭게, 두 명의 흉한은 광포하게 몸을 날렸다. 그들이 뽑아든 귀두도가 햇빛 아래 무서운 빛을 발했다.

"애송아! 황천으로 가거라."

순간, 두 자루 귀두도는 섬광을 번뜩이며 햇빛을 갈랐다.

그 순간 강일위가 유령처럼 그들 앞에서 사라지자 어찌된 영문인지 몰라 그들은 어리둥절했다.

"이는 하늘이 내리시는 천벌인즉 추호도 본 공자를 원망치는 말아라."

낭랑한 일성과 함께 허공에 검은 그림자가 번뜩였다 싶은 순간이었다.

꽈르르!

단숨에 일 초 이 식(一招二式)이 펼쳐져 허공을 갈랐다.

"으아악!"

그토록 기세등등하던 두 장한이 한 순간 번뜩인 좌우수에 속절없이 비명을 내뿜었다. 그들은 순식간에 칠공(七孔)으로부터 피를 뿜으며 참혹하게 절명하고 말았다.

2

실로 너무도 찰나지간의 일이었다.

흑살장 환우곤은 눈알이 뒤집힐 지경으로 전신을 부르르 떨었다. 이어 모골이 송연할 만큼 빠드득 이를 갈며 소리쳤다.

"네놈이 강남 쌍룡장의 인물이면서 감히 본방의 수라를 무참히 참살하다니! 애송아, 너는 이 같은 일이 어떤 결과를 야기할 줄 알고 하는 짓이냐? 설사 본 흑봉방과 네놈의 쌍룡장이 서로 불가침의 약속을 맺었음을 모른다고 잡아떼지는 않겠지?"

강일위가 크게 웃었다.

"어리석은 들개야! 누가 쌍룡장의 사람이란 말이냐?"

"닥쳐라! 네놈의 방금 좌우수 일 초 이 식이 쌍룡장 부장주 만리추풍 남중현의 추풍탈명십이산수가 아니면 그 무엇이었단 말이냐?"

이는 사실이었다. 강일위의 방금 일 초 이 식이야말로 지난번 옥면낭군 위청화로부터 순식간에 깨달았던 추풍탈명십이

산수였다.

"본 공자가 펼친 한 수가 쌍룡장의 독문무학인지는 몰라도 본 공자는 쌍룡장 따위의 인물이 아니시다."

"닥쳐라! 본 나으리는 어차피 네놈을 용서치 않을 테니 그따위야 아무래도 좋다."

흑살장 환우곤의 흉안이 불꽃과도 같이 파랗게 타올랐다.

동시에 두 손을 쾌속하게 휘두르자 그의 손은 먹물처럼 검게 물들어 있었다.

환우곤은 근래 두각을 나타내는 흑봉방의 하남 분타주다. 그는 본시 하남·하북 일대에서 악명 높던 녹림 대마두였다. 그의 흑살장의 마공이야말로 독랄하기 이를 데 없었다.

그의 흑살장은 한 번 슬쩍 스치기만 해도 목숨을 부지하기가 어려울 정도였다.

"흐흐흐! 네놈이 죽으려고 환장하여 스스로 묘혈을 팠으니, 결코 노부를 원망하지 마라."

그가 흉소와 함께 다가와도 강일위는 오직 차디찬 비웃음을 던질 뿐이었다.

돌연 쌍장에서 두 줄기 흑풍이 비릿한 내음과 함께 뻗어 나왔다.

강일위는 단숨에 흑면귀 마충과 적면귀 마질을 격살시켰던지라 자신감이 넘치고 있었다.

추호도 두려워하지 않고 낭랑한 웃음과 함께 일 초의 장영을 격사시켰다.

강일위의 일 장은 지극히 빨랐으며, 그 예리함이 강호 일류 고수 못지않았다.

"앗!"

흑살장 환우곤은 기겁하여 황급히 피했다.

"네놈이 진정 예사로운 애송이는 아니구나."

삽시간에 이삼 초가 교환되었다.

그러다가 어느 순간 쌍방의 일 초가 허공에서 부딪쳤다.

"앗!"

환우곤은 놀라며 칠팔 보나 뒤로 밀려나서 비틀거렸다.

그의 입가에서 한 줄기 선혈이 분수처럼 솟구쳤다. 그의 가슴이 철렁 내려앉았다. 목숨이 위태롭다고 느꼈다.

"죽어랏!"

그는 벼락처럼 소리치며 전력으로 일 초를 내갈겼다. 그러자 암운이 몰아치듯 지독한 비린내와 함께 암경이 쏟아졌다.

그러나 이는 허초였다. 그는 허초를 발하고 그 틈을 노려 도망치려는 수작이었다.

섬전이 작렬하듯 번쩍하는 순간 강일위는 면전에서 사라져 보이지 않았다.

순간 허공에서 천지간을 울리는 사자후가 터졌다.

"악적! 내 너의 목숨을 빼앗지 않고 어찌 용서하랴."

"으아악!"

한 가닥 비명, 그것은 영원히 돌아오지 못할 지옥의 겁화 속으로 가는 마지막 소리였기에 처절할 수밖에 없었다.

허공으로 뿜어졌던 핏물이 후두두둑 우박처럼 소리를 내며 떨어졌다.

마침 석양이 깃드는 시각이었다. 타는 듯 붉은 낙조가 서편 하늘을 가득 물들이던 중이었다. 강일위는 서녘 낙조를 바라보며 긴 한숨을 들이켰다.

환우곤이 그의 발아래 시체로 화해 나뒹굴고 있었다.

강일위가 생애 처음으로 저지른 살인의 순간이었다. 그는 본능적으로 흥분에 사로 잡혔다. 자책과 흥분을 겸한 열기가 그의 전신을 휘감았다.

그때, 강일위는 소녀를 발견하였다.

그녀는 놀라움에서 깨어나며 강일위를 바라보고 있었다.

"어느 공자이신지 모르나 진정 이 은혜를 어찌 갚아야 할지 모르겠습니다."

그러다 문득 소녀가 흠칫했다. 자신이 전라(全裸)에 가까운 벌거숭이임을 깨달았기 때문이었다.

"우웃!"

그녀는 불덩이처럼 달아오른 표정으로 황급히 몸을 움츠렸다.

강일위는 황급히 외면했다. 이어 그는 자신의 옷을 벗어 던져 주었다.

"소저, 우선 이 옷으로."

옷 스치는 소리가 들린 후 강일위는 돌아보았다.

어울리지 않게 큰 옷을 입은 소녀는 우스꽝스러운 모습이었다. 그러나 그녀의 빼어난 미모는 감출 수 없는 듯 여전히 비 온 후에 피어난 한 송이 농염한 꽃과 같았다.

잠시의 어색한 침묵이 흘렀다.

얼마 후 강일위가 먼저 입을 열었다.

"어쩌다가 이런 봉변을 당하게 됐소이까?"

소녀의 눈에서 구슬 같은 눈물이 흘렀다.

"흑흑!"

곧 소녀는 소리 내어 울기 시작했다.

그런데 이때였다.

"이 악적, 네놈이 감히 나의 누님을……."

제법 날카로운 일성 호통과 함께 갑자기 누런 인영이 번뜩였다.

강일위가 거의 본능적으로 보법을 전개하니, 그의 모습이 감쪽같이 사라졌다. 그러자 그가 있던 자리로 한 소년이 낙하하며 곧 어리둥절한 표정을 지었다.

"어! 금방 있던 자가 어디로 갔지?"

그때, 소년의 뒤에서 한 가닥 낭랑한 목소리가 들려왔다.

"소형제, 자네는 누굴 찾는가?"

순간, 싸늘한 냉소를 터뜨리며 소년이 쾌속하게 쌍장을 날렸다.

"흥!"

소년의 나이는 십삼 세쯤으로 보였다. 그러나 그가 휘두르는 장권(掌拳)의 기세가 제법 매서웠다.

더구나 일련의 공세를 숨 쉴 새 없이 연환적으로 펼치니 제법 사나워 경시하기 어려웠다.

그러나 상대는 강일위였다. 그는 이리저리 피하면서 의젓하게 타일렀다.

"소형제, 자네가 무슨 오해를 했네. 잠깐 멈추게."

그러나 소년은 들은 척도 않고 오히려 갈수록 기세등등했다.

"닥쳐라. 음적! 더러운 주둥아리를 누구 앞에서 놀리느냐?"

그러나 소년이 아무리 기를 쓰고 덤벼도 강일위의 옷깃 하나 스치지 못했다. 그는 마치 봄날의 아지랑이처럼 이리저리 몸을 피하는 것이었다.

이때, 소녀가 급히 외쳤다.

"중악(中岳)아. 속히 멈추어라! 그분은 오히려 나를 구해주신 은인이시다.”

　그제야 소년이 흠칫하며 손을 멈추었다. 그러나 그 얼굴에서는 여전히 한 가닥 노기가 가시지 않고 있었다.

　“누님, 그 말이 사실인가요?”

3

이때 갑자기 낭랑한 소리가 들려왔다.

"하하하! 얘야 멈추어라. 만일 그렇지 않으면 너는 반드시 후회할 게다. 만일 그분 소형제가 진정 너를 제압할 생각이었다면 너의 그런 장난쯤 쉽사리 멈추게 했을 것이다."

강일위는 황급히 뒤를 돌아보았다. 어느새 죽림 맞은편에 한 청의중년인이 서 있었다.

그의 얼굴은 지극히 준수하였고, 두 눈에는 정광이 충만했다. 더욱이 입가에는 한 가닥 신비로움을 감추고 긴 낚싯대를 들쳐 메고 있었다. 첫눈에 심상치 않은 신비로운 인물이라 짐작되었다.

그는 금석이라도 꿰뚫을 듯 형형한 안광을 쏘아 강일위를 훑어보았다.

"아!"

갑자기 청의중년인이 탄성과 함께 흠칫 놀라며 탄성을 터트렸다.

"이럴 수가! 실로 백 년에 한 사람 나올까 말까한 절세 기재의 면모로다. 진정 보통 인물이 아니로구나."

첫눈에 강일위에게서 범상치 않음을 간파한 그가 황급히 물었다.

"소형제의 이름 석 자는 어찌 되시오?"

강일위가 담담히 대꾸했다.

"소생, 강일위라 하옵니다."

대답한 순간, 청의중년인은 세 명의 흑봉방 인물들의 시신을 발견하고 소스라치게 놀랐다.

"아니, 저 자들은?"

그는 급히 소녀를 돌아보며 물었다.

"청아(靑兒)야! 대체 어찌된 일이냐? 속히 자세한 경위를 설명해 보아라."

소녀의 얼굴이 더욱 붉은 홍조로 물들었다.

"소…… 소녀와 중악이 조금 전에 의백(義伯)님을 찾으러 이 곳 죽림까지 왔습니다. 그런데 돌연 저들이 나타났습니다. 흑흑! 그러나 봉변을 당하기 직전에 저분이 나타나 소녀를 구해 주었습니다."

그녀는 여전히 충격에서 벗어나지 못해 말을 더듬었다. 하지만 강일위가 단숨에 그들을 처치하던 상황까지 비교적 소상하게 설명했다.

중년인은 그 말에 크게 놀랐다.

"저 자들은 근래 대강남북에 세력을 떨치는 흑봉방의 인물들이 아닌가?"

돌연, 그가 강일위를 주시하며 물었다.

"소형제, 대체 그대는 어느 대사문(大師門)의 출신이기에 이토록 신위를 떨칠 수 있었소? 더구나 저 자 흑살장 환우곤은 수십 년 하남·하북 일대를 주름잡던 녹림 대마두였는데! 이 같은 강호 흉적을 쉽사리 제압하려면 보통의 무공으로 어림없소. 그렇다면 필시 소형제는 일신에 절학을 지녔을 것이오."

강일위는 무척 놀랐으나 담담하게 대꾸했다.

"부끄러우나 소생에게는 별다른 내력이 없소이다. 그저 가전(家傳)의 졸학으로 잠시 만용을 부렸을 뿐입니다."

순간, 중년인의 눈에 짙은 의혹의 그늘이 드리워졌다.

동시에 한 가닥 살기가 보이지 않는 사이 번뜩였다.

그러나 그의 눈길이 강일위의 등 뒤의 검에 닿은 순간, 의혹도, 살기도 돌연 경악으로 뒤바뀌었다.

하지만 중년인의 표정 변화가 워낙 순식간의 일이었던 지라 강일위는 아무것도 간파하지 못했다.

청의중년인이 정중히 말했다.

"소형제가 이 사람의 질녀를 구해 주셨으니, 진정 무엇으로 감사 드려야 할지 모르겠소! 이럴 것이 아니라 우리 집으로 가서 잠시의 정분이라도 나눕시다.”

“아! 소생은 마땅히 해야 할 일을 했을 뿐입니다. 별달리 한 것도 없거니와 또한 갈 길도 바빠서 이만 떠나고자 합니다.”

“소형제, 이 몸의 성의를 거절하기오?”

이때, 다짜고짜 그에게 손을 휘둘렀던 소년이 울상을 지었다.

“형님, 제가 그만 누님의 은인이신 줄도 모르고 감히 무례하게 굴었는데 이대로 떠나신다면, 저는 정말 어찌합니까?”

소년은 정녕 안타까운 표정이었다.

강일위가 소년을 향해 미소를 지었다.

“아니네, 소형제! 나는 자네를 조금도 오해하지 않네.”

그 말에 소년은 크게 기뻐하였다.

“좋아요 좋아. 형님, 그렇다면 저의 집으로 가시는 거죠?”

그는 언제 울상을 지었느냐는 듯 깡충깡충 뛰며 손뼉까지 쳤다. 그 모습이 귀엽기 이를 데 없었다.

중년인도 그 모습을 보자 호탕하게 웃었다.

“하하하! 악아야! 이제야 네가 익혔던 몇 수의 팔괘전초(八卦全招)가 결코 별 것이 아니었음을 깨달았느냐?”

중악은 금방 토라졌다.

“흥! 결국 그것은 의백부님께서 시시한 것만 가르쳐주셨다는 말씀이겠죠. 좋아요, 앞으로 그 따위 시시한 것 말고 진짜 무공을 가르쳐주세요. 아니면, 아무리 의백께서 이 악아를 구슬려도 두 번 다시 백양선로주(白羊仙露酒)를 맛보시긴 어려우실 겁니다.”

“이크, 그건 안 되지. 좋다, 이 의백이 몇 수의 절학을 가르쳐주는 한이 있더라도 절대 백양선로주의 맛을 잃을 수는 없지! 암암.”

이어 그는 강일위에게 한쪽 눈을 찡긋 감아 보인 후 다시 말했다.

“좋다. 우선 악아야! 이 의백이 수로제방에서 큼직한 잉어를 낚았으니 이것으로 이어향탕(鯉魚香蕩)과 싱싱한 회를 만들어 주겠느냐?”

“좋아요! 중악이 저 형님과 의백님께 솜씨를 보여 드리겠어요.”

중악은 몇 마리 펄떡펄떡 뛰는 잉어를 받아들고 재빨리 먼저 뛰어갔다.

“소형제, 어서 가세.”

이에 강일위도 할 수 없다는 듯 그들의 뒤를 따랐다.

– 다음 권에 계속 –